日本語能力試験対応
漢字・語彙問題集
1級

白寄まゆみ/入内島一美/林瑞景—［編著］

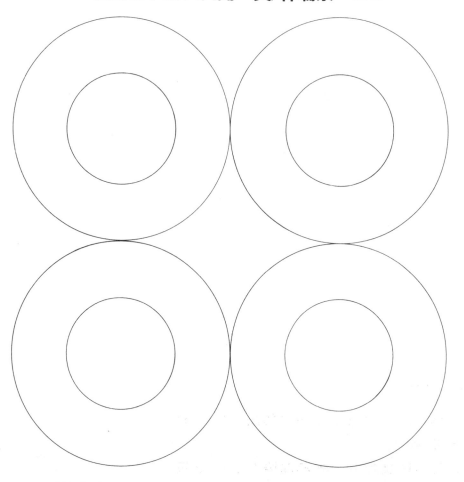

日本桐原ユニ授權　鴻儒堂出版社發行

本套書另有

日本語能力試験対応「文法問題集」1、2級
每本定價 180 元
日本語能力試験対応「聴解問題集」1、2級
每本定價 180 元
每套定價 630 元（含錄音帶 2 卷）

序

　　本書是專爲參加 1 級日語能力試驗的人所編寫的考試用書。日本語能力試驗共分爲〈文字/語彙〉、〈聽解〉及〈讀解/文法〉三大部分，本書針對〈文字/語彙〉的題目予以加強。

　　〈文字/語彙〉的題目是從漢字到外來語、副詞等等，有各項試題。對考生而言，要從何處著手準備考試，實在是一個令人頭痛的問題。

　　在此，本書以 1994 年公開之「日本語能力試驗出題基準」爲依據，爲使考生能有效地自行學習，將過去的題目分成「漢字」、「語彙」及「ことばの使い分け」三部分。

　　「漢字」這個部分，彙集了所有「日本語能力試驗出題基準」1 級中出現的漢字。而「語彙」則是從「日本語能力試驗出題基準」1 級的語彙中挑出難度較高而且比較重要的語彙，再將之分成副詞、形容詞、名詞、動詞等部分。另外「ことばの使い分け」則彙集同音異義及多義語（即是有多種意思的單字）等等。

　　本書爲了方便讓學習者理解而列舉例句，另外也增加了豐富的練習題目，使學習者能以自己的步調學習。本書的練習題採取了與當今試題相同的形式，所以可以當作考前衝刺來做複習。

　　又，製作本書之際，承蒙各位日本語教師的多方關照及許多日語學習者的寶貴建言，謹此致上謝忱。

1998 年 7 月

白寄　まゆみ
入内島　一美
林　　瑞景

本書的特點

本書是由 1994 年公開的「日本語能力試驗出題基準」爲依據而作成。「漢字」這個項目網羅了所有的音讀及訓讀。

所有的項目均以「あいうえお」(50 音順序)來排列。「漢字」部分共 52 課、計 1036 字。「語彙」部分則有 35 課、計 770 字。「ことばの使い分け」部分計 40 字。

「漢字」、「語彙」及「ことばの使い分け」這三項可隨意選擇一項開始,亦可同時進行。

爲使學習前能測試自己的能力以及在學習後能確認實力,在各課的開始設置「チェック欄」。

例句以日常生活用句爲主,簡潔有力。

在讀完各課左頁的部分後,請配合右頁的題目來練習。

在「漢字」及「語彙」的各課後面,附上與實際試驗形式相同的「まとめ問題」,以綜合地測驗自己的能力。

●本書末另附上所有漢字和語彙的索引,可當作例文辭典來使用。

本書的學習方法

從左頁開始。首先利用「チェック欄」來檢視自己瞭解多少。接下來閱讀下面的例句,看看自己是否能完全理解。右頁的練習題則是當做整理、復習之用。若是不十分瞭解,或是答案錯誤時,請再重讀一遍。

請利用書末的「まとめ問題」來測驗自己的能力。

請配合考試的日程來決定每日進度,之後、以一定的速度學習。

爲了使學習有更好的效果,請訂定計劃,反覆練習。

目　次

漢字

（1課～52課）

1課　漢字と例文

まず漢字の用語が読めるかどうかチェックして（□），次に例文を覚えましょう。

□亜熱帯 □哀れ □挨拶状 □垢 □握手 □憧れ

亜	あ	あの国は亜熱帯気候だ。亜細亜と書いてアジアと読む。
哀	あい／あわ（れむ）	助命を哀願する。傷ついた小鳥を哀れむ。哀れな姿だ。
挨	あい	挨拶に行く。挨拶状を書く。
垢	あか	垢を落とす。水垢がたまる。垢抜けしている。
握	あく／にぎ（る）	卒業の時、先生と握手した。握力を測る。政権を握る。
憧	あこが（れる）	都会の生活に憧れている。憧れを胸に秘めている。

□扱う □宛名 □嵐 □或は □提案

扱	あつか（う）	あの店では、コンサートのチケットも扱っている。取扱いにご注意ください。
宛	あて、あ（てる）	宛名を書き間違えてしまった。友達に宛てて手紙を書いた。
嵐	あらし	嵐の前の静けさ。A地方は嵐に見舞われた。紛争の嵐が吹き荒れた。
或	ある、あるい（は）	或日、一通の手紙が届いた。今日のランチは、A定食 或はB定食です。
案	あん	企画を提案する。今回の試験は案外やさしかった。事の成り行きを案ずる。

□威力 □行為 □異常 □維持 □慰む □遺失物 □緯度 □椅子

威	い	新兵器の威力を試す。権威を示す。あの人はいつも威張っている。
為	い	勇気ある行為だった。為替の変動に注目する。
異	い／こと（なる）	異常気象が続いた。大同小異の意見ばかりだった。その話は事実と異なる。
維	い	健康を維持するために、毎朝ランニングをしている。この布は化学繊維だ。
慰	い／なぐさ（める）	慰霊塔をたてた。遺族を慰めた。美しい海を見ていると心が慰む。
遺	い、ゆい	忘れ物をし、遺失物取扱い所に行く。遺言を残す。遺跡を発掘した。
緯	い	北海道は東京より緯度が高い。事件の経緯を見守る。
椅	い	椅子にかけてお待ちください。

問題Ⅰ　次の文の下線をつけたことばは、どのように読みますか。その読み方をそれぞれの①②③④から一つ選びなさい。

1　建設費はもちろん、**維持費**も考えなければならない。
　　① いじ　　　　　② こじ　　　　　③ ちじ　　　　　④ しじ

2　文章の意味を正確に**把握**する。
　　① はくあく　　　② はあく　　　　③ はやく　　　　④ はんやく

3　年上の女性に**憧れて**いた。
　　① こがれて　　　② まぬがれて　　③ あこがれて　　④ うぬぼれて

4　最近では、コンビニでも雑誌を**扱って**いる。
　　① そろって　　　② うって　　　　③ にぎって　　　④ あつかって

5　朝夕の**挨拶**を欠かさないようにしよう。
　　① そうさい　　　② かいさつ　　　③ あいそう　　　④ あいさつ

6　がっかりしている弟を**慰めた**。
　　① なぐさめた　　② いじめた　　　③ もとめた　　　④ きよめた

問題Ⅱ　次の文の下線をつけたことばは、どのような漢字を書きますか。その漢字をそれぞれの①②③④から一つ選びなさい。

1　不幸が続いた一家を**あわれむ**。
　　① 遇われむ　　　② 遭われむ　　　③ 逢われむ　　　④ 哀れむ

2　彼女とは同じ**けいい**をたどってこの仕事についた。
　　① 敬意　　　　　② 軽偉　　　　　③ 経緯　　　　　④ 径違

3　恩師に**あてて**絵葉書を送った。
　　① 当てて　　　　② 合てて　　　　③ 宛てて　　　　④ 充てて

4　文化**いさん**を大切にする。
　　① 遺算　　　　　② 遣算　　　　　③ 遺産　　　　　④ 遣産

5　君の**ていあん**はアイデアとしては素晴らしいが、実現は難しい。
　　① 提案　　　　　② 是案　　　　　③ 題案　　　　　④ 抵案

6　彼の発言が終わるか終わらないかのうちに、**いぎ**あり、の声があがった。
　　① 意義　　　　　② 異議　　　　　③ 意議　　　　　④ 異義

2課 漢字と例文

まず漢字の用語が読めるかどうかチェックして（□），次に例文を覚えましょう。

□炒める □壱万円 □逸話 □芋 □婚姻 □陰気 □隠す □余韻

炒 いた(める)、い(る)　肉と野菜を炒めて食べた。朝食に炒り卵を作る。

壱 いち　壱万円を寄付した。

逸 いつ　彼は逸話の多い人だ。目的から逸脱してしまった。好機を逸する。

芋 いも　プールは芋を洗うような混雑ぶりだった。

姻 いん　婚姻届を提出した。

陰 いん、かげ、かげ(る)　彼は無口で陰気な性格だ。陰で悪口を言う。繁栄に陰りが見える。

隠 いん、かく(す)　隠居生活を送っている。悪事を隠していた。

韻 いん　コンサートの興奮の余韻がさめない。

□嬉しい □噂 □詠嘆 □影響 □衛生

嬉 うれ(しい)　彼のやさしい言葉が嬉しかった。今日は嬉しい一日だった。

噂 うわさ　「人の噂も七十五日」、というから、気にしないほうがいい。

詠 えい、よ(む)　詠嘆の声をあげた。歌を詠む。

影 えい、かげ　影響を与える。チラッと人影が見えた。

衛 えい　衛生に気をつけて調理してください。人工衛星が打ち上げられた。

□免疫 □利益 □餌 □悦 □閲覧 □沿線

疫 えき、やく　免疫があるので大丈夫だ。彼は疫病神と言われている。

益 えき、やく　利益があることを有益という。毎日お参りをしていたら御利益があった。

餌 えさ　動物に餌をやる。

悦 えつ　思ったより良い成績だったので、一人で悦に入っていた。

閲 えつ　図書室で閲覧する。外国に手紙を出す際、文面を検閲された。

沿 えん、そ(う)　友達は中央線沿線に住んでいる。沿岸を警備する。線路に沿って道がある。

4

問題Ⅰ　次の文の下線をつけたことばは、どのように読みますか。その読み方をそれぞれの①②③④から一つ選びなさい。

1　魚を焼き、野菜を**炒めて**夕食を用意した。

 ① いためて   ② かすめて   ③ あたためて   ④ からめて

2　市役所に行くと住民台帳が**閲覧**できる。

 ① えつらん   ② てんらん   ③ かんらん   ④ えいらん

3　彼の行動は、常識の範囲を**逸脱**している。

 ① はくだつ   ② いつだつ   ③ ちょうえつ   ④ えつだつ

4　就職が決まって、とても**嬉しい**。

 ① さびしい   ② かなしい   ③ たのしい   ④ うれしい

5　悪口には**免疫**ができているが、それでも気になる。

 ① めんやく   ② めんぽつ   ③ めんえき   ④ めんやく

6　親に**隠れて**悪いことをした。

 ① たおれて   ② くずれて   ③ かくれて   ④ なれて

問題Ⅱ　次の文の下線をつけたことばは、どのような漢字を書きますか。その漢字をそれぞれの①②③④から一つ選びなさい。

1　要人に**ごえい**をつける。

 ① 互詠   ② 御影   ③ 互衛   ④ 護衛

2　近所で映画の**さつえい**をしていた。

 ① 撮映   ② 撮影   ③ 擦映   ④ 擦影

3　上司の方針に**そう**。

 ① 没う   ② 沿う   ③ 添う   ④ 治う

4　世間の**うわさ**を気にしてはいけない。

 ① 嘆   ② 嘘   ③ 噂   ④ 喧

5　企業は**りえき**を第一に追求するが、社員には生きがいのほうが大事だ。

 ① 利益   ② 利盟   ③ 利易   ④ 利誉

6　夕方になって日が**かげって**きた。

 ① 隔って   ② 破って   ③ 陰って   ④ 穏って

まず漢字の用語が読めるかどうかチェックして（□），次に例文を覚えましょう。

□炎上 □宴会 □援助 □猿 □鉛筆 □縁談

炎	えん / ほのお	石油タンクが炎上した。肺炎になってしまった。家が炎に包まれた。
宴	えん	宴会場は、こちらです。すばらしい披露宴だった。
援	えん	Aチームを応援している。政府の援助を受ける。小林氏の活動を支援する。
猿	えん / さる	ゴリラなどを類人猿という。猿に餌を与えないでください。
鉛	えん / なまり	解答を鉛筆で書く。この荷物は鉛のように重い。
縁	えん / ふち	縁談が持ち上がり、お見合いすることになった。茶わんの縁が欠けた。

□応急 □往診 □殴る □桜 □記憶 □俺 □卸す □恩恵 □穏やか

応	おう	応急手当で一命をとりとめた。相手の反応を見る。彼は環境に適応できた。
往	おう	祖父の具合が悪いので、往診してもらった。家と職場の往復に2時間もかかる。
殴	おう / なぐ（る）	顔を殴打されて大けがを負った。子供の頃、悪いことをして父に殴られた。
桜	おう / さくら	桜の花を桜花とも言う。
憶	おく	全然、記憶にない。彼の記憶力はすごい。
俺	おれ	「俺の部屋に入るな」と、息子は言った。
卸	おろ(す)、おろし	父の会社は、生鮮食品を卸している。卸売りと小売りの価格に開きがある。
恩	おん	恩恵を受ける。恩に着る。
穏	おん / おだ（やか）	事を穏便に収めようと思う。彼は穏やかな人柄だ。

□仮定 □佳作 □価格 □架空

仮	か、け / かり	事実と仮定してみる。仮病で会社を休んだ。ミシンで縫う前に仮縫いする。
佳	か	彼女の詩は、佳作だった。
価	か / あたい	にせものに高い価格をつけて売っている。その美しさは、一見に価する
架	か / か（ける）	これは架空の物語です。橋が架かる。両国の架け橋となる。

問題 I　次の文の下線をつけたことばは、どのように読みますか。その読み方をそれぞれの①②③④から一つ選びなさい。

1　交通事故でけがをした人が**担架**で運ばれた。
　　① たんこう　　　　② たんき　　　　　③ たんか　　　　　④ たんそう

2　**仮眠**をとる。
　　① けみん　　　　　② かりみん　　　　③ あんみん　　　　④ かみん

3　彼は私の命の**恩人**だ。
　　① おうじん　　　　② おうにん　　　　③ おんじん　　　　④ おんにん

4　祖母はよく**縁側**に腰かけ、庭を眺めている。
　　① ふちがわ　　　　② ふちそく　　　　③ えんそく　　　　④ えんがわ

5　祖母は**穏やか**な一生を送った。
　　① こまやか　　　　② すこやか　　　　③ さわやか　　　　④ おだやか

6　難民に対し、**救援**活動を行うことを決めた。
　　① きゅうえい　　　② きゅえん　　　　③ きゅうえん　　　④ きゅえり

問題 II　次の文の下線をつけたことばは、どのような漢字を書きますか。その漢字をそれぞれの①②③④から一つ選びなさい。

1　申込書は**えんぴつ**ではなくボールペンで書いてください。
　　① 銅筆　　　　　　② 鉢筆　　　　　　③ 鉛筆　　　　　　④ 鈴筆

2　**きおく**をたどってみたが、彼女とどこで会ったのか思い出せない。
　　① 記慎　　　　　　② 記憶　　　　　　③ 記揃　　　　　　④ 記億

3　年末はどこに行っても**えんかい**が多い。
　　① 宴会　　　　　　② 園会　　　　　　③ 演会　　　　　　④ 援会

4　今年は**ぶっか**が比較的安定している。
　　① 物伐　　　　　　② 物佳　　　　　　③ 物衛　　　　　　④ 物価

5　年**そうおう**の服を着る。
　　① 相往　　　　　　② 相央　　　　　　③ 相応　　　　　　④ 相殴

6　北海道まで**おうふく**すると、飛行機の方が電車より安かった。
　　① 応複　　　　　　② 住復　　　　　　③ 従覆　　　　　　④ 往復

4課　漢字と例文

まず漢字の用語が読めるかどうかチェックして（□），次に例文を覚えましょう。

□華道 □渦中 □嫁ぐ □余暇 □災禍 □寡黙 □箇所

華 はな　華道を習っている。彼女は社交界の華だった。華やかな式典に参加する。

渦 うず　事件の渦中に巻き込まれる。洗濯機の中で水が渦を巻いている。

嫁 よめ、とつ（ぐ）　責任を転嫁する。花嫁はとても美しかった。娘は二人とも嫁いでしまった。

暇 か、ひま　あなたは余暇をどのように過ごしますか。暇な時は、ビデオを借りてきて見る。

禍 か　地震で災禍をこうむった。その一件は将来に禍根を残した。

寡 か　彼は寡黙だが、話してみるとしっかりした考えをもっている。

箇 か　訂正すべき箇所があったら教えてください。要点を箇条書きにまとめる。

□稼業 □蚊 □喧嘩 □我慢 □発芽 □祝賀 □優雅 □飢餓

稼 かせ（ぐ）　板前稼業は苦労が多い。あの夫婦は共稼ぎです。

蚊 か　蚊にさされたところがかゆい。

嘩 か　親友と喧嘩してしまった。

我 が、われ　嫌でも我慢した。非常ベルが鳴ると、人々は我先にと非常口へ向かった。

芽 が、め　チューリップが発芽した。先週まいたヒマワリの種が、芽を出した。

賀 が　優勝したので祝賀会をひらいた。年賀状を書いた。

雅 が　彼は優雅な生活を送っている。

餓 が　飢餓に苦しんでいる人も少なくない。食料がなくなり餓死した。

□警戒 □怪しい □誘拐 □後悔

戒 かい、いまし（める）　不審な人物の警戒に当たる。子どもの将来を考えて無駄遣いを戒めた。

怪 かい、あや（しい）　奇怪な事件だった。空模様が怪しい。交通事故で怪我をした。

拐 かい　誘拐犯が捕まった。

悔 かい、く（やしい）、く（やむ）　よせばよかったと後悔している。逆転負けしたので悔しい。失敗を悔やむ。

問題I　次の文の下線をつけたことばは、どのように読みますか。その読み方をそれぞれの①②③④から一つ選びなさい。

1　外国の大統領の訪問で、空港を厳重に**警戒**する。
　　① けいこく　　　② けいび　　　③ けいかい　　　④ けいかん

2　学費を**稼ぐ**ためにアルバイトをしている。
　　① かせぐ　　　② あおぐ　　　③ とつぐ　　　④ みつぐ

3　和服を着るとだれでも身のこなしが**優雅**になる。
　　① ゆうぎ　　　② ゆうび　　　③ ゆうが　　　④ みやび

4　**怪しい**人物がうろついていた。
　　① くやしい　　　② おしい　　　③ なつかしい　　　④ あやしい

5　何年も努力したがなかなか**芽**がでず、世間に認められない。
　　① わ　　　② み　　　③ め　　　④ ひ

6　純白の衣装を着た**花嫁**が、緊張して席についた。
　　① かしょう　　　② はなやか　　　③ はなむこ　　　④ はなよめ

問題II　次の文の下線をつけたことばは、どのような漢字を書きますか。その漢字をそれぞれの①②③④から一つ選びなさい。

1　今更く**やんで**もしかたがない。
　　① 慌やんで　　　② 悔やんで　　　③ 慎やんで　　　④ 惜やんで

2　この都市は、人口が**かみつ**になっている。
　　① 過密　　　② 化密　　　③ 可密　　　④ 秘密

3　**じが**に目覚める。
　　① 自我　　　② 自雅　　　③ 自芽　　　④ 自餓

4　ホテルでの**ごうか**な夕食に招待された。
　　① 豪華　　　② 豪快　　　③ 豪霞　　　④ 豪嘩

5　**きが**に苦しんだ経験を忘れない。
　　① 飢雅　　　② 飢我　　　③ 飢餓　　　④ 黄餓

6　やっと**きゅうか**がとれたので、海外旅行に行った。
　　① 休課　　　② 休暇　　　③ 休過　　　④ 休日

5課　漢字と例文

まず漢字の用語が読めるかどうかチェックして（□），次に例文を覚えましょう。

□金塊　□破壊　□懐中　□弾劾　□生涯

塊	かい かたまり	金塊がみつかった。肉の塊を切り分ける。
壊	かい こわ（れる）	自然がどんどん破壊されていく。壊れた箇所を修理する。
懐	かい ふところ、なつ（かしい）	停電で、懐中電灯をさがした。給料をもらって懐が暖かい。故郷が懐かしい。
劾	がい	政府を弾劾する記事を書いた。
涯	がい	留学生活は生涯忘れられないだろう。彼は天涯孤独の身の上だ。

□街頭　□憤慨　□該当　□大概　□垣根　□鍵

街	がい、かい まち	街頭演説をする。古い歴史をもつ街道を歩く。街角で母に、ばったり会った。
慨	がい	彼は店のサービスの悪さに憤慨していた。悲運を慨嘆する。
該	がい	該当する項目に印をつける。
概	がい	大概の人はもう知っている。一概に悪いとは言えない。
垣	かき	このへんの家は垣根で囲まれている。あの街には石垣の通りが多い。
鍵	かぎ	家の鍵をなくしてしまった。彼は問題解決の鍵を握る人物だ。

□拡張　□核　□貝殻　□輪郭　□比較　□隔週　□内閣総理大臣　□捕獲

拡	かく	将来は事業を拡張したいと考えている。拡大コピーをとる。
核	かく	核兵器の持ち込みに反対する。この団体には、核となる人物がいない。
殻	かく から	エビやカニなどは甲殻類に属する。卵の殻をわる。浜辺で貝殻を拾った。
郭	かく	顔の輪郭が父親に似ている。
較	かく	この店の品物は他の店と比較して、びっくりするほど安い。
隔	かく へだ（てる）	会社は土曜日は隔週で休みだ。彼の家は通りを隔てて、向こう側にある。
閣	かく	田中氏が内閣総理大臣になった。大阪城の天守閣から街を見下ろした。
獲	かく え（る）	鯨を捕獲した。ライオンは獲物を見つけると、近づいていった。

問題 I　次の文の下線をつけたことばは、どのように読みますか。その読み方をそれぞれの①②③④から一つ選びなさい。

1　東西ベルリンを**隔てて**いた壁はもうない。
　　① おだてて　　　② くわだてて　　　③ へだてて　　　④ たてて

2　入場者が増えたので、設備を**拡充**する。
　　① かくじゅう　　② こうじゅう　　　③ かくじゅ　　　④ こうじゅ

3　この**街並み**には、ヨーロッパ風の雰囲気がある。
　　① やまなみ　　　② がいなみ　　　　③ まちなみ　　　④ まちならみ

4　地震でビルが**崩壊**した。
　　① ほうがい　　　② ぼうかい　　　　③ ほうかい　　　④ ぼうがい

5　総選挙の後、新しい**内閣**が発足した。
　　① ないえつ　　　② ないかん　　　　③ ないこう　　　④ ないかく

6　毎日勉強すれば、半年で今とは**比較**にならないほど日本語がうまくなる。
　　① ひじく　　　　② ひかく　　　　　③ ひけん　　　　④ ひこう

問題 II　次の文の下線をつけたことばは、どのような漢字を書きますか。その漢字をそれぞれの①②③④から一つ選びなさい。

1　政権を**かくとく**した。
　　① 獲得　　　　　② 穫得　　　　　　③ 確得　　　　　④ 隔得

2　**かくかぞく**が増えている。
　　① 格家族　　　　② 核家族　　　　　③ 確家族　　　　④ 各家族

3　彼の**しょうがい**は冒険の連続だった。
　　① 生涯　　　　　② 生概　　　　　　③ 生慨　　　　　④ 生街

4　会社での待遇が悪いので、彼女は**ふんがい**した。
　　① 憤慨　　　　　② 奮概　　　　　　③ 憤概　　　　　④ 墳慨

5　既成の**がいねん**にこだわらず、新しい発想をする。
　　① 概念　　　　　② 涯念　　　　　　③ 害念　　　　　④ 慨念

6　昔を**なつかしむ**。
　　① 情かしむ　　　② 懐かしむ　　　　③ 悦かしむ　　　④ 惜かしむ

11

6課　漢字と例文

まず漢字の用語が読めるかどうかチェックして（□），次に例文を覚えましょう。

□収穫 □山岳 □崖 □賭け □籠 □霞

穫	かく	今日の**収穫**はゼロだった。
岳	がく・たけ	**山岳**地帯は天気が変わりやすい。登山家が**八ヶ岳**に登る。
崖	がけ	**崖**が崩れた。
賭	か(ける)	**賭け**事は禁止する。最後の**賭け**に挑む。
籠	かご	竹で**籠**を編んだ。
霞	かすみ、かす(む)	**霞**がかかっている。月が**霞**んでいる。

□干潟 □総括 □恐喝 □渇水 □円滑 □茶褐色 □統轄 □曾て

潟	かた	彼は**新潟県**の出身だそうだ。**干潟**の埋め立てに反対する。
括	かつ	意見を**総括**して結論を出す。**括弧**の中に適当な言葉を入れて文を完成する。
喝	かつ	**恐喝**して逮捕された。**喝**さいをあびる。
渇	かつ・かわ(く)	**渇水**で農民は困っている。のどの**渇き**を潤す。
滑	かつ・すべ(る)、なめ(らか)	話が**円滑**に進む。路面が凍って**滑る**。クリームをつけると肌が**滑らか**になる。
褐	かつ	彼女は**茶褐色**のコートを着ていた。
轄	かつ	学校関係のことは文部省が**統轄**している。
曾	かつ(て)	それは**曾て**見たことがない素晴らしい作品だった。

□鞄 □株式 □電気釜 □噛む □刈る

鞄	かばん	彼の**鞄**は重そうだ。
株	かぶ	**株式会社**をつくった。山田さんは、この店の**古株**だ。
釜	かま	**電気釜**でごはんを炊く。
噛	か(む)	ガムを**噛む**。犬に手を**噛**まれた。
刈	か(る)	草を**刈る**。**稲刈り**をした。

12

問題Ⅰ　次の文の下線をつけたことばは、どのように読みますか。その読み方をそれぞれの①②③④から一つ選びなさい。

1　日本は<u>山岳</u>地帯が多く、平地が少ない。

　　① さんかく　　　　② さんがん　　　　③ やまたけ　　　　④ さんがく

2　稲を<u>刈る</u>風景は、どこの国でも同じだ。

　　① かる　　　　　　② きる　　　　　　③ ける　　　　　　④ わる

3　暑い中を歩いてきたので、のどが<u>渇く</u>。

　　① のぞく　　　　　② かわく　　　　　③ わく　　　　　　④ すく

4　会議は<u>円滑</u>に進んだ。

　　① えんかく　　　　② えんまん　　　　③ えんこう　　　　④ えんかつ

5　固い肉を歯で<u>噛み切る</u>。

　　① くみきる　　　　② ふみきろ　　　　③ はみきる　　　　④ かみきる

6　ゴミと下水の処理では、同じ役所でも<u>管轄</u>が違う。

　　① かんがい　　　　② かんこう　　　　③ かんかつ　　　　④ かんかい

問題Ⅱ　次の文の下線をつけたことばは、どのような漢字を書きますか。その漢字をそれぞれの①②③④から一つ選びなさい。

1　風呂の<u>かま</u>がつまったので、家主に修理を頼んだ。

　　① 缶　　　　　　　② 釜　　　　　　　③ 鎖　　　　　　　④ 鍋

2　ローンを<u>いっかつ</u>で返済する。

　　① 一渇　　　　　　② 一括　　　　　　③ 一活　　　　　　④ 一褐

3　有名な作家の講演を聴いて、大きな<u>しゅうかく</u>があった。

　　① 収獲　　　　　　② 収穫　　　　　　③ 収護　　　　　　④ 収捜

4　春<u>がすみ</u>の景色は、子どもの頃を思い出させる。

　　① 露　　　　　　　② 雷　　　　　　　③ 霞　　　　　　　④ 霜

5　不景気でも大企業の<u>かぶ</u>価は、それほど値下がりしない。

　　① 柱　　　　　　　② 株　　　　　　　③ 栓　　　　　　　④ 枢

6　トランプでお金を<u>かけて</u>はいけません。

　　① 欠けて　　　　　② 賭けて　　　　　③ 架けて　　　　　④ 駆けて

7課 漢字と例文

まず漢字の用語が読めるかどうかチェックして（□），次に例文を覚えましょう。

□瓦 □肝心 □栄冠 □看病 □欠陥 □勘定

瓦	かわら	あの瓦屋根の家が自宅だ。
肝	かん / きも	肝心なことを伝え損ねた。肝をつぶす。
冠	かん / かんむり	栄冠を勝ちとった。王様は冠をかぶっていた。
看	かん	祖父の看病をしている。将来は看護婦になりたい。
陥	かん / おちい(る)、おとしい(れる)	欠陥商品が売られていた。パニックに陥る。奈落の底に陥れられた。
勘	かん	勘定を済ませた。家出した息子を勘当した。

□貫通 □喚声 □堪忍 □勇敢 □出棺 □閑静

貫	かん / つらぬ(く)	トンネルが貫通した。会長としての貫禄が十分ある。初志を貫こう。
喚	かん	すばらしい技に驚きの喚声があがった。証人を喚問する。
堪	かん / た(える)	もうこれ以上堪忍できない。鑑賞に堪える。
敢	かん	勇敢に戦った。最後まで敢闘する。
棺	かん	出棺を見送った。遺体を納棺した。
閑	かん	閑静な住宅街に引っ越した。こんな時に安閑としてはいられない。

□勧告 □寛大 □新幹線 □歓迎 □監督 □緩和 □遺憾

勧	かん / すす(める)	降伏を勧告した。保険の勧誘の仕事をしている。進学を勧めた。
寛	かん	寛大な処置だった。寛容な心を持っている。
幹	かん / みき	新幹線に乗った。彼は組合の幹部だ。木の幹をよじのぼった。
歓	かん	新入社員のための歓迎会を開いた。歓声があがった。
監	かん	部下を監督する。国境では、不法侵入がないか監視の目を光らせている。
緩	かん / ゆる(む)	混雑を緩和するために時差通勤を呼びかける。緩やかなカーブ。緊張が緩む。
憾	かん	その件については私も遺憾に思っている。

問題I　次の文の下線をつけたことばは、どのように読みますか。その読み方をそれぞれの①②③④から一つ選びなさい。

1　あくまで初心を**貫く**。

　　① はぶく　　　　　② もとづく　　　　③ みちびく　　　　④ つらぬく

2　お年寄りの**看護**は、大変な仕事だ。

　　① かんごう　　　　② かんご　　　　　③ こんご　　　　　④ こんごう

3　無実の罪に**陥れ**られた人を救おう。

　　① おぼれ　　　　　② まぬがれ　　　　③ おとしいれ　　　④ のがれ

4　スト中止を**勧告**し、妥結を呼びかける。

　　① かんこく　　　　② かくこく　　　　③ かうこく　　　　④ かっこく

5　細かいことに気をとられて、**肝心**なことを忘れてはいけない。

　　① きごころ　　　　② かんしん　　　　③ かんじん　　　　④ きもしん

6　私の**勘違い**で、大きなミスをしてしまった。

　　① たんちがい　　　② こうちがい　　　③ ようちがい　　　④ かんちがい

問題II　次の文の下線をつけたことばは、どのような漢字を書きますか。その漢字をそれぞれの①②③④から一つ選びなさい。

1　成績が悪いからといって、**かんとく**を急に交代させるのは、よくない。

　　① 鑑督　　　　　　② 覧督　　　　　　③ 監督　　　　　　④ 艦督

2　その映画の暴力シーンは見るに**たえない**。

　　① 敢えない　　　　② 絶えない　　　　③ 堪えない　　　　④ 建えない

3　気を**ゆるめる**と、思わぬところで失敗をしてしまう。

　　① 緩める　　　　　② 援める　　　　　③ 暖める　　　　　④ 授める

4　「忍耐と**かんよう**」を内閣のモットーにした。

　　① 慣用　　　　　　② 肝要　　　　　　③ 寛容　　　　　　④ 歓容

5　めずらしいみやげを持っていったら、とても**かんげい**された。

　　① 観迎　　　　　　② 勧迎　　　　　　③ 勘迎　　　　　　④ 歓迎

6　鉄道の**かんせん**の地図を見る。

　　① 観戦　　　　　　② 幹線　　　　　　③ 汗腺　　　　　　④ 感染

8 課　漢字と例文

まず漢字の用語が読めるかどうかチェックして（□），次に例文を覚えましょう。

□還暦 □環境 □艦隊 □鑑定 □眼科 □頑張る

還	かん	父も今年、還暦を迎える。北方 領土の返還を叫ぶ。利益を還元する。
環	かん	環境に恵まれている。このバスは市内を循環している。
艦	かん	昔の戦艦が海の底に沈んでいる。艦隊を編成して戦場に向かう。
鑑	かん	鑑定を依頼した。文芸年鑑を買った。私の趣味は音楽鑑賞です。
眼	がん・まなこ	眼科が専門だ。近眼の人は眼鏡をかける。息子は寝ぼけ眼で起きてきた。
頑	がん	頑張ってください。この家は頑丈な造りだ。

□企画 □岐路 □忌引 □汽車 □奇数 □世紀

企	き・くわだ（てる）	新番組を企画する。大企業が倒産した。海外進出を企てる。
岐	き	人生の岐路に立っている。あの先生の専門分野は多岐にわたっている。
忌	き・い（まわしい）	忌引で会社を休んだ。忌まわしい出来事だった。不正を忌む。
汽	き	8時発の汽車に乗る。船が汽笛を鳴らしながら港に入ってきた。
奇	き	奇数と偶数。こんな所でお会いするとは奇遇ですね。奇想天外な発想だ。
紀	き	いよいよ新世紀だ。風紀が乱れている。

□無軌道 □既存 □飢える □鬼 □基礎 □指揮 □棋士

軌	き	無軌道な若者が増えている。事業が軌道に乗る。
既	き・すで（に）	既存の施設を利用した。私が駅に着いた時には、既に電車は出た後だった。
飢	き・う（える）	飢餓に苦しんでいる人々がいる。飢えた猿が山から下りてきた。
鬼	き・おに	彼は鬼才だ。心を鬼にする。彼は仕事の鬼だ。
基	き・もと、もとい	基礎からやり直す。厳しい基準を設けた。憲法に基づく。国の基を築く。
揮	き	私が工事の指揮をとる。実力を発揮する。
棋	き	将来は棋士になりたい。将棋を指す。

問題Ⅰ　次の文の下線をつけたことばは、どのように読みますか。その読み方をそれぞれの① ② ③ ④から一つ選びなさい。

1　ひとりぼっちで愛情に**飢えて**いる。
　　① ふえて　　　　② こえて　　　　③ うえて　　　　④ たえて

2　ひそかに強盗を**企てる**。
　　① へだてる　　　② うかべてる　　③ そだてる　　　④ くわだてる

3　父はとても**頑固**だ。
　　① げんこ　　　　② ごんこ　　　　③ ぎんこ　　　　④ がんこ

4　あの医院は**眼科**だ。
　　① もくか　　　　② げんか　　　　③ めか　　　　　④ がんか

5　血液の**循環**がよくない。
　　① じゅんかん　　② きかん　　　　③ きわ　　　　　④ じゅんわ

6　独身者と**既婚**者では、生活感覚が違う。
　　① みこん　　　　② すでこん　　　③ がいこん　　　④ きこん

問題Ⅱ　次の文の下線をつけたことばは、どのような漢字を書きますか。その漢字をそれぞれの ① ② ③ ④から一つ選びなさい。

1　めずらしい花の名前を**ずかん**で調べる。
　　① 図艦　　　　　② 図監　　　　　③ 図鑑　　　　　④ 図賢

2　**きみょう**な出来事だった。
　　① 奇名　　　　　② 奇命　　　　　③ 奇明　　　　　④ 奇妙

3　米軍施設の一部が、沖縄県に**へんかん**された。
　　① 変換　　　　　② 返環　　　　　③ 返還　　　　　④ 遍環

4　通信衛星を**きどう**に乗せる。
　　① 黄道　　　　　② 起動　　　　　③ 機動　　　　　④ 軌道

5　地元の産業を発展させるため、市が**きばん**を整備する。
　　① 基盤　　　　　② 寡盤　　　　　③ 基板　　　　　④ 旗板

6　ここで道が二つに**ぶんき**している。
　　① 分利　　　　　② 分帰　　　　　③ 分基　　　　　④ 分岐

9課 漢字と例文

まず漢字の用語が読めるかどうかチェックして（□），次に例文を覚えましょう。

□貴重 □棄権 □国旗 □輝く □騎乗

貴	き とうと(い)、たっと(ぶ)	**貴重**な体験をした。彼女は身分の**貴**い人だ。独立心を**貴**ぶ。
棄	き	マラソンを途中で**棄権**してしまった。古いピアノを**廃棄処分**にした。
旗	き はた	**国旗**をかかげる。**旗**を振る。**手旗信号**を送る。
輝	き かがや(く)	**光輝**を放つ。ダイヤモンドが**輝**いている。**輝**かしい成功をおさめる。
騎	き	白馬に**騎乗**する。体育祭では**騎馬戦**に参加した。

□便宜 □偽造 □詐欺 □義理 □儀式 □戯曲 □模擬 □犠牲

宜	ぎ	友人に**便宜**を図る。**適宜**な処置をとる。
偽	ぎ いつわ(る)、にせ	公文書の**偽造**は罪になる。病気と**偽**って欠席した。**偽札**を作り、捕まる。
欺	ぎ あざむ(く)	彼は**詐欺**をはたらき捕まった。彼が親友を**欺**くなんて、信じられない。
義	ぎ	**義理**を欠くわけにはいかない。あの先生の**講義**はつまらない。**義務**を果たす。
儀	ぎ	創立記念の**儀式**が行われた。**地球儀**で自分の国をさがした。
戯	ぎ たわむ(れる)	小説が**戯曲化**される。子犬がボールと**戯**れている。この子は**悪戯**好きだ。
擬	ぎ	**模擬試験**を受けてみた。日本語の**擬音語**や**擬態語**は、おもしろい。
犠	ぎ	彼は家庭を**犠牲**にしてまで会社のために働いている。

□菊 □大吉 □売却 □失脚 □普及 □弓道

菊	きく	**菊**の花が咲いている。**野菊**をとってきて部屋に飾った。
吉	きち、きつ	おみくじをひいたら**大吉**だった。なんとなく**不吉**な予感がする。
却	きゃく	土地を**売却**した。新しいビザの申請は**却下**された。
脚	きゃく あし	クーデターで**失脚**した政治家の手記を読む。机の**脚**に、足をぶつけた。
及	きゅう およ(ぶ)	パソコンが**普及**する。水害が町全体に**及**ぶ。彼の言動が世界に影響を**及**ぼす。
弓	きゅう ゆみ	彼は**弓道**をやっている。バイオリンの**弓**は、馬の尾の毛を用いているそうだ。

問題Ⅰ　次の文の下線をつけたことばは、どのように読みますか。その読み方をそれぞれの①②③④から一つ選びなさい。

1　この学校は**行儀**や作法に厳しい。

　　① ぎょぎ　　　　② こうぎ　　　　③ ぎょうぎ　　　　④ ごうぎ

2　彼の話は、かなり**脚色**されている。

　　① きょしょく　　② きゃしき　　　③ きゃくしょく　　④ きょくしょく

3　赤ちゃんが猫と**戯れて**いる。

　　① おとずれて　　② こがれて　　　③ はずれて　　　　④ たわむれて

4　弟を大学に行かせるため、姉は大きな**犠牲**を払った。

　　① ぎょうせい　　② だいしょう　　③ きせい　　　　　④ ぎせい

5　甘い言葉に**欺かれる**。

　　① さばかれる　　② はぶかれる　　③ かたむかれる　　④ あざむかれる

6　約束に違反したので、契約を**破棄**した。

　　① はき　　　　　② ほき　　　　　③ はっき　　　　　④ ほうき

問題Ⅱ　次の文の下線をつけたことばは、どのような漢字を書きますか。その漢字をそれぞれの①②③④から一つ選びなさい。

1　特定の業者に**べんぎ**を図ってはいけない。

　　① 便宜　　　　　② 便犠　　　　　③ 便欺　　　　　　④ 便儀

2　携帯電話が急速に**ふきゅう**しはじめている。

　　① 普及　　　　　② 不朽　　　　　③ 普給　　　　　　④ 不急

3　別荘の**ばいきゃく**で利益を得る。

　　① 売却　　　　　② 買脚　　　　　③ 買却　　　　　　④ 売脚

4　言葉では言えないが、どうも**ふきつ**な予感がする。

　　① 不詰　　　　　② 不喫　　　　　③ 不召　　　　　　④ 不吉

5　彼は**せいぎ**感が強い。

　　① 正議　　　　　② 正儀　　　　　③ 正義　　　　　　④ 正犠

6　彼女のおしゃべりで、**きちょう**な時間が無駄になった。

　　① 記帳　　　　　② 貴調　　　　　③ 貴重　　　　　　④ 基調

まず漢字の用語が読めるかどうかチェックして（□），次に例文を覚えましょう。

□丘陵　□朽ちる　□紛糾　□宮殿　□窮乏

丘	きゅう おか	海岸に沿って、なだらかな丘陵が続いている。小高い丘に登る。
朽	きゅう く（ちる）	家が老朽化したので、新築することにした。木造の橋が朽ちて落ちた。
糾	きゅう	異論が続出して会議は紛糾した。今回の事件の糾明が必要だ。
宮	きゅう、ぐう みや	ベルサイユ宮殿。明治神宮へ行った。赤ちゃんを抱いてお宮参りに出かけた。
窮	きゅう きわ（まる）	窮乏した生活を送る。もはや進退窮まった。

□拒絶　□根拠　□一挙　□謙虚　□距離

拒	きょ こば（む）	相手国の拒絶にあって援助活動を中止した。会社側に要求を拒まれた。
拠	きょ、こ	どんな根拠に基づいて主張するのか。有罪だという証拠はない。
挙	きょ あ（げる）	多くの問題を一挙に解決する。教会で結婚式を挙げたい。
虚	きょ、こ	彼は謙虚な人だ。鳶は虚空に高く舞い上がっていった。
距	きょ	ここから空港までは、かなり距離がある。

□凶暴　□狂喜　□享受　□海峡　□恭順　□脅迫　□故郷　□矯正　□望遠鏡

凶	きょう	逃走中の犯人は凶暴な男であるうえに、凶器を持っているそうだ。
狂	きょう くる（う）	当選の知らせに支援者は狂喜した。この時計は狂っているよ。
享	きょう	人類がみな豊かな生活を享受できるよう祈っている。名声を享受する。
峡	きょう	ドーバー海峡を渡ってイギリスからフランスへ行った。
恭	きょう うやうや（しい）	社長に恭順の意を表す。このホテルのボーイの接客態度はとても恭しい。
脅	きょう おびや（かす）、おど（かす）	犯人は脅迫状を送ってきた。友人にそっと近づき「わっ」と脅かした。
郷	きょう	高校を卒業後、故郷を離れた。二十年ぶりに郷里を訪れた。
矯	きょう た（める）	歯並びの矯正には、かなりの時間がかかる。盆栽の松の枝を針金で矯めた。
鏡	きょう かがみ	高層ビルから望遠鏡で東京の街を眺めた。鏡を磨いた。

問題 I 次の文の下線をつけたことばは、どのように読みますか。その読み方をそれぞれの①②③④から一つ選びなさい。

1 次期首相候補として、田中氏の名前が**挙がって**いる。
　① あがって　　　② ほしがって　　　③ いやがって　　　④ さがって

2 彼を犯人と決めつける**証拠**はない。
　① せいこ　　　② しょうこ　　　③ せいきょ　　　④ しょうきょ

3 あの少年は、学校の仲間に**脅迫**されて非行に走った。
　① せっぱく　　　② きゅうはく　　　③ きんぱく　　　④ きょうはく

4 その事件は、地域の平穏な生活を**脅かした**。
　① ひやかした　　　② おびやかした　　　③ おどろかした　　　④ たぶらかした

5 彼女は結婚して**郷里**に帰った。
　① けいり　　　② ごうり　　　③ きょうり　　　④ きょり

6 彼はこの作品で**朽ちる**ことのない名声を獲得した。
　① けちる　　　② くちる　　　③ みちる　　　④ おちる

問題 II 次の文の下線をつけたことばは、どのような漢字を書きますか。その漢字をそれぞれの①②③④から一つ選びなさい。

1 彼は安楽な生活を**きょうじゅ**していた。
　① 亨受　　　② 郭受　　　③ 恭受　　　④ 享受

2 細胞を**けんびきょう**で見る。
　① 検微鏡　　　② 顕微鏡　　　③ 験微境　　　④ 顕備境

3 電車の運賃は、**きょり**で計算される。
　① 拒離　　　② 巨離　　　③ 臨離　　　④ 距離

4 今年は雨が少なかったので、**きょうさく**になるだろう。
　① 脅作　　　② 凶作　　　③ 驚作　　　④ 恐作

5 **きょうど**の歴史を調べると、自分の祖先の姿がみえてくる。
　① 郷土　　　② 強度　　　③ 響土　　　④ 郭度

6 高速道路建設のための立ち退きを**きょひ**した。
　① 居否　　　② 巨否　　　③ 距否　　　④ 拒否

11 課 漢字と例文

まず漢字の用語が読めるかどうかチェックして（□），次に例文を覚えましょう。

□反響 □驚異 □信仰 □暁星 □凝視

響	きょう / ひび（く）	新製品は反響を呼んだ。上の階の足音が響く。
驚	きょう / おどろ（く）	驚異的な強さで優勝した。子どもが突然泣き出したので驚いた。
仰	ぎょう、こう / あお（ぐ）、おお（せ）	信仰を持つ。びっくり仰天した。仰せのとおりです。上司に指示を仰ぐ。
暁	ぎょう / あかつき	空に暁星が輝く。美しい暁の空。
凝	ぎょう / こ（る）	知人が映っていたのでテレビの画面を凝視した。父は釣りに凝っている。

□殺菌 □木琴 □鉄筋 □緊張 □謹慎 □襟 □吟味

菌	きん	殺菌効果のある石けんを使う。彼は細菌学の研究をしている。
琴	きん / こと	木琴は打楽器の一種です。日本料理店へ入ると琴の音が流れていた。
筋	きん / すじ	鉄筋コンクリート3階建ての家を新築した。あの人の話は筋が通っていない。
緊	きん	中山君は緊張した顔つきで会議室に入ってきた。国際情勢が緊迫している。
謹	きん / つつ（しむ）	会社での不正が発覚し、自宅謹慎になった。謹んでおわび申し上げます。
襟	きん / えり	夏は開襟シャツを着た男性をよく見かける。寒いのでコートの襟をたてた。
吟	ぎん	有能なコックさんほど料理の材料をよく吟味するそうだ。

□句読点 □駆使 □愚痴 □奇遇 □退屈 □繰り返し □薫る

句	く	句読点に注意して文章を書く。隣の部屋がうるさいので、文句を言った。
駆	く / か（ける）	さまざまな道具を駆使して立派な家具を作った。運動場を駆けまわる。
愚	ぐ / おろ（か）	つらくても愚痴をこぼさない。あんなことをするなんて愚かな人だ。
遇	ぐう	こんなところで会うとは奇遇だねえ。労働者たちは待遇の改善を要求した。
屈	くつ	仕事を辞めてから退屈な毎日だ。昔いじめられたので、彼の心は屈折している。
繰	く（る）	失敗を繰り返しながら成長していく。旅行の日程を一日繰り上げて帰宅した。
薫	くん / かお（る）	薫風に誘われてピクニックに出かけた。風薫る季節になりました。

問題 I　次の文の下線をつけたことばは、どのように読みますか。その読み方をそれぞれの① ②③④から一つ選びなさい。

1　空を**仰いだ**。
　　① かついだ　　　② あおいだ　　　③ ふさいだ　　　④ さわいだ

2　雑誌で自然の**驚異**を特集している。
　　① こうい　　　② きょい　　　③ きょうい　　　④ きゅうい

3　テレビの新番組の**反響**を調査する。
　　① はんこう　　　② はんきょう　　　③ はんきゅう　　　④ はんよう

4　狭い部屋で**窮屈**な暮らしを送る。
　　① へんくつ　　　② きょうせつ　　　③ きゅうくつ　　　④ こうへん

5　工夫を**凝らした**作品だ。
　　① たらした　　　② あらした　　　③ こらした　　　④ からした

6　長い説明だったが、**大筋**で理解できた。
　　① おおせつ　　　② おおすじ　　　③ だいふし　　　④ だいきん

問題 II　次の文の下線をつけたことばは、どのような漢字を書きますか。その漢字をそれぞれの①②③④から一つ選びなさい。

1　久しぶりに**かおり**高い文学作品に触れた。
　　① 蕉り　　　② 茎り　　　③ 薫り　　　④ 華り

2　地位が高くても給料が低いのでは、**たいぐう**がいいとは言えない。
　　① 対隅　　　② 待偶　　　③ 待遇　　　④ 対偶

3　金のためなら何でもする**ぐれつ**な奴だ。
　　① 具劣　　　② 具烈　　　③ 愚劣　　　④ 愚裂

4　**きんきゅう**に策を講じる。
　　① 近急　　　② 勤急　　　③ 今急　　　④ 緊急

5　これくらいで**おどろく**ようでは、修行が足りない。
　　① 驚く　　　② 啓く　　　③ 響く　　　④ 警く

6　彼はこの分野の**せんくしゃ**だ。
　　① 先久者　　　② 先功者　　　③ 先駆者　　　④ 先供者

12課 漢字と例文

まず漢字の用語が読めるかどうかチェックして（□），次に例文を覚えましょう。

□刑事 □系列 □半径 □茎 □契約 □恩恵 □拝啓

刑 けい
刑事になりたいと思っている。裁判官は終身刑を言い渡した。

系 けい
大学は文科系を受験するつもりです。この会社はA社の系列です。

径 けい
半径の2倍が直径だ。

茎 けい・くき
じゃがいもは、地下茎のある植物です。台風で花の茎が、折れてしまった。

契 けい・ちぎ（る）
新しい部屋を契約した。彼らは盟友の契りを結んだ。

恵 けい、え・めぐ（む）
現代人は科学の恩恵を受けている。全員で知恵を出し合う。雨は天の恵みだ。

啓 けい
拝啓、秋も深まってきましたが、いかがお過ごしでしょうか。神の啓示。

□掲示板 □渓流 □蛍光 □携帯 □継続 □慶事

掲 けい・かか（げる）
掲示板に試験の日程表が貼ってあった。オリンピック出場を目標に掲げる。

渓 けい
渓流を渡った。深い渓谷に橋を架けるのは難しい。

蛍 けい・ほたる
蛍光灯を使っているオフィスが多い。蛍を見たことがありますか。

携 けい・たずさ（える）
携帯電話を持っている人が増えている。ラジオを携えて登山する。

継 けい・つ（ぐ）
英会話のコースを継続して受講する。父のあとを継いで医者になった。

慶 けい
息子の結婚、娘の出産と慶事が続いた。

□休憩 □養鶏 □滑稽 □捕鯨 □打撃 □感激

憩 けい・いこ（う）
休憩室でゆっくり話しましょう。友達と公園で憩う。

鶏 けい・にわとり
父は養鶏場で働いている。私の家では鶏を飼っている。

稽 けい
あの人が社長だなんて、滑稽な話だ。今日はお茶の稽古日です。

鯨 げい・くじら
捕鯨船も少なくなった。鯨が泳いでいるのを見たことがありますか。

撃 げき・う（つ）
台風で、農家は大きな打撃を受けた。ピストルで撃たれて死んだ。

激 げき・はげ（しい）
その話を聞いて感激した。物価が急激に上がった。雨が激しく降りだした。

問題Ⅰ　次の文の下線をつけたことばは、どのように読みますか。その読み方をそれぞれの①②③④から一つ選びなさい。

1　あの店は、大きなホテルと**提携**している。
　　① てんけい　　　② とうけい　　　③ ていけい　　　④ たいけい

2　あの事件は、だれにとっても**衝撃**だった。
　　① こうげき　　　② ていげき　　　③ しょうげき　　　④ どうげき

3　私は農業に**携わって**いる。
　　① たずさわって　　② まじわって　　③ かかわって　　④ ことわって

4　この公園は市民の**憩い**の場となっている。
　　① にぶい　　　　② くどい　　　　③ かしこい　　　④ いこい

5　私の大学は環境に**恵まれて**いる。
　　① かくまれて　　② めぐまれて　　③ けいまれて　　④ ちぢまれて

6　娘はピアノの**稽古**を三日も休んでいる。
　　① けっこ　　　　② けんこ　　　　③ けいこ　　　　④ げいこ

問題Ⅱ　次の文の下線をつけたことばは、どのような漢字を書きますか。その漢字をそれぞれの①②③④から一つ選びなさい。

1　あの事件を**けいき**に、彼女は会社をやめた。
　　① 景気　　　　　② 形機　　　　　③ 契機　　　　　④ 継起

2　市内の路線バスには、大通り経由など3**けいとう**がある。
　　① 係党　　　　　② 径棟　　　　　③ 系統　　　　　④ 掲等

3　新聞に、求人広告を**けいさい**する。
　　① 掲載　　　　　② 携載　　　　　③ 掲裁　　　　　④ 掲栽

4　必ず試験に合格するよう、先生は生徒を**げきれい**した。
　　① 撃戻　　　　　② 激励　　　　　③ 撃礼　　　　　④ 激令

5　台風の模様を現地から**ちゅうけい**する。
　　① 中掲　　　　　② 中系　　　　　③ 中携　　　　　④ 中継

6　あの政治家は重い**けいばつ**を受けた。
　　① 警罰　　　　　② 刑閥　　　　　③ 刑伐　　　　　④ 刑罰

13課 漢字と例文

まず漢字の用語が読めるかどうかチェックして（□），次に例文を覚えましょう。

□穴　□傑作　□清潔　□倹約　□兼任

穴	けつ / あな	滝の裏側に洞穴ができていた。針の穴に糸を通した。
傑	けつ	彼は豪傑だ。この絵画は今世紀最大の傑作だ。
潔	けつ / いさぎよ(い)	清潔な衣類を身につける。用件を簡潔に伝える。潔く謝ったほうがいい。
倹	けん	彼は倹約家だ。
兼	けん / か(ねる)	営業部長と宣伝部長を兼任する。クラス委員がクラス会の議長も兼ねている。

□剣道　□健やか　□首都圏　□嫌悪　□文献　□絹

剣	けん / つるぎ	剣道部に入っている。弥生時代の剣が遺跡から発見された。
健	けん / すこ(やか)	健康に注意しよう。両親とも健在だ。健やかにお過ごしでしょうか。
圏	けん	首都圏の交通情報をお知らせします。今のあなたの成績なら、合格圏内だ。
嫌	けん、げん / きら(う)、いや	彼に嫌悪感を覚える。父の機嫌をとる。嫌われる仕事。彼女が嫌がっている。
献	けん、こん	参考文献を論文の最後に書いてください。毎日の献立を考えるのも大変だ。
絹	けん / きぬ	正絹の着物を桐の箱にしまう。絹のシャツは肌ざわりがいい。

□派遣　□憲法　□謙虚　□顕微鏡　□懸賞　□喧騒　□幻想　□玄関

遣	けん / つか(う)	政府から派遣され、A国で技術指導をしている。祖父から小遣いをもらった。
憲	けん	憲法を守らなければならない。
謙	けん	謙譲語はむずかしい。彼は常に謙虚だ。
顕	けん	顕微鏡で微生物を見た。彼は自己顕示欲が強い。
懸	けん、け / か(ける)	懸賞に応募する。開発は自然破壊の懸念がある。はしごを屋根に懸ける。
喧	けん	都会の喧騒をのがれて静かな田舎に遊びに行く。友だちと喧嘩をした。
幻	げん / まぼろし	幻想を抱く。死んだ父にそっくりの人に会い、幻を見たのかと思った。
玄	げん	玄関にだれか来た。玄人の目はごまかせない。

問題Ｉ　次の文の下線をつけたことばは、どのように読みますか。その読み方をそれぞれの① ②③④から一つ選びなさい。

1　この生地は本物の**絹**なのでなめらかだ。
　　① めん　　　　　② きぬ　　　　　③ あさ　　　　　④ わた

2　今日の彼は**機嫌**が悪かった。
　　① きごん　　　　② きぎ　　　　　③ きき　　　　　④ きげん

3　この作品は彼の最高**傑作**だ。
　　① けっさく　　　② もさく　　　　③ がっさく　　　④ かさく

4　自衛隊の海外派遣で、日本の**憲法**が問題になった。
　　①　けんぽう　　　② けんほう　　　③ けいほう　　　④ げんほう

5　子どもは、すくすくと**健やか**に育った。
　　① なごやか　　　② おだやか　　　③ さわやか　　　④ すこやか

6　さすがに**玄人**が作った料理だけあって、見た目も味もいい。
　　① しろうと　　　② くろうと　　　③ げんじん　　　④ げんにん

問題ＩＩ　次の文の下線をつけたことばは、どのような漢字を書きますか。その漢字をそれぞれの①②③④から一つ選びなさい。

1　彼女は、世界平和に**こうけん**する仕事につこうと思った。
　　① 貢献　　　　　② 効権　　　　　③ 好健　　　　　④ 後見

2　**しんけん**な態度で講習を受ける。
　　① 真検　　　　　② 真険　　　　　③ 真剣　　　　　④ 真倹

3　家族のため一生**けんめい**に働く。
　　① 賢明　　　　　② 健名　　　　　③ 権銘　　　　　④ 懸命

4　ゴミが散らかっているので、**ふけつ**だ。
　　① 不傑　　　　　② 不潔　　　　　③ 不喫　　　　　④ 不契

5　面接のときは、言葉**づかい**に気をつけよう。
　　① 遣い　　　　　② 操い　　　　　③ 捕い　　　　　④ 遺い

6　このカバンは男女**けんよう**です。
　　① 伴用　　　　　② 兼用　　　　　③ 件用　　　　　④ 謙用

14 課 <u>漢字と例文</u>

まず漢字の用語が読めるかどうかチェックして（□），次に例文を覚えましょう。

□弦楽器 □資源 □厳重 □自己 □孤独 □弧

弦	げん つる	バイオリンやギターなどを弦楽器という。弓に弦を張る。
源	げん みなもと	日本は天然資源がとぼしい国だ。北上川は岩手県の山地に源を発している。
厳	げん おごそ(か)、きび(しい)	厳重に注意した。裁判官は判決文を厳かに読み上げた。寒さが厳しい。
己	こ、き おのれ	自己紹介をした。多くの同好の知己を得る。己をふりかえってみる。
孤	こ	都会での生活は、ときどき孤独を感じる。彼は孤立している。
弧	こ	（ ）の符号は括弧と読みます。湖が弧状に広がる。

□故障 □誇る □鼓膜 □顧客 □呉服 □娯楽

故	こ ゆえ	買ってすぐ故障してしまった。少年は、貧しさの故に盗みをはたらいた。
誇	こ ほこ(る)	A国は武力を誇示したため、隣国の反感をかった。彼は世界に誇る大作家だ。
鼓	こ つづみ	鼓膜が破れるほどの音楽が鳴り響いた。おいしい海鮮料理に舌鼓を打った。
顧	こ かえり(みる)	顧客にファッションショーの案内状を送った。自分の人生を顧みる。
呉	ご	この着物は駅前の呉服屋でつくりました。
娯	ご	日曜日は家でテレビの娯楽番組を見ながらゆっくり過ごす。

□覚悟 □碁 □弁護 □公然 □瞳孔 □成功 □巧妙

悟	ご さと(る)	失敗を覚悟でやってみた。象は自分の死期を悟ると群れから離れていく。
碁	ご	祖父の趣味は碁を打つことだ。彼は囲碁の名人だ。
護	ご	将来は弁護士になりたい。絶滅寸前の動物を保護した。
公	こう おおやけ	二十歳になれば公然とたばこが吸えるね。公の場での発言には注意しよう。
孔	こう	患者は病院に運ばれたが、瞳孔が開いていて危険な状態だ。
功	こう、く	新製品の開発に成功した。功徳を積んだお坊さんの話は、人々の心を打つ。
巧	こう たく(み)	巧妙な手口で女性をだます。巧みな話術で人々の関心をひきつける。

問題Ｉ　次の文の下線をつけたことばは、どのように読みますか。その読み方をそれぞれの①②③④から一つ選びなさい。

1　この教会は<u>孤児</u>院を運営している。

　　① しじ　　　　② いじ　　　　③ かじ　　　　④ こじ

2　演技が<u>巧み</u>で、とても素人とは思えない。

　　① たくみ　　　② ねたみ　　　③ にらみ　　　④ うらみ

3　この会社は設立100年を<u>誇る</u>服飾メーカーです。

　　① かける　　　② まさる　　　③ おとる　　　④ ほこる

4　我が国では老人の<u>介護</u>の充実がいそがれる。

　　① ほご　　　　② かいこ　　　③ かんご　　　④ かくご

5　私が聞いた話は、かなり<u>誇張</u>されていた。

　　① ぼうちょう　② ほちょう　　③ こちょう　　④ こうちょう

6　契約書は<u>厳密</u>に検討する必要がある。

　　① げんみつ　　② げんめつ　　③ がんみつ　　④ がんめつ

問題ＩＩ　次の文の下線をつけたことばは、どのような漢字を書きますか。その漢字をそれぞれの①②③④から一つ選びなさい。

1　バスと乗用車がぶつかる<u>じこ</u>が起きた。

　　① 事故　　　　② 自故　　　　③ 自己　　　　④ 事己

2　この候補者は、党の<u>こうにん</u>が得られなかった。

　　① 公認　　　　② 後任　　　　③ 功人　　　　④ 講忍

3　患者の心臓の<u>こどう</u>はしだいに弱まっていった。

　　① 呼動　　　　② 故動　　　　③ 鼓動　　　　④ 個動

4　機械は<u>せいこう</u>にできているが、デザインが悪い。

　　① 精巧　　　　② 成功　　　　③ 性向　　　　④ 生硬

5　あの教授は、学生を<u>こうへい</u>に評価する。

　　① 公平　　　　② 功平　　　　③ 孝平　　　　④ 貢平

6　紙の<u>きげん</u>はエジプトだといわれている。

　　① 紀限　　　　② 紀元　　　　③ 起源　　　　④ 起原

まず漢字の用語が読めるかどうかチェックして（□），次に例文を覚えましょう。

□甲板 □江戸 □炭坑 □孝行 □抗議 □専攻

甲 こう、かん
エビやカニなどは甲殻類だ。甲板に出て、写真をとった。

江 こう・え
中国旅行で揚子江を見る。今日の歴史の授業は江戸時代についてだ。

坑 こう
炭坑の出入り口で事故があったそうだ。

孝 こう
彼は親思いの孝行息子だ。

抗 こう
一方的な役所からの通知に抗議した。クラス対抗の野球の試合がある。

攻 こう・せ（める）
大学で東洋史を専攻している。真正面から攻めてこい。

□拘束 □恒例 □洪水 □貢献 □健康 □控える

拘 こう
容疑者は警察に身柄を拘束された。

恒 こう
私たちの学校では毎年6月に研修旅行を行うのが恒例となっている。

洪 こう
洪水にみまわれた。

貢 こう・みつ（ぐ）
チームの優勝に大きく貢献する。彼は権力者に金品を貢いだ。

康 こう
何よりも健康が大切だ。

控 こう・ひか（える）
税金を控除する。退院後も、塩分を控えた食事を心がけてください。

□恐慌 □絞殺 □項目 □溝 □綱引き □発酵 □原稿

慌 こう・あわ（てる）
金融恐慌をひきおこす。朝寝坊して慌ただしく家を出た。

絞 こう・しぼ（る）、し（める）
絞殺死体が発見された。狙いを絞る。自分の首を絞めるような発言だ。

項 こう
集めた資料を項目別に整理する。大学の入試要項を取り寄せた。

溝 こう・みぞ
排水溝の掃除をした。意見の違いから二人の間に溝ができてしまった。

綱 こう・つな
党の綱領を発表した。運動会では綱引きに出場した。

酵 こう
米を発酵させて日本酒を造る。

稿 こう
原稿用紙に作文を書く。私が投稿した記事が雑誌に掲載された。

問題Ⅰ　次の文の下線をつけたことばは、どのように読みますか。その読み方をそれぞれの① ②③④から一つ選びなさい。

1　試験会場で、受験票が見つからず**慌てて**しまった。
　　① あせってて　　　② あれてて　　　③ あわてて　　　④ あきてて

2　試合では終始相手チームを**攻めて**、勝利を勝ちとった。
　　① せめて　　　　　② とがめて　　　③ からめて　　　④ やめて

3　弁護士と話し合った結果、**控訴**することにした。
　　① かうそ　　　　　② こうそ　　　　③ そうそ　　　　④ くうそ

4　雑誌社から頼まれた**原稿**を徹夜で書き上げた。
　　① げんきょう　　　② げんしょう　　③ げんこう　　　④ げんぽん

5　たばこは**健康**によくないが、なかなかやめられない。
　　① げんき　　　　　② けんきょう　　③ けんこう　　　④ げんこう

6　店頭に置く商品の構成を**絞る**。
　　① にぎる　　　　　② もぐる　　　　③ さぐる　　　　④ しぼる

問題Ⅱ　次の文の下線をつけたことばは、どのような漢字を書きますか。その漢字をそれぞれの①②③④から一つ選びなさい。

1　**みぞ**にはまってしまった。
　　① 泥　　　　　　　② 沼　　　　　　③ 溝　　　　　　④ 沖

2　株の暴落が、経済**きょうこう**の引き金になった。
　　① 強硬　　　　　　② 教皇　　　　　③ 凶行　　　　　④ 恐慌

3　地域の発展に**こうけん**した人をたたえる。
　　① 貢献　　　　　　② 高見　　　　　③ 効験　　　　　④ 後見

4　注意**じこう**をよく読んでください。
　　① 時効　　　　　　② 事項　　　　　③ 時候　　　　　④ 次項

5　面接の前に、**ひかえしつ**に入る。
　　① 寝室　　　　　　② 客室　　　　　③ 待室　　　　　④ 控室

6　対立するグループの**こうそう**で、けが人がでた。
　　① 好走　　　　　　② 高層　　　　　③ 抗争　　　　　④ 構想

16課 漢字と例文

まず漢字の用語が読めるかどうかチェックして（□），次に例文を覚えましょう。

□興奮 □均衡 □鉄鋼 □購入 □剛健 □豪華

興	こう、きょう おこ（す）	コンサートに**興奮**する。心理学に**興味**がある。新しい会社を**興**す。
衡	こう	需要と供給の**均衡**が崩れる。
鋼	こう はがね	父は**鉄鋼**所を経営している。刃物には固くて強い**鋼**が使われるそうだ。
購	こう	教科書は学校がまとめて**購入**する。
剛	ごう	両親は**剛健**な男の子になってほしいと願い、息子に剣道を習わせた。
豪	ごう	その歌手は**豪華**な衣装でステージに現れた。社長は**豪快**に笑う。

□克服 □穀類 □冷酷 □監獄 □頃 □昆虫

克	こく	数々の障害を**克服**した。彼女は子どもの成長を**克明**に記録していた。
穀	こく	食料としての**穀物**を**穀類**という。
酷	こく	彼はやさしそうにみえるが、実は**冷酷**な男だ。
獄	ごく	爆発事故の現場はまるで**地獄**だった。受刑者が**監獄**で書いた手記を発表した。
頃	ころ	若い**頃**は何をしても疲れることがなかったような気がする。
昆	こん	子どもの頃、**昆虫採集**をしたものです。

□悔恨 □紺色 □魂胆 □懇切 □補佐 □示唆 □詐称

恨	こん うら（む）	あんなことは言わなければよかったと**悔恨**の念にさいなまれた。世の中を**恨**む。
紺	こん	**紺色**のスカートをはいている人が林さんだ。
魂	こん たましい	彼女には何か**魂胆**があるに違いない。死者の**魂**をなぐさめる。
懇	こん ねんご（ろ）	道を尋ねたら**懇切丁寧**に教えてくれた。来客を**懇**ろにもてなした。
佐	さ	副会長は会長を**補佐**する役である。
唆	さ そそのか（す）	今回の交渉は長引くだろうと外務大臣は**示唆**した。彼に悪事を**唆**された。
詐	さ	彼は経歴を**詐称**していた。彼女は、実は**詐欺師**だった。

問題Ⅰ　次の文の下線をつけたことばは、どのように読みますか。その読み方をそれぞれの①②③④から一つ選びなさい。

1　私が苦しんでいるのを知りながら、何もしてくれなかった親が**恨めしい**。
　　① ねためしい　　　② うらめしい　　　③ にくめしい　　　④ こんめしい

2　このアパートは、ちょうど**手頃**な価格だ。
　　① てごろ　　　　　② てころ　　　　　③ しゅごろ　　　　④ しゅころ

3　彼女はこの地方の大**富豪**と結婚した。
　　① ふうぎょう　　　② ふうごう　　　　③ ふごう　　　　　④ ふぎょう

4　彼の言い方は、彼女にとって**残酷**だった。
　　① ざんこく　　　　② せんこく　　　　③ ぜんこく　　　　④ さんこく

5　苦手な学科を**克服**して合格した。
　　① こっふく　　　　② こくふく　　　　③ こうふく　　　　④ こいふく

6　明日は息子の学校で保護者**懇談会**がある。
　　① かんだんかい　　② おんだんかい　　③ えんだんかい　　④ こんだんかい

問題Ⅱ　次の文の下線をつけたことばは、どのような漢字を書きますか。その漢字をそれぞれの①②③④から一つ選びなさい。

1　**ごうか**なパーティに招待される。
　　① 豪華　　　　　　② 享華　　　　　　③ 剛嘩　　　　　　④ 募嘩

2　ＳＦ映画には**こんちゅう**のような宇宙人がよく登場する。
　　① 昆虫　　　　　　② 皆虫　　　　　　③ 混虫　　　　　　④ 昇虫

3　宴会の**よきょう**でめずらしい曲を歌う。
　　① 余行　　　　　　② 余演　　　　　　③ 余興　　　　　　④ 余況

4　通信販売で**こうにゅう**した商品が、家に届いた。
　　① 構入　　　　　　② 溝入　　　　　　③ 購入　　　　　　④ 講入

5　悪質な**さぎ**商法が告発された。
　　① 災疑　　　　　　② 詐欺　　　　　　③ 唆偽　　　　　　④ 訴儀

6　災害から完全に**ふっこう**するまでには時間がかかる。
　　① 復溝　　　　　　② 復航　　　　　　③ 復興　　　　　　④ 復刻

17 課 漢字と例文

まず漢字の用語が読めるかどうかチェックして（□），次に例文を覚えましょう。

□閉鎖 □沙汰 □災害 □砕く □主宰 □盆栽

鎖	さ くさり	不況には勝てず今月で工場を閉鎖することになった。犬を鎖でつなぐ。
沙	さ	すっかり御無沙汰してしまった。地獄の沙汰も金次第といわれる。
災	さい わざわ（い）	災害には天災だけではなく、人災もある。自然も時には人間に災いをもたらす。
砕	さい くだ（く）	砕石機を使って作業を進めた。砕いた氷を使って冷やした。
宰	さい	彼は若いながらも劇団を主宰している。
栽	さい	盆栽をいじることが祖父の楽しみの一つだ。

□水彩 □書斎 □独裁 □債権 □催す □掲載

彩	さい いろど（る）	彼の描く水彩画は色彩が豊かだ。美しい花が食卓を彩っている。
斎	さい	父の書斎にはさまざまな分野の本が並んでいる。
裁	さい た（つ）、さば（く）	あの国はいまだに独裁政治が続いている。生地を裁って服を作る。罪を裁く。
債	さい	倒産した会社に債権者がおしかけた。負債を返済するために働いている。
催	さい もよお（す）	オリンピックは4年ごとに開催される。歓迎会を催す。
載	さい の（る）	投書したら新聞に掲載された。その言葉は辞書にも載っていなかった。

□錠剤 □削減 □捜索 □方策 □酢酸 □搾る □錯覚

剤	ざい	ビタミンの錠剤を毎日飲んでいる。兄は調剤薬局に勤めている。
削	さく けず（る）	経費の削減のために廊下の明かりを半分にする。ナイフで鉛筆を削った。
索	さく	行方不明者の捜索は今もなお続いている。
策	さく	もっと具体的な方策をたてねばなるまい。
酢	さく す	酢の酸味の主成分は酢酸だ。
搾	さく しぼ（る）	北海道の酪農家にホームステイして初めて搾乳をしてみた。レモンを搾る。
錯	さく	彼女たちは姉妹ではないかと錯覚するほど良く似ている。

問題Ⅰ 次の文の下線をつけたことばは、どのように読みますか。その読み方をそれぞれの① ②③④から一つ選びなさい。

1　クーデターで、空港が一時的に**封鎖**された。
　　① ふくさ　　　　② ふうさい　　　　③ ふうさく　　　　④ ふうさ

2　多くの学者が難病の治療法を**模索**している。
　　① もさく　　　　② きさん　　　　③ ぽさく　　　　④ むさん

3　いまどきそうした発言は、時代**錯誤**もはなはだしい。
　　① さっご　　　　② さいご　　　　③ さくご　　　　④ さつご

4　法が人を**裁く**のであって、人がではない。
　　① さばく　　　　② あざむく　　　　③ くだく　　　　④ やぶく

5　このホテルの部屋は落ち着いた**色彩**で統一されている。
　　① しきさい　　　　② いろさい　　　　③ しきいろ　　　　④ いろいろ

6　**体裁**だけ整えても、中身が伴わない。
　　① ていさく　　　　② ていさい　　　　③ たいさい　　　　④ たいさく

問題Ⅱ 次の文の下線をつけたことばは、どのような漢字を書きますか。その漢字をそれぞれの①②③④から一つ選びなさい。

1　食器は必ず中性**せんざい**を使って洗いましょう。
　　① 洗削　　　　② 洗済　　　　③ 洗材　　　　④ 洗剤

2　政府の経済**せいさく**が大きく変わった。
　　① 政索　　　　② 政策　　　　③ 政作　　　　④ 政搾

3　この書類に**きさい**されている事項をゆっくり読んでください。
　　① 記採　　　　② 記蔵　　　　③ 記載　　　　④ 記裁

4　落としたコップは粉々に**くだけて**しまった。
　　① 硫けて　　　　② 礎けて　　　　③ 砕けて　　　　④ 破けて

5　今度の展示会は、新聞社が**しゅさい**している。
　　① 主催　　　　② 主宰　　　　③ 主載　　　　④ 主際

6　大事故にまきこまれる**さいなん**にあった。
　　① 栽難　　　　② 遭難　　　　③ 債難　　　　④ 災難

18課 漢字と例文

まず漢字の用語が読めるかどうかチェックして（□），次に例文を覚えましょう。

□大匙 □撮影 □擦る □挨拶 □爽やか □桟橋

匙	さじ	大匙一杯の油をフライパンに入れてください。
撮	と（る）/さつ	モデルを招いて撮影会が行われた。写真を撮る。
擦	さつ/す（る）	両国間の経済摩擦は深刻化している。マッチを擦る。靴擦れで足が痛い。
拶	さつ	都会のマンションでは、隣に住んでいても挨拶しない人がいるそうだ。
爽	さわ（やか）	彼は爽やかな好青年だ。
桟	さん	桟橋で釣りをしている人を見かけた。

□養蚕 □惨事 □傘下 □酸味 □暫定

蚕	さん/かいこ	おじは養蚕業を営んでいる。蚕から絹糸がとれることを知っていましたか。
惨	さん/みじ（め）	たった一人の飲酒運転が大惨事を引き起こした。惨めな敗北だった。
傘	さん/かさ	あの会社は、傘下に百近い子会社を持つ大企業だ。電車に傘を置き忘れた。
酸	さん/す（い）	タイ料理は何ともいえない酸味がある。祖父は酸いも甘いも知っている人だ。
暫	ざん	来月末までに暫定予算案を提出しなければならない。

□紳士 □氏名 □司会 □矢面 □要旨 □至急 □志望 □福祉

士	し	彼はいつでもだれにでも紳士的な態度で接する。
氏	し/うじ	住所、氏名を明記してください。「氏より育ち」というが本当だ。
司	し	友人の結婚パーティーの司会を頼まれた。
矢	し/や	一矢を報いる。社員の不祥事で、社長の私が世間の非難の矢面に立たされた。
旨	し/むね	文章を読んで要旨を100字以内にまとめる。会の出欠はその旨連絡ください。
至	し/いた（る）	クラス委員は至急、職員室へきてください。朝早くから深夜に至るまで働く。
志	し/こころざ（す）	私は医学部志望です。画家を志してフランスへ渡った。
祉	し	将来は福祉関係の仕事につきたい。

問題Ⅰ 次の文の下線をつけたことばは、どのように読みますか。その読み方をそれぞれの①②③④から一つ選びなさい。

1 今日は天気もよく、そよ風がふき、**爽やか**だ。
  ① あざやか　　　　② かろやか　　　　③ さわやか　　　　④ すこやか

2 **至急**扱いのファクスがきたので、すぐ返事を出した。
  ① はきゅう　　　　② しきゅう　　　　③ さっきゅう　　　④ いきゅう

3 新しい折りたたみの**傘**をバスの車内に忘れた。
  ① いま　　　　　　② かさ　　　　　　③ くら　　　　　　④ かい

4 協定はまだ調印されていないが、**暫定**的に合意した。
  ① ぜいてい　　　　② ざんてい　　　　③ じんてい　　　　④ ぜんてい

5 駅前でテレビ・ドラマの**撮影**を行っていた。
  ① そうえい　　　　② さつえい　　　　③ さいえい　　　　④ せつえい

6 国によって、**福祉**に対する政府の姿勢は違う。
  ① ふくと　　　　　② ふくり　　　　　③ ふくき　　　　　④ ふくし

問題Ⅱ 次の文の下線をつけたことばは、どのような漢字を書きますか。その漢字をそれぞれの①②③④から一つ選びなさい。

1 就職希望者の大企業**しこう**が強いので、有名会社は倍率が高い。
  ① 施工　　　　　　② 志向　　　　　　③ 施行　　　　　　④ 思考

2 貿易**まさつ**の原因は、輸入が少なすぎることだ。
  ① 磨察　　　　　　② 魔擦　　　　　　③ 摩察　　　　　　④ 摩擦

3 募金の**しゅし**に賛同される方は、寄付をお願いします。
  ① 種旨　　　　　　② 趣視　　　　　　③ 趣旨　　　　　　④ 殊旨

4 会社の**じょうし**に残業を頼まれ、断れなかった。
  ① 上司　　　　　　② 上師　　　　　　③ 上志　　　　　　④ 上伺

5 地図の**やじるし**のところが、今日の会場です。
  ① 矢印　　　　　　② 屋印　　　　　　③ 家印　　　　　　④ 八印

6 この作家は、**ひさん**な青年時代を送った。
  ① 悲参　　　　　　② 被散　　　　　　③ 悲惨　　　　　　④ 被讃

19課 漢字と例文

まず漢字の用語が読めるかどうかチェックして（□），次に例文を覚えましょう。

□選択肢 □姿 □施行 □視点 □紫外線 □詩人

肢	し	選択肢は二つに一つしかない。
姿	し すがた	私は姿勢が悪いといつも母に注意される。自分の姿を鏡に映した。
施	し ほどこ（す）	新しい法律が施行される。その宮殿はいたる所に装飾が施されていた。
視	し	物事はさまざまな視点から見ることが必要だ。
紫	し むらさき	5月になると急に紫外線が強くなる。あの紫色の着物はとても美しい。
詩	し	学生時代、文学少女だった私は詩人になることを夢見ていた。

□飼育 □雌 □諮問 □侍医 □滋養 □慈善

飼	し か（う）	動物を飼育していると、どんな動物にも愛情がわいてくる。金魚を飼う。
雌	し めす	彼はひよこの雌雄を見分けることができる。お宅の犬は雄ですか、雌ですか。
諮	し はか（る）	首相は諮問機関に意見を求めた。その企画を重役会議に諮る。
侍	じ さむらい	あの大学の教授は侍医もしている。父は侍の出てくる時代劇が好きだ。
滋	じ	風邪の時は滋養のあるものを食べてゆっくり休んだほうがいい。
慈	じ いつく（しむ）	慈善事業に参加する。庭の草木を慈しみ、手入れを怠らない。

□陶磁器 □叱る □軸 □疾患 □執筆 □漆器 □芝生

磁	じ	さまざまな国の陶磁器を集めています。
叱	しか（る）	子どもの頃は悪戯をしてよく母に叱られました。
軸	じく	床の間に掛け軸をかけた。マッチの軸でお城の模型を作った人がいる。
疾	しつ	皮膚の疾患の場合、清潔にすることが第一だ。
執	しつ、しゅう と（る）	原稿の執筆にとりかかる。彼は彼女に気持ちを伝えようと筆を執った。
漆	しつ うるし	漆器は水洗いしないほうがいいそうだ。漆塗りのお椀を買った。
芝	しば	芝を植える。天気のいい日は芝生に寝ころがって本を読む。

問題Ⅰ　次の文の下線をつけたことばは、どのように読みますか。その読み方をそれぞれの①②③④から一つ選びなさい。

1　新しい税制について大蔵大臣が学識経験者に**諮る**。

①　さだめる　　　②　はかる　　　③　たずねる　　　④　さぐる

2　コンパスの針は、永久**磁石**でできている。

①　じっしゃく　　②　じしゃく　　③　じっせき　　　④　じせき

3　親が子供を**叱る**姿は、どこの国でも同じだ。

①　せめる　　　　②　しかる　　　③　ほめる　　　　④　はかる

4　提案を前向きの**姿勢**で検討する。

①　いせい　　　　②　かせい　　　③　せのび　　　　④　しせい

5　**芝生**の中に入らないでください。

①　しふ　　　　　②　けいふ　　　③　そうふ　　　　④　しばふ

6　彼はどうもお金に**執着**しすぎる。

①　しゅちゃく　　②　しゅうちゃく　③　しっちゃく　　④　しゅっちゃく

問題Ⅱ　次の文の下線をつけたことばは、どのような漢字を書きますか。その漢字をそれぞれの①②③④から一つ選びなさい。

1　**しや**の狭い人には、大きな仕事はまかせられない。

①　思野　　　　　②　視野　　　　③　指野　　　　　④　姿野

2　あの人は、自分の好きな**し**を暗記している。

①　話　　　　　　②　詩　　　　　③　詰　　　　　　④　託

3　前輪の**じく**がずれているので、ハンドルの切れが悪い。

①　較　　　　　　②　轄　　　　　③　軸　　　　　　④　軒

4　今度**かう**犬は、ブルドッグにしよう。

①　伺う　　　　　②　酔う　　　　③　飾う　　　　　④　飼う

5　公共の**しせつ**を利用すると、料金が安い。

①　至設　　　　　②　祉設　　　　③　仕設　　　　　④　施設

6　昔の高貴な人は、**むらさき**色の衣服を身につけていた。

①　紅　　　　　　②　緊　　　　　③　紫　　　　　　④　柴

20 課 漢字と例文

まず漢字の用語が読めるかどうかチェックして（□），次に例文を覚えましょう。

□校舎　□放射能　□容赦　□斜め　□煮る　□遮る

舎	しゃ	校舎の改築工事が行われている。田舎から出てきた。
射	しゃ・い（る）	放射能による大気汚染が問題になっている。矢を射る。
赦	しゃ	記者会見では容赦ない質問がとびかった。
斜	しゃ・なな（め）	この坂道は傾斜がかなりきつい。山の斜面に雪が積もった。道を斜めに横切る。
煮	しゃ・に（る）	赤ちゃんが使うほ乳瓶は煮沸消毒している。鍋で野菜を煮る。
遮	しゃ・さえぎ（る）	遮光のカーテンは普通のカーテンより光を遮る。

□謝絶　□無邪気　□蛇　□尺度　□晩酌　□解釈

謝	しゃ・あやま（る）	お見舞いに行ったが面会謝絶で会えなかった。頭を下げて謝る。
邪	じゃ	子どもが無邪気に遊んでいる。風邪をひいてしまった。
蛇	じゃ、だ・へび	大蛇を見た。店の前は長蛇の列ができていた。私が嫌いなものは蛇です。
尺	しゃく	人によって考え方の尺度は違う。巻尺で家具のサイズを測った。
酌	しゃく・く（む）	父は仕事を終えて晩酌をしている。友と久しぶりに酒を酌み交わした。
釈	しゃく	同じ小説を読んだり映画を見たりしても、どう解釈するかは人によって違う。

□寂しい　□朱肉　□狩猟　□特殊　□珠算　□趣　□寿命

寂	じゃく・さび（しい）	この山寺は静寂に包まれている。一人暮らしは時には寂しくなる。
朱	しゅ	印鑑は持ってきたが朱肉がない。朱色の風呂敷で包む。
狩	しゅ・か（り）	大昔、人間は狩猟生活を営んでいた。父は狩りに行き、鳥を二羽しとめた。
殊	しゅ・こと	彼は特殊な才能を持っていた。毎年雪が多いが、今年は殊に大雪だ。
珠	しゅ	私は珠算二級だ。成人の記念に両親から真珠のネックレスをもらった。
趣	しゅ・おもむき	趣味は読書だ。趣のある立派な庭園ですね。
寿	じゅ	男女の平均寿命には差がある。

問題Ⅰ　次の文の下線をつけたことばは、どのように読みますか。その読み方をそれぞれの①②③④から一つ選びなさい。

1　狭い庭でも、植木や石をうまく配置すると<u>趣</u>が違ってくる。

　　① おももち　　　② おもむき　　　③ おもかげ　　　④ おもざし

2　このテレビはそろそろ<u>寿命</u>なのか、映りが悪い。

　　① じゅうめい　　② じゅめい　　　③ じゅみょう　　④ じゅうみょう

3　黒い幕で、光を完全に<u>遮る</u>。

　　① かかげる　　　② こごえる　　　③ ちぢれる　　　④ さえぎる

4　水道の<u>蛇口</u>から直接水を飲む。

　　① じゃぐち　　　② びぐち　　　　③ びこう　　　　④ じゃこう

5　よほど<u>寂しい</u>のか、何度も電話をかけてきた。

　　① さびしい　　　② かなしい　　　③ はげしい　　　④ うれしい

6　この地方は穀倉地帯といわれるが、今年は<u>殊に</u>豊作だ。

　　① さらに　　　　② ついに　　　　③ とくに　　　　④ ことに

問題Ⅱ　次の文の下線をつけたことばは、どのような漢字を書きますか。その漢字をそれぞれの①②③④から一つ選びなさい。

1　自分の非を認め、<u>あやまった</u>。

　　① 謝った　　　　② 誤った　　　　③ 射った　　　　④ 過った

2　駅の<u>ななめ</u>向かいに銀行があります。

　　① 謝め　　　　　② 斜め　　　　　③ 赦め　　　　　④ 射め

3　人が飛び出したので、<u>はんしゃ</u>的にブレーキを踏んだ。

　　① 販社　　　　　② 般謝　　　　　③ 反射　　　　　④ 半斜

4　この作品の結末に対しては、いろいろな<u>かいしゃく</u>がある。

　　① 会釈　　　　　② 解釈　　　　　③ 会尺　　　　　④ 解尺

5　今日の催しの<u>しゅし</u>が最初に説明された。

　　① 朱旨　　　　　② 趣旨　　　　　③ 殊旨　　　　　④ 宗旨

6　小学校の古い<u>こうしゃ</u>をたて直して、立派な建物ができた。

　　① 巧者　　　　　② 公社　　　　　③ 公舎　　　　　④ 校舎

21 課 漢字と例文

まず漢字の用語が読めるかどうかチェックして（□），次に例文を覚えましょう。

□呪う □授業 □需要 □儒教 □樹木 □優秀

呪	じゅ / のろ (う)	占いの呪文を唱える。私は自分の失敗を呪った。
授	じゅ / さず (ける)	次の授業は英語だ。子どもは天からの授かりものだ。
需	じゅ	需要と供給の関係によって商品の価格が決まる。海辺では帽子は必需品だ。
儒	じゅ	儒教の影響を受けて育った。
樹	じゅ	あそこの大きな家は、門から玄関まで両側に樹木が茂っている。
秀	しゅう / ひい (でる)	優秀な成績で卒業した。一芸に秀でた人を入学させる大学もあるそうだ。

□宗教 □悪臭 □修理 □就職 □大衆 □哀愁

宗	しゅう	ほとんどの宗教はいくつかの宗派に分かれている。
臭	しゅう / くさ (い)	川が悪臭を放つ。ガス臭い気がする。魚料理では臭みとりにレモンをかける。
修	しゅう、しゅ / おさ (める)	車の修理工場で働く。コックの修業中です。英国の大学院で学問を修めた。
就	しゅう、じゅ / つ (く)	金融機関に就職する。願いが成就した。希望する職に就くのは難しい。
衆	しゅう	公衆の面前で恥をかいてしまった。大衆的な酒場でビールを飲む。
愁	しゅう / うれ (い)	その曲は哀愁を帯びた旋律が魅力だ。その曲を聞いて愁いに沈む。

□応酬 □醜態 □襲撃 □果汁 □充実 □従業員 □渋滞

酬	しゅう	私の痛烈な批判に対して、相手は冷静に応酬してきた。
醜	しゅう / みにく (い)	昨夜は飲み過ぎて醜態をさらした。繁華街の店の看板は、けばけばしく醜い。
襲	しゅう / おそ (う)	敵の襲撃を受けた。あの災害以来、いつも不安に襲われている。
汁	じゅう / しる	果汁100%のジュースを飲む。日本へ来てから味噌汁が好きになった。
充	じゅう / あ (てる)	充実した留学生活を送りたい。ボーナスを借金の返済に充てる。
従	じゅう / したが (う)	従業員に給料を支払った。順路に従って進む。
渋	じゅう / しぶ (い)	この道はいつも渋滞している。あの俳優は渋い演技をする。

問題Ｉ　次の文の下線をつけたことばは、どのように読みますか。その読み方をそれぞれの①②③④から一つ選びなさい。

1　なつかしい風景を見て、**郷愁**にかられた。

　　① ごうしょう　　　② きょうしゅう　　　③ きょうしょう　　　④ ごうしゅう

2　マンションの**修繕**積立金を払う。

　　① しゅぜん　　　② しょぜん　　　③ しょうぜん　　　④ しゅうぜん

3　地震による津波が、伊豆半島沿岸を**襲う**恐れがある。

　　① ねらう　　　② うばう　　　③ おそう　　　④ かばう

4　魚を入れたので、冷蔵庫が**生臭い**。

　　① きじろい　　　② なまだるい　　　③ せいにおい　　　④ なまぐさい

5　陶芸家は弟子に秘伝を**授けた**。

　　① あずけた　　　② もうけた　　　③ さずけた　　　④ ひらけた

6　彼女の兄は、建設業に**従事**している。

　　① じごと　　　② じじ　　　③ じゅうじ　　　④ じょうじ

問題ＩＩ　次の文の下線をつけたことばは、どのような漢字を書きますか。その漢字をそれぞれの①②③④から一つ選びなさい。

1　業務が拡大したので、人員を**ほじゅう**する必要がある。

　　① 補充　　　② 補拾　　　③ 補従　　　④ 補柔

2　弁護士の**ほうしゅう**は、法律で決められている。

　　① 報収　　　② 報修　　　③ 報集　　　④ 報酬

3　道路が**じゅうたい**して、約束した時間に遅れた。

　　① 充態　　　② 充滞　　　③ 渋体　　　④ 渋滞

4　ロビーに**こうしゅう**電話があります。

　　① 公衆　　　② 講習　　　③ 口臭　　　④ 高酬

5　この会社は**しゅうぎょう**規則が細かく定められている。

　　① 修業　　　② 就業　　　③ 終業　　　④ 収業

6　**じゅよう**が供給を上回るとインフレになる。

　　① 受容　　　② 需要　　　③ 儒要　　　④ 需用

まず漢字の用語が読めるかどうかチェックして（□），次に例文を覚えましょう。

□銃撃 □獣医 □操縦 □叔父 □淑女 □静粛

銃 じゅう ニュースによると、A国で銃撃戦があり多くの負傷者がでたということだ。

獣 じゅう／けもの 愛犬を獣医に診てもらう。獣がよく通ることからできた道を獣道という。

縦 じゅう／たて いつか飛行機を操縦してみたい。正方形は縦と横の線の長さが同じです。

叔 しゅく 叔父と叔母から入学祝いが送られてきた。

淑 しゅく この会は紳士淑女の集まりです。

粛 しゅく テスト中は静粛に。厳粛な儀式に臨む。病気をしてから酒を自粛している。

□短縮 □学習塾 □熟睡 □俊敏 □瞬間 □上旬

縮 しゅく／ちぢ(む) 彼の電話番号を短縮ダイヤルにした。スカートの丈が長いので縮めた。

塾 じゅく 弟は週に3回学習塾に通っている。

熟 じゅく／う(れる) 熟睡していて目覚し時計が鳴っても気がつかなかった。柿の実が熟れる。

俊 しゅん 俊敏なジャーナリストである田中氏の書く記事はいつも興味深い。

瞬 しゅん／またた(く) 決定的瞬間をカメラに収めた。サイレンの音で強盗は瞬くうちに逃げた。

旬 じゅん,しゅん 来月の上旬か中旬には帰国するつもりだ。旬の野菜を使って料理する。

□巡査 □矛盾 □批准 □殉職 □循環 □利潤 □遵守

巡 じゅん／めぐ(る) 駅前の交番の巡査はとても親切だ。京都のお寺を巡る。

盾 じゅん／たて 言っていることが矛盾している。法律を盾にとって悪事を働く人がいる。

准 じゅん 条約が調印されても、批准は困難な見通しだ。

殉 じゅん 先日の事件で山本刑事は殉職した。

循 じゅん 町を循環するバスが走る。

潤 じゅん／うるお(う),うる(む) 商売で利潤をあげる。映画の悲しいシーンで彼女は目を潤ませていた。

遵 じゅん 法を遵守しなければならない。

問題I　次の文の下線をつけたことばは、どのように読みますか。その読み方をそれぞれの①②③④から一つ選びなさい。

1　彼の提案には、**矛盾**がある。
　　① もじゅん　　　② よじゅん　　　③ むじゅん　　　④ みじゅん

2　日本の**怪獣**映画は、海外でも評判だ。
　　① かいじゅう　　② けいじゅう　　③ けいじゅ　　　④ かいじゅ

3　洗い方を間違えると、セーターは**縮む**よ。
　　① ゆるむ　　　　② にらむ　　　　③ たたむ　　　　④ ちぢむ

4　運転技術が**未熟**だったので、カーブを曲がりきれなかった。
　　① みっじゅつ　　② みっじゅく　　③ みじゅく　　　④ みじゅつ

5　今日は給料日だから、懐が**潤って**いる。
　　① ただよって　　② うるおって　　③ つらなって　　④ おこたって

6　**殉職**した警官が顕彰される。
　　① じんしょく　　② じゅんしょく　③ しゅんしょく　④ しょうしょく

問題II　次の文の下線をつけたことばは、どのような漢字を書きますか。その漢字をそれぞれの①②③④から一つ選びなさい。

1　大したこともしていないのに丁重にお礼を言われ、逆に**きょうしゅく**してしまった。
　　① 恐淑　　　　　② 恐宿　　　　　③ 恐粛　　　　　④ 恐縮

2　来月の**しょじゅん**には、新しい製品が発表される。
　　① 初循　　　　　② 初旬　　　　　③ 初順　　　　　④ 初殉

3　非常事態の場合、スチュワーデスは**しゅんじ**に乗客の安全を考えなければならない。
　　① 最時　　　　　② 旬時　　　　　③ 瞬時　　　　　④ 短時

4　お風呂に入ったので、血液の**じゅんかん**が良くなった。
　　① 順環　　　　　② 循環　　　　　③ 盾環　　　　　④ 準環

5　事故の原因は、パイロットの**そうじゅう**ミスと報道された。
　　① 操縦　　　　　② 走従　　　　　③ 操従　　　　　④ 掃縦

6　**せいしゅく**にしてください。
　　① 静叔　　　　　② 静縮　　　　　③ 静粛　　　　　④ 静祝

23 課 漢字と例文

まず漢字の用語が読めるかどうかチェックして（□），次に例文を覚えましょう。

□庶民 □突如 □順序 □叙情 □徐行

庶 しょ……… 彼女は名門の出だと聞いていたが、庶民的な人だった。

如 じょ、にょ… 突如ガス爆発が起きた。試験結果には日頃の学習ぶりが如実に現れていた。

序 じょ……… 落ち着いて、順序立てて話してくれないと分かりません。

叙 じょ……… 彼は叙情詩を書く詩人です。祖父は長年の功績が認められ叙勲を受けた。

徐 じょ……… 学校があるスクールゾーンですから、徐行運転を心がけてください。

□一升 □師匠 □抄本 □肖像画 □高尚 □松

升 しょう／ます… 最近は一般家庭で一升瓶を見かけなくなった。升で日本酒を飲む。

匠 しょう……… 私と山田さんは、踊りの弟子と師匠の関係だ。

抄 しょう……… 履歴書と一緒に戸籍抄本を提出してください。

肖 しょう……… 宮殿の中には歴代の国王の肖像画が飾られていた。

尚 しょう……… オペラ鑑賞とは、高尚なご趣味ですねえ。

松 しょう／まつ… 海岸の近くに老松が一本だけ立っている。あれは見事な松の木ですね。

□沼沢 □昭和 □春宵 □症状 □発祥 □称賛 □合唱 □交渉

沼 しょう／ぬま… この辺は沼沢地になっている。振り続く雨で、グラウンドは泥沼のようだ。

昭 しょう……… 昭和から平成に元号は変わった。

宵 しょう／よい… 春宵一刻値千金。宵闇が迫ると、家路を急ぐ人々で駅は混雑する。

症 しょう……… 頭痛、鼻水、寒気とくれば、風邪の症状だ。

祥 しょう……… 黄河やナイル川の流域は古代文明発祥の地だ。

称 しょう……… この国のコンピュータ技術はすばらしいと称賛されている。

唱 しょう／とな（える）… ウィーン少年合唱団が来日した。古代史の新説を唱えて話題になる。

渉 しょう……… 交渉は難航していた。母は私のすることにいちいち干渉する。

問題Ⅰ　次の文の下線をつけたことばは、どのように読みますか。その読み方をそれぞれの①②③④から一つ選びなさい。

1　商品の**名称**は、売れ行きに大きく影響する。

　①　めいしょ　　　②　みょうじ　　　③　めいしょう　　　④　みょうしょう

2　彼が**唱えた**新しい学説は、長い間学会では支持されなかった。

　①　ささえた　　　②　あたえた　　　③　となえた　　　④　かなえた

3　**沼地**は栄養分が多いので、多くの生物が住んでいる。

　①　おきち　　　②　いけち　　　③　さわち　　　④　ぬまち

4　奥の部屋から、知らない人が**突如**として現れた。

　①　とっにょ　　　②　とつじょ　　　③　とっじょ　　　④　とつにょ

5　患者の**症状**にあわせて、治療法を考える。

　①　しょうじょう　　②　せいじょう　　③　しょじょう　　④　じょうじょう

6　海に近い昔の街道に、**松**の木が植えられている。

　①　まつ　　　②　すぎ　　　③　さくら　　　④　えだ

問題Ⅱ　次の文の下線をつけたことばは、どのような漢字を書きますか。その漢字をそれぞれの①②③④から一つ選びなさい。

1　彼女は地元の**がっしょう**団で年末に「第九」を歌っている。

　①　合唯　　　②　合唱　　　③　合嘆　　　④　合叫

2　雅楽が好きとは、**こうしょう**な趣味をお持ちですね。

　①　考証　　　②　高尚　　　③　交渉　　　④　公称

3　**ちつじょ**を乱す人は嫌われる。

　①　秩序　　　②　秩徐　　　③　秩助　　　④　秩如

4　電車が**じょこう**区間でスピードを落とした。

　①　序行　　　②　叙行　　　③　徐行　　　④　除行

5　勤務条件の**こうしょう**の席で、会社が新しい提案をした。

　①　交渉　　　②　高尚　　　③　口承　　　④　厚相

6　都心の高級マンションは、**しょみん**には手が届かない。

　①　庶民　　　②　緒民　　　③　処民　　　④　諸民

24 課 漢字と例文

まず漢字の用語が読めるかどうかチェックして（□），次に例文を覚えましょう。

□訴訟 □車掌 □結晶 □焦る □硝酸 □化粧

訟 _{しょう}
境界線をめぐって隣家ともめ、**民事訴訟**をおこされた。

掌 _{しょう}
新幹線に乗り込むと、すぐに**車掌**さんが近づいてきた。

晶 _{しょう}
雪の**結晶**はとても美しい。**水晶**を使って占いをする。

焦 _{しょう、こ(がす)、あせ(る)}
焦点を絞る。何かが**焦げ**ている。待ち合わせに遅れそうになり、**焦**った。

硝 _{しょう}
硝酸や硫酸は劇薬に指定されている。

粧 _{しょう}
役者が楽屋で**化粧**を始めた。

□証人 □負傷 □奨学金 □詳細 □表彰 □障害

証 _{しょう}
証人として裁判所に出廷し、**証言**した。

傷 _{しょう、きず、いた(む)}
乗っていた車が電柱に衝突し、**負傷**した。**傷口**が痛む。家が**傷ん**できた。

奨 _{しょう}
奨学金がもらえることになったので、昔からの夢だった留学が実現した。

詳 _{しょう、くわ(しい)}
詳細は後日連絡します。先生は分からないところを**詳しく**解説してくれる。

彰 _{しょう}
父は20年間、無事故無違反の安全ドライバーとして**表彰**された。

障 _{しょう、さわ(る)}
私たちの結婚には多くの**障害**があった。無理をするとお体に**障り**ますよ。

□衝撃 □補償 □座礁 □鐘 □醤油 □大丈夫 □冗談

衝 _{しょう}
友人から**衝撃的**な体験を聞かされた。

償 _{しょう、つぐな(う)}
他人に損害を与えた場合、**補償**するのは当然のことだ。罪を**償う**。

礁 _{しょう}
タンカーが**座礁**し、原油が流出しているようだ。

鐘 _{しょう、かね}
昔は火事を知らせるとき、**半鐘**を鳴らした。大みそかの夜に除夜の**鐘**をつく。

醤 _{しょう}
最近では欧米のスーパーでも**醤油**を売っているところがある。

丈 _{じょう、たけ}
そんなに心配しなくても**大丈夫**ですよ。長すぎるのでスカートの**丈**をつめた。

冗 _{じょう}
彼はよく**冗談**を言ってみんなを笑わせる。

問題 I　次の文の下線をつけたことばは、どのように読みますか。その読み方をそれぞれの① ② ③ ④から一つ選びなさい。

1　交通事故の加害者から**賠償**金が支払われた。
　　① はいしょう　　② がいしょう　　③ ばいしょう　　④ かいしょう

2　保険会社の窓口で、**詳細**な説明を受けた。
　　① ひょうぽそ　　② しょうぽそ　　③ ひょうさい　　④ しょうさい

3　彼が犯人だという動かぬ**証拠**が発見された。
　　① しょうこ　　② せいこ　　③ しょうきょ　　④ せいきょ

4　たばこの火でソファを**焦がして**しまった。
　　① けがして　　② はがして　　③ のがして　　④ こがして

5　国道で、トラックと乗用車が正面**衝突**した。
　　① とうとつ　　② えんとつ　　③ こうとつ　　④ しょうとつ

6　怒ったときの彼女には、**冗談**も通じない。
　　① しょうだん　　② しょだん　　③ しゅうだん　　④ じょうだん

問題 II　次の文の下線をつけたことばは、どのような漢字を書きますか。その漢字をそれぞれの ①②③④から一つ選びなさい。

1　他人を**ちゅうしょう**するような発言は、やめたほうがいい。
　　① 中渉　　② 中訟　　③ 中傷　　④ 中障

2　この損害保険は、**ほしょう**額が大きい。
　　① 保障　　② 補償　　③ 募集　　④ 保証

3　このカバンは、**じょうぶ**で使いやすいので気に入っている。
　　① 上部　　② 丈夫　　③ 定夫　　④ 上布

4　いくつかの**しょうがい**を乗り越えて、彼は成功した。
　　① 生涯　　② 傷害　　③ 渉外　　④ 障害

5　弁護士に頼んで、**そしょう**をおこす。
　　① 訴証　　② 訴称　　③ 訴障　　④ 訴訟

6　パーティーの**くわしい**日にちや場所は、後日ファクスします。
　　① 許しい　　② 訟しい　　③ 証しい　　④ 詳しい

25 課 漢字と例文

まず漢字の用語が読めるかどうかチェックして（□），次に例文を覚えましょう。

□箇条書き □洗浄 □余剰 □縄跳び □土壌 □お嬢さん □1錠

条 じょう	先方の**条**件をのんで契約することにした。要点を**箇条**書きにする。
浄 じょう	回収した容器は、よく**洗浄**してから再利用する。**浄水**を飲む。
剰 じょう	**余剰**人員は子会社に回すことが、役員会で決まった。
縄 じょう・なわ	**縄**文時代の土器が発見された。子どもの頃はよく**縄跳び**をしたものだ。
壌 じょう	このあたりの**土壌**は、農作物を作るのに適していない。
嬢 じょう	**お嬢**さんが席を譲ってくれました。
錠 じょう	こちらの薬は、食後に1**錠**、1日3回飲んでください。

□譲る □醸造 □繁殖 □装飾 □委嘱 □組織 □屈辱

譲 じょう・ゆず（る）	ここには分**譲**マンションが建つらしい。電車の中でお年寄りに席を**譲**った。
醸 じょう・かも（す）	私は**醸造**酒が好きだ。この小説は独特の雰囲気を**醸**し出している。
殖 しょく・ふ（やす）	ゴキブリの**繁殖**力はすごい。財産をどうやって**殖**やそうか考えている。
飾 しょく・かざ（る）	彼女はブローチなどの**装飾**品を集めている。**着飾**ってパーティーに出かけた。
嘱 しょく	映画監督から主題歌の作曲を**委嘱**された。
織 しょく、しき・お（る）	布を染**織**する。個人では力不足で、**組織**を作る。着物の帯は日本伝統の**織物**だ。
辱 じょく・はずかし（める）	絶対勝てるチームに負けたのは、大変な屈**辱**だ。君は母校の名を**辱**めている。

□尻 □侵入 □津波 □唇 □妊娠

尻 しり	子どもの頃、よくいたずらをして、父にお**尻**をたたかれた。
侵 しん・おか（す）	海からの不法**侵入**を防ぐ。他国の領土を**侵**してはならない。
津 しん・つ	子どもたちは新しい理科の実験に興味**津々**だった。**津波**の恐れがある。
唇 しん・くちびる	彼は読**唇**術ができる。幼い弟は、私が叱ると、すぐ**唇**をとがらせる。
娠 しん	**妊娠**と出産に関する月刊誌が、よく売れているそうだ。

問題Ⅰ 次の文の下線をつけたことばは、どのように読みますか。その読み方をそれぞれの① ② ③ ④から一つ選びなさい。

1 この地域は**土壌**が肥えているので、作物が豊富だ。
　　① どきょう　　　② とちょう　　　③ とうひょう　　　④ どじょう

2 お互いに多少は**譲歩**しなければ、この話はまとまりません。
　　① じょうほ　　　② じょほう　　　③ じょほ　　　④ じょうぽ

3 急に結婚したと思ったら、やはり彼女は**妊娠**していた。
　　① にんじん　　　② にんせん　　　③ にんせい　　　④ にんしん

4 隣の国が国境を**侵す**と戦争になる。
　　① てらす　　　② およぼす　　　③ ぬかす　　　④ おかす

5 今では**服飾**デザイナーとして活躍している。
　　① ふくしょ　　　② ふくそう　　　③ ふくしょう　　　④ ふくしょく

6 泥棒を捕まえてから**縄**をなうのでは遅すぎる。
　　① なわ　　　② ひも　　　③ つな　　　④ あみ

問題Ⅱ 次の文の下線をつけたことばは、どのような漢字を書きますか。その漢字をそれぞれの ① ② ③ ④から一つ選びなさい。

1 財産を**ふやす**ための**りしょく**の方法はいろいろある。
　　① 利職　　　② 利植　　　③ 利殖　　　④ 利織

2 生産が**かじょう**になったため、価格が暴落した。
　　① 過剰　　　② 渦状　　　③ 過乗　　　④ 過状

3 やっと戦争が終わり、平和**じょうやく**が結ばれた。
　　① 条約　　　② 定約　　　③ 成約　　　④ 上約

4 人前で**ぶじょく**されたので、彼女は会社を辞めた。
　　① 不辱　　　② 侮辱　　　③ 不飾　　　④ 不殖

5 病院では、患者の食器を**せんじょう**した後、必ず熱湯で消毒する。
　　① 線状　　　② 洗浄　　　③ 洗躍　　　④ 扇情

6 **そしき**を作ってボランティア活動を行っている。
　　① 組織　　　② 組色　　　③ 組識　　　④ 組式

26 課 漢字と例文

まず漢字の用語が読めるかどうかチェックして（□），次に例文を覚えましょう。

□振動 □浸す □紳士 □診療 □慎む □審査

振 しん／ふ（る）
車体の**振動**が激しい。愛犬は、私が帰宅すると、しっぽを**振**って近寄る。

浸 しん／ひた（す）
波に**浸食**されて不思議な形の岩ができた。火傷した指を急いで水に**浸**した。

紳 しん
紳士服の売り場は5階でございます。

診 しん／み（る）
診療時間は午前9時からです。医者に胃の具合を**診**てもらう。

慎 しん／つつし（む）
いつでも**慎重**に行動しよう。人に不快を与える言動は**慎**むべきだ。

審 しん
私の作品は**第一次審査**に合格したそうだ。とうとう**審判**が下った。

□刃 □仁愛 □尽くす □迅速 □甚大 □報道陣

刃 じん／は
武士が**自刃**した。カッターの**刃**で手を切った。そのナイフは**刃渡り**10センチだ。

仁 じん
祖母はだれにでも**仁愛**の心をもって接する人だった。**仁義**を大切にする。

尽 じん／つ（くす）
計画の実現にむけて代議士も**尽力**した。志半ばで**力尽**きて倒れる。

迅 じん
消防隊員の**迅速**な消火活動のおかげで、大事にいたらずにすんだ。

甚 じん／はなは（だ）
甚大な損害を受けてしまった。**甚**だ残念ですが、今日で退社します。

陣 じん
逆転ホームランを打った池田選手は、試合終了後、**報道陣**に囲まれた。

□尋ねる □腎臓 □垂直 □炊く □純粋 □衰える □推理

尋 じん／たず（ねる）
非常警戒中のパトカーに車を止められ、**尋問**された。人に道を**尋**ねた。

腎 じん
彼女は細かいことに気がつく人だが、**肝腎**なことを忘れやすい。**腎臓**が悪い。

垂 すい／た（れる）
植物の**垂直分布**を調べる。夕立にあった父の全身からしずくが**垂**れていた。

炊 すい／た（く）
新製品の**炊飯器**を買った。最近では、電子レンジで、ごはんが**炊**けるそうだ。

粋 すい
あの童話作家は**純粋**な心をもっている。

衰 すい／おとろ（える）
経済が不安定だと国力が**衰退**する。年をとるにしたがって体力が**衰**える。

推 すい／お（す）
姉は**推理小説**が好きだ。私たちは、木下君をクラス委員に**推**した。

問題Ⅰ　次の文の下線をつけたことばは、どのように読みますか。その読み方をそれぞれの① ② ③ ④から一つ選びなさい。

1　合格通知を受け取った原さんは喜びに**浸った**。
　　① ひたった　　　② つまった　　　③ もぐった　　　④ ふせった

2　全力を**尽くして**も勝てなかったのだから悔いはない。
　　① つくして　　　② かくして　　　③ そくして　　　④ やくして

3　工事現場の作業員は、汗水**垂らして**働いている。
　　① たらして　　　② さらして　　　③ ぬらして　　　④ こらして

4　私は掃除は好きだが**炊事**は嫌いだ。
　　① そうじ　　　　② はんじ　　　　③ すいじ　　　　④ かじ

5　入院中の祖父は、**衰弱**がはげしい。
　　① せいじゃく　　② はいじゃく　　③ すいじゃく　　④ たいじゃく

6　名医といわれている先生に**診察**していただいた。
　　① けんさつ　　　② けんりょう　　③ しんさつ　　　④ しんりょう

問題Ⅱ　次の文の下線をつけたことばは、どのような漢字を書きますか。その漢字をそれぞれの ① ② ③ ④から一つ選びなさい。

1　国際交流の**すいしん**を図っている。
　　① 粋進　　　　　② 遂進　　　　　③ 垂進　　　　　④ 推進

2　お客の苦情には**じんそく**に対応する。
　　① 陣速　　　　　② 神速　　　　　③ 尽速　　　　　④ 迅速

3　消費税の法案が国会で**しんぎ**された。
　　① 真偽　　　　　② 審議　　　　　③ 真義　　　　　④ 信義

4　彼女は、失恋して食欲**ふしん**になっている。
　　① 不振　　　　　② 普請　　　　　③ 不信　　　　　④ 不審

5　産業の**しんこう**はうれしいことだが、それに伴う公害問題には頭を痛めている。
　　① 親交　　　　　② 振興　　　　　③ 新興　　　　　④ 進行

6　**じゅんすい**な気持ちで人助けをした。
　　① 純衰　　　　　② 純水　　　　　③ 純酔　　　　　④ 純粋

27課 漢字と例文

まず漢字の用語が読めるかどうかチェックして（□），次に例文を覚えましょう。

□麻酔　□遂げる　□睡眠　□稲穂　□随時　□骨髄

酔	すい・よ（う）	麻酔をかけてから歯をぬいた。お酒に弱いのですぐ酔ってしまった。
遂	すい・と（げる）	私には任務を遂行する義務がある。A国はめざましい発展を遂げた。
睡	すい	睡眠は、十分とったほうがいい。授業中なのに熟睡してしまった。
穂	すい・ほ	出穂期を迎える。稲穂が重そうに頭をたれて刈り入れを待っている。
随	ずい	本文と付随の条件の両方をよく読んでください。随時、質問を受け付ける。
髄	ずい	骨髄バンクへの登録を勧められた。事故でせき髄に障害を負う。

□中枢　□崇高　□据え置く　□隙間　□杉　□凄い

枢	すう	中枢神経をまひさせる薬物だ。
崇	すう	崇高な理想を掲げる。
据	す（える）	家賃は据え置かれた。この棚は据え付けてあった。
隙	すき	戸の立て付けが悪くて隙間風が入る。先生の剣道の構えには少しの隙もない。
杉	すぎ	昼なお暗い杉木立を歩く。
凄	すご（い）	連休だけあって凄い人出だ。

□裾　□寸法　□瀬戸物　□是非　□天井　□遠征　□一斉

裾	すそ	ズボンの裾をつめた。山の裾野に小さな町がある。
寸	すん	最近太ったようなので、寸法を測り直して洋服を買おう。
瀬	せ	瀬戸物なので気をつけて運んでください。
是	ぜ	近くまで来た時は、是非遊びに寄ってください。
井	せい、しょう・い	天井に穴があいた。彼はごく普通の市井の人だ。昔は井戸水が飲み水だった。
征	せい	プロ野球チームが遠征に出発する。
斉	せい	非常ベルが鳴ると人々は一斉に出口に殺到した。

問題Ⅰ　次の文の下線をつけたことばは、どのように読みますか。その読み方をそれぞれの①②③④から一つ選びなさい。

1　わずかな**隙間**に物が落ちてしまい、とれない。
　　①　くうかん　　　　②　すきま　　　　③　はざま　　　　④　ちゅうかん

2　日本語能力試験１級に合格するという目的を**遂げた**。
　　①　とげた　　　　②　しげた　　　　③　あげた　　　　④　つげた

3　公園を散歩して、梅の薫りに**酔う**。
　　①　ぬう　　　　②　こう　　　　③　よう　　　　④　すう

4　**崇拝**するあなたの言うことなら何でも聞きます。
　　①　すうはい　　　　②　しゅうはい　　　　③　すいはい　　　　④　そうはい

5　会社の**中枢**は、総務部だといわれている。
　　①　ちゅうずう　　　　②　ちゅうすう　　　　③　ちゅうずい　　　　④　ちゅうすい

6　漢字問題集を**征服**したので、次は文法に挑戦する。
　　①　せふく　　　　②　せいふく　　　　③　せっぷく　　　　④　せんぷく

問題Ⅱ　次の文の下線をつけたことばは、どのような漢字を書きますか。その漢字をそれぞれの①②③④から一つ選びなさい。

1　カゼをひいたときは十分に**すいみん**をとるのがよい。
　　①　郵眠　　　　②　垂眠　　　　③　推眠　　　　④　睡眠

2　スカートの**すそ**をもう少し短くしてください。
　　①　袖　　　　②　裸　　　　③　裾　　　　④　衿

3　歩き続けるのが、物**すごく**辛かった。
　　①　准く　　　　②　軟く　　　　③　凄く　　　　④　鋭く

4　麦の**ほ**が風にゆれている。
　　①　穂　　　　②　穏　　　　③　種　　　　④　穫

5　号砲が鳴ると、選手たちは**いっせい**に走りだした。
　　①　一切　　　　②　一律　　　　③　一括　　　　④　一斉

6　彼女の**ずいひつ**は、親しみやすい。
　　①　達筆　　　　②　随筆　　　　③　髄筆　　　　④　隋筆

28課 漢字と例文

まず漢字の用語が読めるかどうかチェックして（□），次に例文を覚えましょう。

□犠牲 □逝去 □盛大 □花婿 □聖火 □誠実

牲	せい	家庭を**犠牲**にしてまでも会社のために**働**く。
逝	せい ゆ（く）	**逝去**の知らせが届いた。偉大な作家が**逝**く。
盛	せい、じょう も（る）、さか（ん）	**盛大**なパレード。店が繁**盛**する。山**盛**りのみかん。魚釣りが**盛**んに行われる。
婿	せい むこ	**花婿**が、教会の中で待っている。
聖	せい	**聖火**リレーのランナーを選ぶ。**聖**書はほとんどの国の言葉に翻訳されている。
誠	せい まこと	あの人は**誠実**な人だ。**誠**の愛を見つけた。

□誓う □要請 □整う □排斥 □分析 □惜しむ □咳

誓	せい ちか（う）	**誓**約書にサインした。今度のオリンピックで金メダルをとるぞと心に**誓**った。
請	せい こ（う）、う（ける）	A国が米の援助を**要請**した。美術館の建設工事を**請**け負う。親に許しを**請**う。
整	せい ととの（う）	生徒達は**整**列して校長先生の話を聞いた。この病院は設備が**整**っている。
斥	せき	徳川幕府は、キリスト教を**排斥**した。
析	せき	事態を**分析**し原因を究明しなければならない。観測データを解**析**する。
惜	せき お（しむ）	**惜**別の情をもって友を見送った。彼は少しの時間も**惜**しんで勉強する。
咳	せき	彼女は風邪をひいたらしく、苦しそうに**咳**をした。

□稚拙 □窃盗 □摂取 □節約 □舌 □仙人

拙	せつ	彼の手紙は字といい文章といい稚**拙**で、大人が書いたものとは思えなかった。
窃	せつ	**窃盗**をくり返していた男が捕まった。
摂	せつ	バランスのとれた栄養を**摂取**することが大切だ。
節	せつ ふし	水を**節**約することを**節**水という。人生には大きな**節**目がいくつかある。
舌	ぜつ した	彼は毒**舌**をはくので、嫌われている。料理評論家の**舌**は肥えている。
仙	せん	彼は山中でひっそりと自給自足の生活をしていて、**仙**人のようだ。

問題Ⅰ　次の文の下線をつけたことばは、どのように読みますか。その読み方をそれぞれの①②③④から一つ選びなさい。

1　嘘を言わないと**誓う**。
　　① ちかう　　　　② やとう　　　　③ おおう　　　　④ かなう

2　彼女は**節度**がある人ですから、いつ会っても感じがいい。
　　① せんど　　　　② せつど　　　　③ せっど　　　　④ せいど

3　旅行の準備を**整える**。
　　① かまえる　　　② ととのえる　　③ かぞえる　　　④ かなえる

4　**神聖**な場所だと知らずに大声で話したので、注意された。
　　① しんしょう　　② しんせい　　　③ しんちょう　　④ しんせん

5　才能ある作曲家が事故にまきこまれて命を落とすとは、**惜しい**ことをしました。
　　① うれしい　　　② さびしい　　　③ かなしい　　　④ おしい

6　普通の植物は、根から水分や養分を**摂取**している。
　　① せきしゅ　　　② せんしゅ　　　③ せっしゅ　　　④ せいしゅ

問題Ⅱ　次の文の下線をつけたことばは、どのような漢字を書きますか。その漢字をそれぞれの①②③④から一つ選びなさい。

1　社長に**ちゅうせい**を誓う。
　　① 仲誠　　　　　② 中正　　　　　③ 注世　　　　　④ 忠誠

2　旅行をしたくなって、有給休暇を**しんせい**したが、拒否された。
　　① 神聖　　　　　② 申請　　　　　③ 真正　　　　　④ 新制

3　成功する人がいれば、そのため**ぎせい**になる人もいる。
　　① 議姓　　　　　② 犠牲　　　　　③ 義性　　　　　④ 儀征

4　彼の話は、理路**せいぜん**としていてわかりやすい。
　　① 生前　　　　　② 正善　　　　　③ 整然　　　　　④ 背然

5　現状を**ぶんせき**して、需要の動向を予測する。
　　① 分析　　　　　② 分折　　　　　③ 分斥　　　　　④ 分斤

6　この曲は、彼が**ぜんせい**期の頃に作曲した。
　　① 善盛　　　　　② 全盛　　　　　③ 全成　　　　　④ 善政

29 課 漢字と例文

まず漢字の用語が読めるかどうかチェックして（□），次に例文を覚えましょう。

□宣伝 □汚染 □扇風機 □栓抜き □旋回 □実践

宣　せん
民放のテレビ番組は宣伝が多すぎる。死刑を宣告する。

染　せん
そ(まる)、し(みる)
大気汚染が問題になる。裏山が夕日に赤く染まる。紙にインクが染みた。

扇　せん
おうぎ
扇風機をつけたまま寝てはいけない。京都で美しい扇を買った。

栓　せん
栓抜きにもさまざまなデザインのものがある。風呂の栓をして水を入れる。

旋　せん
飛行機は空港の上空を旋回した後、着陸した。

践　せん
あれこれ考えていてもはじまらない、とにかく実践してみることだ。

□小銭 □潜る □変遷 □推薦 □繊細 □鮮やか

銭　せん
ぜに
その問題は、金銭で解決できるだろうか。小銭がないので両替してもらった。

潜　せん
ひそ(む)、もぐ(る)
敵地に潜入して様子をうかがう。物陰に潜む。海に潜って魚と泳いだ。

遷　せん
時代の変遷とともに人々の生活様式も変わってきた。遷都を検討する。

薦　せん
すす(める)
恩師に推薦状を書いていただいた。議長に田中氏を薦める。

繊　せん
彼が、こんなに繊細な神経の持ち主だとは思わなかった。

鮮　せん
あざ(やか)
新鮮なうちに食べたほうがおいしい。鮮やかな色彩に目を奪われる。

□最善 □座禅 □漸進 □修繕 □阻害 □租税 □素朴

善　ぜん
よ(い)
今日の試合は最善を尽くして頑張る。善い行いをすると気持ちがいい。

禅　ぜん
静まりかえった禅堂でお坊さんが座禅を組んでいる。禅の道を極める。

漸　ぜん
漸進主義で、あせらず目的を達成していきたい。

繕　ぜん
つくろ(う)
靴を修繕してもらった。制服のほころびを母に繕ってもらった。

阻　そ
はば(む)
大臣の発言は両国の友好関係を阻害した。倒れた大木が道の行く手を阻む。

租　そ
租税には国税と地方税がある。

素　そ、す
彼は素朴な人柄です。素足で歩くと気持ちがいい。彼は料理の素人だ。

問題Ⅰ 次の文の下線をつけたことばは、どのように読みますか。その読み方をそれぞれの① ②③④から一つ選びなさい。

1 私は<u>推薦</u>入学で大学へ入った。
　　① すいせん　　　② すいこう　　　③ すいきょ　　　④ すいそく

2 建物への立ち入りを、門前で<u>阻止</u>する。
　　① ぼうし　　　② いし　　　③ ていし　　　④ そし

3 倒れた大木が、道の行く手を<u>阻ん</u>でいる。
　　① すごんで　　　② はばんで　　　③ かがんで　　　④ こばんで

4 もみじの葉が<u>鮮やか</u>に色づいている。
　　① あざやか　　　② さわやか　　　③ せんやか　　　④ すみやか

5 健康のため、<u>繊維</u>質の食べ物を多くとる。
　　① ぜんい　　　② せんい　　　③ かんい　　　④ ほんい

6 競争相手のパーティーに<u>潜入</u>して、内情をつかむ。
　　① しんにゅう　　　② せんにゅう　　　③ はんにゅう　　　④ こんにゅう

問題Ⅱ 次の文の下線をつけたことばは、どのような漢字を書きますか。その漢字をそれぞれの①②③④から一つ選びなさい。

1 インフルエンザに<u>かんせん</u>したようだ。
　　① 感染　　　② 幹線　　　③ 観戦　　　④ 汗腺

2 彼は<u>ぜんりょう</u>な顔つきをしているが、実際は悪人だ。
　　① 然良　　　② 善良　　　③ 全良　　　④ 前良

3 この家は、<u>かんそ</u>だが上品な家具をそろえている。
　　① 簡粗　　　② 簡素　　　③ 間粗　　　④ 間素

4 開会を<u>せんげん</u>する。
　　① 専言　　　② 占言　　　③ 先言　　　④ 宣言

5 理論より<u>じっせん</u>がともなわないと、人はついてこない。
　　① 実線　　　② 実戦　　　③ 実銭　　　④ 実践

6 流行の<u>へんせん</u>をたどる。
　　① 変遷　　　② 変専　　　③ 変選　　　④ 変旋

まず漢字の用語が読めるかどうかチェックして（□），次に例文を覚えましょう。

□措置 □粗末 □疎遠 □訴える □味噌 □基礎 □蘇る

措	そ	負傷者に対して速やかな措置を施す。
粗	そ あら（い）	彼は粗末な服を着ていたが、実は大金持ちだった。コーヒー豆を粗く挽く。
疎	そう うと（い）	卒業してから、学友となんとなく疎遠になった。彼女は政治に疎い。
訴	そ うった（える）	話し合いでは解決しないので訴訟を起こした。患者は医師に痛みを訴えた。
噌	そ	日本へ来てから味噌汁が好きになった。
礎	そ いしずえ	基礎からしっかり勉強しなおそう。この分野の礎となる研究結果だ。
蘇	そ よみがえ（る）	一度死んだはずの虫が蘇生した。久しぶりの雨で、草木の緑が蘇った。

□壮大 □演奏 □別荘 □倉庫 □挿入 □桑

壮	そう	壮大な規模の事業を計画する。勇壮な行進曲が鳴り響いた。
奏	そう かな（でる）	ピアノの演奏会まであと三日だ。ギターを奏でながら歌を口ずさんでいる。
荘	そう	富士山のふもとに別荘を建てた。教会は荘厳な雰囲気に包まれている。
倉	そう くら	港の近くには倉庫が立ち並んでいる。米を貯蔵しておく倉を米倉という。
挿	そう さ（す）	彼の卒業論文は、図やグラフが挿入されている。バラの花を花瓶に挿した。
桑	そう くわ	桑園が広がっていた。桑の葉は蚕の飼料となる。

□巣 □独創 □喪失 □葬儀 □僧侶 □遭難

巣	そう す	手術で病巣を切除した。軒下につばめが巣をつくった。
創	そう	若い芸術家は独創性を高く評価されている。創刊号は特別価格で発売中です。
喪	そう も	今回の試験の結果を見て自信を喪失してしまった。喪主は、長男だそうだ。
葬	そう ほうむ（る）	葬儀は、1時より執り行われます。その事件の真相は闇に葬られた。
僧	そう	出家して仏門に入った人を僧あるいは僧侶と呼んでいる。
遭	そう あ（う）	熊に遭遇する。雪山で遭難する。思いがけない人と遭う。

問題Ⅰ 次の文の下線をつけたことばは、どのように読みますか。その読み方をそれぞれの①②③④から一つ選びなさい。

1 荷物が**倉庫**に届いたのを確認して、伝票を発行する。

① ほんこ   ② そうこ   ③ くらこ   ④ さんこ

2 **粗品**でございますが、お納めください。

① そしな   ② てじな   ③ そっぴん   ④ かんぴん

3 **桑**の実を使って、手作りの染め物を完成した。

① そう   ② くわ   ③ たば   ④ ろう

4 バンドがワルツを**奏でる**と、みんなが踊りだした。

① ひいでる   ② めでる   ③ かなでる   ④ そうでる

5 構内に、大学の**創立**者の銅像がある。

① そうりつ   ② そんりつ   ③ けんりつ   ④ せつりつ

6 伊豆高原には、**別荘**がたくさんある。

① べつよう   ② べっそう   ③ べっぱん   ④ べっしょう

問題Ⅱ 次の文の下線をつけたことばは、どのような漢字を書きますか。その漢字をそれぞれの①②③④から一つ選びなさい。

1 冬山で**そうなん**した登山者を救出する。

① 槽難   ② 捜難   ③ 曹難   ④ 遭難

2 文章の途中に、説明の言葉を**そうにゅう**する。

① 装入   ② 抄入   ③ 捜入   ④ 挿入

3 彼は若い頃から**そうだい**な夢を描いていた。

① 将大   ② 壮大   ③ 荘大   ④ 装大

4 建物は見かけではなく**きそ**が大事だ。

① 基礎   ② 碁碑   ③ 碁礁   ④ 基磁

5 若者のいない**かそ**の村を訪問する。

① 過疎   ② 過粗   ③ 加阻   ④ 禍粗

6 市役所に苦情を**うったえる**。

① 訂える   ② 訴える   ③ 詠える   ④ 討える

31 課 漢字と例文

まず漢字の用語が読めるかどうかチェックして（□），次に例文を覚えましょう。

□水槽 □操縦 □霜 □物騒 □海藻

槽	そう	水槽にいっぱいの水がたまっている。浴槽にお湯をためる。
操	そう / あやつ（る）	彼は奥さんにうまく操縦されている。かわいい操り人形ですね。
霜	そう / しも	農作物の霜害が心配だ。朝起きて庭を見たら、霜柱ができていた。
騒	そう / さわ（ぐ）	最近は物騒な事件が多い。審判の判定に納得がいかない観衆が騒ぎだした。
藻	そう / も	海藻は体に良いそうだ。水草や海草を藻という。

□即座 □催促 □風俗 □所属 □盗賊 □半袖 □剃る □揃う

即	そく	聡明な彼女は、私のことばを即座に理解した。即時、決行する。
促	そく / うなが（す）	出前がなかなか届かないので催促した。返事を促した。
俗	ぞく	国によって風俗、習慣がちがう。彼女は俗っぽい話が好きだ。
属	ぞく	妹は、演劇部に所属している。新しい配属先が決まった。
賊	ぞく	このほら穴は昔、盗賊の奪った宝のかくし場所だった。
袖	そで	半袖のＴシャツの上に、長袖のカーディガンをはおって出かけた。
剃	そ（る）	父は毎朝ひげを剃る。
揃	そろ（う）	全員揃ったら出発します。脱いだ靴を揃える。

□御無沙汰 □妥協 □堕落 □怠惰 □無駄遣い □耐える

汰	た	御無沙汰しております。
妥	だ	この点だけは妥協できない。妥当な所で手を打つ。会社との交渉が妥結した。
堕	だ	学生時代に比べて、堕落したと批判された。
惰	だ	私は怠惰な生活を送ってきた。
駄	だ	この作家の作品は駄作ばかりだ。無駄遣いしないで貯金しなさい。
耐	たい / た（える）	このガラスは耐久性に優れている。厳しい練習に耐え抜く。

問題Ⅰ　次の文の下線をつけたことばは、どのように読みますか。その読み方をそれぞれの① ②③ ④から一つ選びなさい。

1　洪水のため住民に**即時**避難するよう命令が出た。

① そくじ　　　　　② しゅんじ　　　　③ せつとき　　　　④ がいとき

2　申し込みに必要な書類が**揃う**。

① そろう　　　　　② かなう　　　　　③ あつかう　　　　④ むかう

3　部長に決断を**促した**。

① うながした　　　② たした　　　　　③ そくした　　　　④ ためした

4　火事の現場はひどく**騒々しい**。

① すがすがしい　　② そうぞうしい　　③ ものものしい　　④ ずうずうしい

5　この機械の**操作**は、すぐに覚えられる。

① そうさく　　　　② せいさく　　　　③ そうさ　　　　　④ せいさ

6　彼は**妥協**を許さない厳格な人だ。

① できょう　　　　② どきょう　　　　③ だきょう　　　　④ ざぎょう

問題Ⅱ　次の文の下線をつけたことばは、どのような漢字を書きますか。その漢字をそれぞれの①②③④から一つ選びなさい。

1　古い日本の**ふうぞく**が、浮世絵で海外に紹介されている。

① 風浴　　　　　　② 風培　　　　　　③ 風俗　　　　　　④ 風促

2　このビデオには、リモコンが**ふぞく**しています。

① 付属　　　　　　② 付族　　　　　　③ 付嘱　　　　　　④ 付続

3　会社の中でお家**そうどう**がおきて、社長が交代した。

① 騒動　　　　　　② 総動　　　　　　③ 操動　　　　　　④ 争動

4　政府の特別予算で雇用を**そくしん**する。

① 即進　　　　　　② 速進　　　　　　③ 促進　　　　　　④ 側進

5　下宿のまずい食事にじっと**たえて**いる。

① 任えて　　　　　② 絶えて　　　　　③ 耐えて　　　　　④ 敢えて

6　無理や**むだ**をせず、普通に暮らすのがいい。

① 無妥　　　　　　② 無蛇　　　　　　③ 無打　　　　　　④ 無駄

32 課 漢字と例文

まず漢字の用語が読めるかどうかチェックして（□），次に例文を覚えましょう。

□怠慢 □胎児 □泰然 □逮捕 □滞在 □態度

怠 たい／おこた（る）、なま（ける）　私の怠慢で皆に迷惑をかけた。暑いので勉強を怠った。彼は怠け者だ。

胎 たい　妊娠中に体をよく動かすと、胎児が健康になるという。

泰 たい　彼は、大勢の人々の前でも泰然としていた。

逮 たい　やっとのことで犯人を逮捕した。

滞 たい／とどこお（る）　こんな景色のよい所なら、いつまでも滞在したい。支払いが滞っている。

態 たい　そんな態度では面接で失格するぞ。事態が好転した。

□滝 □選択 □光沢 □食卓 □開拓 □委託

滝 たき　この滝は一見の価値がある。

択 たく　三つのコースの中から選択する。減税案が採択された。

沢 たく／さわ　このビロードは素晴らしい光沢だ。沢の水は澄んでいて冷たい。

卓 たく　家族みんなで食卓を囲む。彼は音楽の分野で卓越した才能を持っている。

拓 たく　開拓精神は、今もアメリカ人のあいだに息づいている。

託 たく　託児所に子どもを預ける。委託を受けて調査した。

□承諾 □濁る □叩く □脱退 □奪う □本棚 □溜める

諾 だく　妻の承諾なしには、返事ができない。裁判所の許諾を得る。

濁 だく／にご（る）　ボートが濁流にのみこまれた。台風が通過した後の河川は濁っている。

叩 たた（く）　真夜中に叩き起こされた。不正の温床を叩く。

脱 だつ／ぬ（げる）　考え方が違い、会を脱退した。この靴は少し大きめなのですぐ脱げてしまう。

奪 だつ／うば（う）　少ない商品のため、すごい争奪戦が始まった。強盗に現金を奪われた。

棚 たな　棚の上を整理した。父が日曜大工で本棚を作ってくれた。

溜 た（める）　水門をしめて水を溜める。

問題Ⅰ　次の文の下線をつけたことばは、どのように読みますか。その読み方をそれぞれの①②③④から一つ選びなさい。

1　どうしていいかわからず**溜め息**をついた。
　　① つめいき　　　　② ためいき　　　　③ とめいき　　　　④ なめいき

2　家賃の支払いが**滞る**と、立ち退きをせまられる。
　　① おこたる　　　　② とどまる　　　　③ おとしいれる　　④ とどこおる

3　働く機会を**奪う**ような不況が続いている。
　　① まよう　　　　　② うばう　　　　　③ おおう　　　　　④ おそう

4　扉を激しく**叩く**と、近所の人が近寄ってきた。
　　① のぞく　　　　　② くだく　　　　　③ たたく　　　　　④ はく

5　夏休みには、都会を**脱出**して田舎に行く。
　　① だっしゅつ　　　② えつしゅつ　　　③ せんしゅつ　　　④ てんしゅつ

6　未成年者の契約の場合、親の**承諾**が必要です。
　　① しょうち　　　　② しょうじゅく　　③ しょうじゃく　　④ しょうだく

問題Ⅱ　次の文の下線をつけたことばは、どのような漢字を書きますか。その漢字をそれぞれの①②③④から一つ選びなさい。

1　家族が集まる**しょくたく**は、広いほうが良い。
　　① 食卓　　　　　　② 嘱託　　　　　　③ 承諾　　　　　　④ 飾宅

2　もはや彼に**せんたく**の余地はない。
　　① 選択　　　　　　② 宣託　　　　　　③ 開拓　　　　　　④ 洗濯

3　人手がないので、一部の業務を外部に**いたく**する。
　　① 委託　　　　　　② 委宅　　　　　　③ 委純　　　　　　④ 季択

4　万一に備えて、臨戦**たいせい**をとる。
　　① 対勢　　　　　　② 体制　　　　　　③ 体勢　　　　　　④ 態勢

5　授業を**なまける**悪い習慣が、身についてしまった。
　　① 怠ける　　　　　② 恵ける　　　　　③ 怒ける　　　　　④ 憩ける

6　犯人の**たいほ**に協力した青年が、表彰された。
　　① 逮浦　　　　　　② 逮捕　　　　　　③ 逮庸　　　　　　④ 逮補

33 課 漢字と例文

まず漢字の用語が読めるかどうかチェックして（□），次に例文を覚えましょう。

□誰 □丹精 □大胆 □冷淡 □嘆く □先端

誰	だれ	このジャケットは誰の物ですか。
丹	たん	このバラは父が丹精こめて世話したものだ。
胆	たん	彼女は大胆なデザインの洋服を好む。不合格との知らせを聞いて落胆した。
淡	たん / あわ（い）	彼は冷淡な人だ。金魚は淡水魚だ。私は淡い色が好きだ。
嘆	たん / なげ（く）	友人は、人生のままならなさを嘆息した。自分の人生の不幸を嘆く。
端	たん / は、はた	ファッションの先端をいく。道端に野菊が咲いている。彼は中途半端な人だ。

□誕生 □鍛える □一旦 □弾力 □花壇

誕	たん	夫が誕生日のプレゼントをくれた。今年は聖人の生誕五百年にあたる。
鍛	たん / きた（える）	祖父は鍛練してきたので、今も達者だ。彼は厳しい練習で、鍛え上げられた。
旦	たん、だん	一旦、家に帰ってから出直そう。旦那様もぜひどうぞ。
弾	だん / ひ（く）、はず（む）、たま	ボールの弾力が落ちて弾まなくなる。ピアノを弾く。弾にあたる。
壇	だん、たん	花壇に花を植える。土壇場で逆転された。

□一致 □幼稚 □御馳走 □逐一 □蓄える □秩序 □窒息 □沖

致	ち / いた（す）	皆の一致した意見だ。このような結果は私の不徳の致すところだ。
稚	ち	この子は来年から幼稚園に通う。
馳	ち	我が家ですき焼は御馳走だ。
逐	ちく	経過を逐一連絡してください。
蓄	ちく / たくわ（える）	今後のために貯蓄は必要だ。アリが巣の中に餌を蓄える。
秩	ちつ	あなたの行動は会社の秩序を乱す。
窒	ちつ	赤ちゃんはうつぶせに寝かせると窒息することがあり、危険だ。
沖	ちゅう / おき	トビウオのジャンプは沖天の勢いがあった。沖まで遠泳しよう。

問題Ｉ　次の文の下線をつけたことばは、どのように読みますか。その読み方をそれぞれの① ②③④から一つ選びなさい。

1　今後のことは**逐一**報告してください。
　　① ちくいち　　　② たんいつ　　　③ ついいち　　　④ とんいち

2　濃い赤ではなく、**淡い**ピンク色が好ましい。
　　① こい　　　　② やわらかい　　　③ うすい　　　④ あわい

3　この申し入れは、会の趣旨に**合致**している。
　　① がったい　　② ごうち　　　③ がっち　　　④ ごうい

4　疲労が**蓄積**して病気になった。
　　① さんせき　　② ちくせき　　　③ たくせき　　　④ きくせき

5　体を**鍛える**と、精神的にも自信がつく。
　　① まじえる　　② かなえる　　　③ たくわえる　　④ きたえる

6　貿易の新しい**秩序**が作られた。
　　① ちつじょ　　② ちつじょう　　③ じつじょ　　　④ じつじょう

問題ＩＩ　次の文の下線をつけたことばは、どのような漢字を書きますか。その漢字をそれぞれの①②③④から一つ選びなさい。

1　**きょくたん**に派手な服を着ていると目立つ。
　　① 極端　　　　② 極短　　　③ 極反　　　④ 極担

2　目撃者の**ばくだん**証言で、容疑者のアリバイがくずれた。
　　① 爆弾　　　　② 爆段　　　③ 爆団　　　④ 爆断

3　**たんじょうび**の贈り物は、値段より気持ちが大切だ。
　　① 誕生日　　　② 延生日　　③ 延生日　　④ 謎生日

4　公園の**かだん**には、色とりどりの花が咲いていた。
　　① 下段　　　　② 歌壇　　　③ 果断　　　④ 花壇

5　何年たってもその程度の上達では**なげかわしい**。
　　① 難かわしい　② 惜かわしい　③ 悔かわしい　④ 嘆かわしい

6　海外に移住するとは**だいたん**な決断だ。
　　① 大担　　　　② 大胆　　　③ 大反　　　④ 大端

34 課 漢字と例文

まず漢字の用語が読めるかどうかチェックして（□），次に例文を覚えましょう。

□忠告 □抽選 □折衷 □鋳造

忠 ちゅう
上司に**忠誠**をつくす。父親の**忠告**に耳をかそうともしなかった。

抽 ちゅう
抽選で香港旅行が当たります。**抽象的**な表現では意見が伝わりません。

衷 ちゅう
このレストランは、和洋**折衷**の創作料理が自慢だ。

鋳 ちゅう　い（る）
この製品はあの工場で**鋳造**される。鉄を**鋳り**、あぶみを作る。

□包丁 □弔電 □挑む □手帳 □主張 □彫刻 □眺望 □釣る

丁 ちょう、てい
プロの料理人は**包丁**を毎日研ぐ。あの人の話し方は**丁寧**だ。

弔 ちょう　とむら（う）
弔電を打つ。死者の霊を**弔う**。

挑 ちょう　いど（む）
次はもうひとつ上のレベルに**挑戦**してみよう。幅跳びの新記録に**挑む**。

帳 ちょう
あの人は几帳面だ。**手帳**に書きこむ。預金通帳に記帳する。

張 ちょう　は（る）
あの人は自己**主張**が強い。寒いと思ったら氷が**張って**いる。

彫 ちょう　ほ（る）
あの**彫刻**のモデルはだれだろう。北海道土産に**木彫り**の熊をいただいた。

眺 ちょう　なが（める）
ここからの**眺望**は日本一だ。一緒に星を**眺めましょう**。

釣 ちょう　つ（る）
釣魚大全。まるで海老で鯛を**釣った**ようだ。

□胃腸 □跳ねる □特徴 □干潮 □澄ます □聴診器 □懲戒

腸 ちょう
私は**胃腸**が弱い。これは盲腸の手術跡だ。

跳 ちょう　は（ねる）、と（ぶ）
体操の種目では跳馬が好きだ。とび箱を**跳ぶ**。魚が水面上に**跳ね**出た。

徴 ちょう
天皇は日本の象**徴**です。犯人の**特徴**を言ってください。

潮 ちょう　しお
干潮の時刻を調べて、**潮干狩り**に行こう。**潮**が引くように流行が去った。

澄 ちょう　す（ます）
冬の夜空に**清澄**な月が浮かんでいる。耳を**澄ます**と虫の声が聞こえる。

聴 ちょう　き（く）
医者は**聴診器**をあて、心音をきいた。部屋で好きなレコードを**聴く**。

懲 ちょう　こ（りる）
横領が発覚し、**懲戒**免職処分になった。塀に落書きした子を**懲らしめる**。

問題Ⅰ　次の文の下線をつけたことばは、どのように読みますか。その読み方をそれぞれの① ② ③ ④から一つ選びなさい。

1　コロは飼い主に**忠実**な犬です。
　　① ちゅうじつ　　　② ちゅじつ　　　③ ちょうじつ　　　④ ちょじつ

2　水が**澄む**と魚が見えてきた。
　　① うむ　　　　　　② すむ　　　　　③ つむ　　　　　　④ くむ

3　あの二人は**釣り合い**のとれたカップルだ。
　　① とりあい　　　　② のりあい　　　③ つりあい　　　　④ くりあい

4　高速道路では通行料を**徴収**される。
　　① せっしゅう　　　② ほうしゅう　　③ ちょうしゅう　　④ びしゅう

5　難問に**挑む**のもいいが、基本的な問題を間違えてはいけない。
　　① はげむ　　　　　② かさむ　　　　③ のぞむ　　　　　④ いどむ

6　何でもないことを**誇張**して話す。
　　① ほうちょう　　　② ぽうちょう　　③ こちょう　　　　④ こうちょう

問題Ⅱ　次の文の下線をつけたことばは、どのような漢字を書きますか。その漢字をそれぞれの ①②③④から一つ選びなさい。

1　角の店で豆腐を**いっちょう**買ってきなさい。
　　① 一打　　　　　　② 一訂　　　　　③ 一丁　　　　　　④ 一灯

2　大事なことは、必ず**てちょう**に記入しておこう。
　　① 手帳　　　　　　② 手帆　　　　　③ 手張　　　　　　④ 手貼

3　結論が出ないので、少し様子を**ながめる**。
　　① 眠める　　　　　② 眼める　　　　③ 睡める　　　　　④ 眺める

4　今度失敗したら、彼は**こりる**だろう。
　　① 凝りる　　　　　② 徴りる　　　　③ 微りる　　　　　④ 懲りる

5　デパートの**ちゅうせん**で、自転車が当たった。
　　① 抽選　　　　　　② 宙選　　　　　③ 軸選　　　　　　④ 袖選

6　**ちょうせん**者がチャンピオンを完全に打ち負かした。
　　① 跳戦　　　　　　② 挑戦　　　　　③ 桃戦　　　　　　④ 兆戦

35 課 漢字と例文

まず漢字の用語が読めるかどうかチェックして（□），次に例文を覚えましょう。

□蝶 □陳列 □運賃 □鎮痛

蝶	ちょう	蝶や虫を集めて、昆虫採集の宿題を作る。
陳	ちん	このグラスは陳列台の左はしにあった物です。
賃	ちん	このバスの運賃は先払いです。賃金を上げてくれるよう交渉した。
鎮	ちん しず（まる）	頭が痛いので鎮痛剤を飲んだ。嵐はすっかり鎮まった。波の音で心を鎮める。

□墜落 □塚 □漬ける □呟く □坪 □壷 □爪 □吊り革

墜	つい	操縦ミスで飛行機が墜落した。威信を失墜させる。
塚	つか	散歩の途中でアリ塚を見つけた。
漬	つ（ける）	キュウリをぬかみそに漬ける。本が水に漬かってしまった。
呟	つぶや（く）	彼女は母国語で何か呟いたが、私には分からなかった。
坪	つぼ	坪は、土地や建物の面積を表す単位です。
壷	つぼ	アンティークショップで古い壷を買った。
爪	つめ	彼女は爪をのばしている。爪に火をともすような暮らしぶりだ。
吊	つ（る）	急ブレーキをかけることがあるので、吊り革につかまってください。

□進呈 □宮廷 □抵当 □邸宅 □料亭 □貞淑 □訂正

呈	てい	開店祝いに記念品を進呈する。株式市場が活況を呈する。
廷	てい	その事件の裁判は小法廷で開廷されます。博物館で古い宮廷の衣装を見た。
抵	てい	土地を抵当にして、銀行からお金を借りた。侵略者に抵抗する。
邸	てい	丘の上の大邸宅は映画スターの物だ。一等地に豪邸が建つ。
亭	てい	あの料亭で一度食事してみたい。
貞	てい	貞淑な女性と結婚する。
訂	てい	間違いを訂正する。その本の改訂版が出た。

問題Ⅰ　次の文の下線をつけたことばは、どのように読みますか。その読み方をそれぞれの①②③④から一つ選びなさい。

1　**貝塚**を調査すると、古代の人々の食べ物が分かる。
　　① かいいえ　　　　② かいはか　　　　③ かいづか　　　　④ かいや

2　たくあんがやっと**漬かった**。
　　① ぬかった　　　　② しかった　　　　③ つかった　　　　④ むかった

3　何気なく**呟いた**言葉が、彼女を怒らせた。
　　① つぶやいた　　　② ささやいた　　　③ つまずいた　　　④ うなずいた

4　田舎では軒先から干し柿を**吊るす**。
　　① かるす　　　　　② つるす　　　　　③ たるす　　　　　④ しるす

5　日本の**宮廷**にも、専属の画家がいた。
　　① きゅうえん　　　② みやのべ　　　　③ きゅうでん　　　④ きゅうてい

6　発掘された**壷**には、古代の文字が書かれていた。
　　① だい　　　　　　② つぼ　　　　　　③ おけ　　　　　　④ はち

問題Ⅱ　次の文の下線をつけたことばは、どのような漢字を書きますか。その漢字をそれぞれの①②③④から一つ選びなさい。

1　貴重な宝石を**ちんれつ**するので、厳重に警備する。
　　① 練列　　　　　　② 凍列　　　　　　③ 陳列　　　　　　④ 棟列

2　世論の非難を浴びて、大臣は自分の発言を**ていせい**した。
　　① 誕正　　　　　　② 託正　　　　　　③ 証正　　　　　　④ 訂正

3　新しいマンションの建設には、周辺住民の**ていこう**が強かった。
　　① 底抗　　　　　　② 邸抗　　　　　　③ 低抗　　　　　　④ 抵抗

4　旅客機の**ついらく**現場で、子供が救出された。
　　① 崩落　　　　　　② 陥落　　　　　　③ 墜落　　　　　　④ 隊落

5　この薬草には**ちんつう**作用がある。
　　① 慎痛　　　　　　② 積痛　　　　　　③ 鎮痛　　　　　　④ 績痛

6　**ちんぎん**と待遇は文書で確認しないといけない。
　　① 貰金　　　　　　② 賃金　　　　　　③ 貫金　　　　　　④ 貧金

36課 漢字と例文

まず漢字の用語が読めるかどうかチェックして（□），次に例文を覚えましょう。

□偵察 □堤防 □提携 □艇庫 □取り締まる

偵	てい	敵の動きを偵察する。おもしろいと評判の探偵小説を読む。
堤	てい / つつみ	堤防沿いに歩いて帰ろう。堤が切れて川の水があふれ出した。
提	てい / さ（げる）	海外の企業と提携することになった。肩からカバンを提げていた。
艇	てい	川沿いに大学のボート部の艇庫がある。飛行艇を発進させる。
締	てい / し（まる）	不平等条約を締結した。一人で帯を締める。飲酒運転を取り締まる。

□笛 □指摘 □敵意 □更迭 □哲学 □徹夜 □撤去

笛	てき / ふえ	汽笛を鳴らす。小学生が先生の吹く笛に合わせて体操をしている。
摘	てき / つ（む）	ミスを指摘されてしまった。セリを摘んできて、てんぷらにした。
敵	てき / かたき	2匹の犬が敵意をむき出しにしてにらみ合っていた。A店とB店は商売敵だ。
迭	てつ	汚職が発覚して大臣が更迭された。
哲	てつ	京都には「哲学の道」というきれいな散歩道がある。古今の哲学を学ぶ。
徹	てつ	徹夜の一夜漬勉強では、試験はパスできないだろう。父は頑固一徹な性格だ。
撤	てつ	ここにある立て看板を撤去してください。

□典型的 □展示 □添加物 □北斗星 □吐息 □日本刀 □豆腐

典	てん	百科事典で知らない事柄を調べる。西高東低の典型的な冬型の気圧配置だ。
展	てん	あなたの作品はどこに展示されていますか。めざましい経済発展を遂げる。
添	てん / そ（う）	添加物なしのジュースはおいしい。ひと晩中つき添って看病した。
斗	と	今夜は北斗星がきれいに見える。
吐	と / は（く）	あまりの美しさに思わず吐息をもらした。寒い夜空に白い息を吐く。
刀	とう / かたな	彼は日本刀を収集している。昔の人は刀を儀式に使った。
豆	とう、ず / まめ	大豆は豆腐の原料だ。節分の日には豆まきをする風習がある。

問題Ⅰ　次の文の下線をつけたことばは、どのように読みますか。その読み方をそれぞれの①②③④から一つ選びなさい。

1　大学ではギリシャ**哲学**を専攻した。
　　① せいがく　　　　② てつがく　　　　③ しょうがく　　　　④ こうがく

2　妻の行動を調査するため、夫が**探偵**を雇った。
　　① たんさく　　　　② たんてい　　　　③ たんじょう　　　　④ たんしょう

3　彼女の美しさに**匹敵**する女性はいない。
　　① ひきてき　　　　② びってき　　　　③ ひょうてき　　　　④ ひってき

4　写真を**添えて**提出してください。
　　① くわえて　　　　② さかえて　　　　③ そえて　　　　　　④ あえて

5　部長は女性問題で糾弾され、**更迭**された。
　　① こうしつ　　　　② こうてつ　　　　③ こうじゅつ　　　　④ こうそう

6　事件の捜査が急に**進展**した。
　　① しんぽ　　　　　② しんこう　　　　③ しんてん　　　　　④ しんきょう

問題Ⅱ　次の文の下線をつけたことばは、どのような漢字を書きますか。その漢字をそれぞれの①②③④から一つ選びなさい。

1　船酔いでは**きけ**がする。
　　① 吐き気　　　　　② 咲き気　　　　　③ 唆き気　　　　　④ 喉き気

2　この学校は礼儀作法が**てってい**している。
　　① 撤低　　　　　　② 徹低　　　　　　③ 撤底　　　　　　④ 徹底

3　台風で**ていぼう**が壊れた。
　　① 堤坊　　　　　　② 提防　　　　　　③ 堤防　　　　　　④ 提坊

4　漢字が読めるという**ぜんてい**で、入社試験を行う。
　　① 前堤　　　　　　② 前提　　　　　　③ 前体　　　　　　④ 前定

5　才能ある青年を、芽のうちに**つむ**ことはできない。
　　① 採む　　　　　　② 摘む　　　　　　③ 積む　　　　　　④ 詰む

6　出かけるときは**とじまり**を確認しよう。
　　① 戸締まり　　　　② 戸占まり　　　　③ 戸絞まり　　　　④ 戸閉まり

37 課 漢字と例文

まず漢字の用語が読めるかどうかチェックして（□），次に例文を覚えましょう。

□唐突 □白桃 □討論 □浸透 □哀悼 □陶製 □搭乗

唐	とう から	彼女は**唐突**に歌い始めた。仏像の台に**唐草**模様が彫られている。
桃	とう もも	**白桃**は岡山県の名産品だ。**桃**は冷やすと甘さがよりひき立ちます。
討	とう う（つ）	激しい**討論**を繰り広げる。敵将を**討ち取**った。
透	とう す（かす）	環境保護の考えがやっと**浸透**してきた。明かりに**透かす**。
悼	とう いた（む）	**哀悼**の意を表す。死を**悼み**、黙とうをささげた。
陶	とう	このマグカップは**陶製**だ。すばらしい演奏にすっかり**陶酔**してしまった。
搭	とう	あなたの**搭乗**口は5番です。最新のエンジンを**搭載**している。

□病棟 □統計 □稲 □踏む □砂糖

棟	とう むね	あの患者さんは第三**病棟**に入院している。母屋と**棟続き**だ。
統	とう す（べる）	これが1995年の人口**統計**です。**大統領**は選挙で決まる。国を**統べ**治める。
稲	とう いね、いな	**稲**には水稲と陸稲がある。秋になって**稲穂**が重く垂れている。
踏	とう ふ（む）	**舞踏会**に出る。人に足を**踏まれた**。調査結果を**踏まえて**リポートをまとめる。
糖	とう	コーヒーに**砂糖**とミルクをお入れしましょうか。**糖分**を控え目にとる。

□闘争 □高騰 □洞くつ □胴上げ □峠 □匿名 □監督

闘	とう たたか（う）	戦闘に負ける。賃上げ**闘争**に勝利した。病と**闘う**。
騰	とう	物価が**高騰**し、市民の生活は苦しくなった。
洞	どう ほら	この**洞くつ**はうす暗い。**洞穴**を掘って身を潜める。
胴	どう	グラウンドでは、優勝したチームの監督の**胴上げ**が始まった。
峠	とうげ	あの**峠**を越えると、故郷の町が見えてくる。
匿	とく	寄付金が**匿名**で届けられた。
督	とく	試験の**監督**を頼まれた。返事が遅いので**督促**する。

74

問題I　次の文の下線をつけたことばは、どのように読みますか。その読み方をそれぞれの①②③④から一つ選びなさい。

1　3月3日は<u>桃</u>の節句だ。
　　① もも　　　　　② うめ　　　　　③ さくら　　　　　④ やなぎ

2　舞台の経験を何度も<u>踏む</u>と、落ち着きがでてくる。
　　① くむ　　　　　② ふむ　　　　　③ かむ　　　　　④ あむ

3　<u>沸騰</u>したお湯で、赤ちゃんの食器を消毒する。
　　① ふっとう　　　② ふんとう　　　③ ふっきょう　　　④ ふんどう

4　<u>透明</u>な水の流れる沢で、わさびを栽培している。
　　① しょうめい　　② すいめい　　　③ とうめい　　　④ すめい

5　アンケートの回答は<u>匿名</u>でかまいません。
　　① とくめい　　　② じゃくめい　　③ ぎめい　　　　④ かいめい

6　日本や東南アジアでは、<u>稲</u>の品種改良が進んでいる。
　　① むぎ　　　　　② たね　　　　　③ ほ　　　　　　④ いね

問題II　次の文の下線をつけたことばは、どのような漢字を書きますか。その漢字をそれぞれの①②③④から一つ選びなさい。

1　日本の古い<u>とうき</u>は、多くがヨーロッパに輸出された。
　　① 冬季　　　　　② 騰貴　　　　　③ 陶器　　　　　④ 投棄

2　飛行機に<u>とうじょう</u>する前に、所持品検査を受ける。
　　① 当場　　　　　② 登乗　　　　　③ 登場　　　　　④ 搭乗

3　スマートな人は、<u>どう</u>が短く足が長い。
　　① 胴　　　　　　② 腰　　　　　　③ 腕　　　　　　④ 腹

4　試合に勝つため、選手全員が<u>ふんとう</u>した。
　　① 噴騰　　　　　② 奮闘　　　　　③ 沸騰　　　　　④ 紛閥

5　結論を急がず、時間をかけて<u>けんとう</u>してください。
　　① 見当　　　　　② 検討　　　　　③ 健闘　　　　　④ 献等

6　三つの町を<u>とうごう</u>して、新しい市ができた。
　　① 当合　　　　　② 党合　　　　　③ 搭合　　　　　④ 統合

38 課 漢字と例文

まず漢字の用語が読めるかどうかチェックして（□），次に例文を覚えましょう。

□不徳 □危篤 □豚肉 □整頓 □丼

徳 とく ………… このような失敗は私の**不徳**の致す所だ。学校が**道徳 教育**に力を入れる。

篤 とく ………… 伯父が**危篤**なので会社を早退した。

豚 とん ………… 揚げたての**豚カツ**はおいしい。**豚肉**を使ったアイデア料理を作る。
　 ぶた

頓 とん ………… 日頃から**整理整頓**を心がけている。

丼 どんぶり …… ラーメン用の**丼**を二つ貸してください。**丼 勘 定**で赤字を出す。

□旦那 □謎 □撫でる □鍋 □尼寺 □匂う □賑わう

那 な ………… お宅の店の**旦那**さんは、二代目ですか。

謎 なぞ ………… ピラミッドには**謎**がまだまだたくさんあるらしい。

撫 な (でる) …… 娘がペットの犬の頭を**撫で**ている。

鍋 なべ ………… 大きな**鍋**でカレーを作りましょう。

尼 に ………… **尼僧**の服装は暑そうだった。京都の**尼寺**を訪れた。
　 あま

匂 にお (う) … 梅の花が**匂う**。おいしそうな**匂い**がする。

賑 にぎ (やか) **縁日**の屋台が**賑わ**っている。大通りは人があふれて**賑**やかだ。

□尿 □睨む □妊娠 □忍耐 □濡れる □丁寧 □狙う

尿 にょう ……… **尿 検査**の結果を聞く。

睨 にら (む) … **刑事**は彼が犯人だと**睨ん**でいる。

妊 にん ………… 妹 は**妊娠**しているので、激しい運動は控えている。

忍 にん ………… ダイエットは、大変な**忍耐 力**を要する。何者かが部屋に**忍び**こんできた。
　 しの (ぶ)

濡 ぬ (れる) … 雨に**濡れ**ながら母の帰りを待った。大事な資料を**濡らし**てしまった。

寧 ねい ………… あの人の言葉遣いはいつも**丁寧**だ。

狙 ねら (う) … **狙い**をつけて矢を放った。

問題Ｉ 次の文の下線をつけたことばは、どのように読みますか。その読み方をそれぞれの①②③④から一つ選びなさい。

1 <u>狙った</u>獲物をとり逃がす。

 ① になった   ② ねらった   ③ あらそった   ④ かなった

2 彼女の経歴には、<u>謎</u>の部分が多い。

 ① なぞ   ② やく   ③ みち   ④ わざ

3 恐い目で<u>睨む</u>。

 ① こばむ   ② はばむ   ③ にらむ   ④ うらむ

4 老人が孫の頭を<u>撫でる</u>。

 ① めでる   ② むでる   ③ ゆでる   ④ なでる

5 クリスマスは街中が<u>賑やか</u>だ。

 ① にぎやか ② はなやか   ③ おだやか   ④ あざやか

6 傘を忘れたので、雨に<u>濡れる</u>のを承知で駅まで走った。

 ① ぬれる   ② かれる   ③ なれる   ④ ゆれる

問題ＩＩ 次の文の下線をつけたことばは、どのような漢字を書きますか。その漢字をそれぞれの①②③④から一つ選びなさい。

1 中華料理には牛肉も使うが、むしろ<u>ぶたにく</u>がよく使われる。

 ① 腸肉   ② 脂肉   ③ 豚肉   ④ 胸肉

2 みんなで持ちよった材料を鉄<u>なべ</u>で煮た。

 ① 鍋   ② 禍   ③ 渦   ④ 過

3 彼女が近づくと、香水の甘い香りが<u>におう</u>。

 ① 香う   ② 包う   ③ 企う   ④ 匂う

4 知らない相手と話すときは、<u>ていねい</u>な言葉を使うべきだ。

 ① 丁寧   ② 丁寮   ③ 丁密   ④ 丁審

5 <u>とくよう</u>のパック麦茶を買ってきた。

 ① 得用   ② 徳用   ③ 匿用   ④ 特用

6 外国語の勉強には<u>にんたい</u>が肝心だ。

 ① 怠尉   ② 患封   ③ 忍耐   ④ 忌射

39課 漢字と例文

まず漢字の用語が読めるかどうかチェックして（□），次に例文を覚えましょう。

□粘土 □納得 □覗く □喉

粘 ねん ねば（る）	子どもは粘土遊びが大好きだ。彼は粘り強い交渉力の持ち主だ。
納 のう、なっ おさ（める）	収納スペースが少ない。いろいろ考えて納得した。税金を納める。
覗 のぞ（く）	コイを見ようと池を覗き込んだ。
喉 のど	長い距離を歩いたので、喉が渇いた。

□把握 □派遣 □制覇 □肺活量 □俳優 □排水 □廃止 □先輩

把 は	あなたはこの問題をきちんと把握していない。
派 は	お茶、お花ともいろいろな流派がある。彼女は正社員でなく派遣社員だ。
覇 は	私の学校のサッカー部は今年も全国大会を制覇した。覇権を争う。
肺 はい	この機械で肺活量が測れます。風邪から肺炎になることもある。
俳 はい	あの俳優は喜劇が得意だ。祖母は今、俳句の会に出かけています。
排 はい	排水口から汚い水がどっと排出された。
廃 はい すた（れる）	バス路線が廃止された。昔、はやった店だが今は廃れてしまった。
輩 はい	彼は私の先輩です。

□梅雨 □栽培 □陪審 □媒酌 □賠償 □這う

梅 ばい うめ	梅雨前線が北上している。どこからともなく梅の香りが漂ってくる。
培 ばい つちか（う）	あの人はコーヒー栽培で財をなした。勉強して実力を培ってきた。
陪 ばい	日本には陪審制度はない。
媒 ばい	媒酌人から新郎新婦の紹介があった。テレビは最大の情報媒体だ。
賠 ばい	裁判に敗れた結果、多額の賠償金の支払いを命じられた。
這 は（う）	赤ちゃんが這うようになり、両親はとても喜んだ。

問題Ⅰ　次の文の下線をつけたことばは、どのように読みますか。その読み方をそれぞれの① ②③④から一つ選びなさい。

1　彼は学年では**後輩**だが、年は私の方が下だ。
① こうこう　　　② こうひ　　　③ こうはい　　　④ こうぽう

2　**俳句**には、言葉の一つ一つに深い意味がある。
① しょうく　　　② しゅんく　　　③ せっく　　　④ はいく

3　他人を気にするより、自分の実力を**培う**ほうがよい。
① おぎなう　　　② ともなう　　　③ やしなう　　　④ つちかう

4　彼はついに世界タイトルを**制覇**した。
① せいさい　　　② せいふく　　　③ せいは　　　④ せいかく

5　相手を説得するには、最後まで**粘る**気持ちが大事だ。
① ねばる　　　② つのる　　　③ まぎれる　　　④ うめる

6　彼は、**特派**員としてイギリスに派遣された。
① とっぱ　　　② とくは　　　③ とくぱ　　　④ とっぱい

問題Ⅱ　次の文の下線をつけたことばは、どのような漢字を書きますか。その漢字をそれぞれの①②③④から一つ選びなさい。

1　将来のために、まず現状を**はあく**しなければならない。
① 排握　　　② 把握　　　③ 拍握　　　④ 肥握

2　スカートの裾から下着が**のぞく**。
① 除く　　　② 覗く　　　③ 眺く　　　④ 視く

3　交通事故の損害**ばいしょう**を請求する。
① 培償　　　② 賠償　　　③ 倍償　　　④ 陪償

4　街をあげて、暴力の**はいじょ**に取り組む。
① 拝除　　　② 俳除　　　③ 排除　　　④ 廃除

5　品物が**のうにゅう**されたので、伝票にサインした。
① 納入　　　② 搬入　　　③ 運入　　　④ 届入

6　産業**はいきぶつ**の処理に問題がある。
① 腐棄物　　　② 廃棄物　　　③ 灰棄物　　　④ 破棄物

40課 漢字と例文

まず漢字の用語が読めるかどうかチェックして（□），次に例文を覚えましょう。

□画伯 □拍手 □迫る □船舶 □博識 □漠然 □束縛

伯 はく　大臣の肖像画はK画伯に頼もう。彼は私の伯父にあたる。

拍 はく、ひょう　素晴らしい演奏に拍手が鳴り止まなかった。歌にあわせて手拍子をとる。

迫 はく、せま（る）　少数民族が迫害されている。締め切り期限が迫った。

舶 はく　大型台風が接近し、船舶が入り江に避難した。

博 はく、ばく　彼は博識で何でも知っている。賭博に夢中になると身をほろぼしかねない。

漠 ばく　ラクダに乗って砂漠を旅してみたい。将来について漠然と考える。

縛 ばく、しば（る）　束縛された不自由な生活を送る。強盗に手足を縛られた。

□箸 □手筈 □鉢植え □伐採 □処罰 □派閥

箸 はし　お弁当を食べようとしたら、箸を忘れたことに気付いた。

筈 はず　あなたには充分力があるから、できる筈だ。旅行の手筈を整える。

鉢 はち　ベランダの鉢植えに水をやる。

伐 ばつ　その山の木はほとんど伐採されてしまった。

罰 ばつ、ばち　違法行為で処罰される。食べ物を粗末にすると罰が当たると母に言われた。

閥 ばつ　この会社は出身校ごとの派閥、いわゆる学閥がある。

□貼る □腫れる □出帆 □伴う □班 □湖畔

貼 は（る）　背中に湿布薬を貼る。

腫 は（れる）　虫にさされた所が腫れてしまった。

帆 はん、ほ　船はこの港から出帆した。帆をあげて走る。

伴 はん、ばん、ともな（う）　パーティーに夫婦同伴で行く。ピアノで伴奏する。部下を伴って出かける。

班 はん　班ごとに行く先を決めてください。

畔 はん　そのホテルは湖畔に建っている。

問題Ⅰ　次の文の下線をつけたことばは、どのように読みますか。その読み方をそれぞれの①②③④から一つ選びなさい。

1　上野の国立**博物館**で、古代オリエント文明の展示がある。

　① ひろものかん　　② せんぶつかん　　③ ほうぶつかん　　④ はくぶつかん

2　たとえ愛していても、**束縛**されるのはいやだ。

　① そっこう　　　　② そくこう　　　　③ そくせん　　　　④ そくばく

3　ずっと会っていない人なので、**漠然**とした印象しかない。

　① ばくぜん　　　　② あぜん　　　　　③ もくぜん　　　　④ ぼうぜん

4　心臓が**圧迫**されて、呼吸が困難になった。

　① あつはく　　　　② あつぺん　　　　③ あっはく　　　　④ あっぱく

5　冷やしたので**腫れ**がひいた。

　① ただれ　　　　　② かぶれ　　　　　③ はれ　　　　　　④ ほれ

6　第二次世界大戦後、日本の**財閥**は解体された。

　① ざいほう　　　　② ざいばつ　　　　③ ざいだい　　　　④ ざいかん

問題Ⅱ　次の文の下線をつけたことばは、どのような漢字を書きますか。その漢字をそれぞれの①②③④から一つ選びなさい。

1　都市への人口集中に**ともない**、住宅難が深刻化した。

　① 供い　　　　　　② 件い　　　　　　③ 伴い　　　　　　④ 併い

2　生徒は、**ばつ**として校庭を3周走らされた。

　① 罰　　　　　　　② 罪　　　　　　　③ 羅　　　　　　　④ 罷

3　国籍が違うというだけで**はくがい**されるのは許せない。

　① 拍害　　　　　　② 舶害　　　　　　③ 迫害　　　　　　④ 伯害

4　心のこもった演奏に、全員が**はくしゅ**を送った。

　① 拍手　　　　　　② 伯手　　　　　　③ 迫手　　　　　　④ 舶手

5　きつい校則で生徒を**しばる**のはよくない。

　① 練る　　　　　　② 絞る　　　　　　③ 縛る　　　　　　④ 編る

6　技術が発展しても、**さばく**を緑地化するには時間がかかる。

　① 砂模　　　　　　② 砂幕　　　　　　③ 砂膜　　　　　　④ 砂漠

まず漢字の用語が読めるかどうかチェックして（□），次に例文を覚えましょう。

□搬入 □煩雑 □頒布 □模範 □繁栄 □野蛮 □基盤

搬	はん	作品を会場に**搬入**する。コンテナにのせて荷物を**運搬**する。
煩	はん / わずら(わす)	手続きが**煩雑**でよく分からない。人の手を**煩わす**。人間関係が**煩わしい**。
頒	はん	保健所が、食中毒に対する予防策を書いたパンフレットを**頒布**した。
範	はん	あの人の行動は皆の**模範**だ。試験の**範囲**が発表された。
繁	はん / しげ(る)	この町は古くから**繁栄**している。カビが**繁殖**する。通りの木々が**繁る**。
蛮	ばん	彼は**野蛮**な行為を平然としていた。
盤	ばん	生活の**基盤**が失われた。長雨で、**地盤**がゆるんでいる。

□批判 □披露 □肥料 □卑劣 □秘密 □扉 □歌碑 □罷免 □避難

批	ひ	この案には**批判**が多い。私の作品を遠慮なく**批評**してください。
披	ひ	友人の**結婚披露宴**に招待された。
肥	ひ / こ(える)	**化学肥料**を使った作物は口にしない。ここの土地は良く**肥えて**いる。
卑	ひ / いや(しい)	そういうやり方は**卑劣**だ。目付きの**卑しい**人だ。
秘	ひ / ひ(める)	かくし場所は**秘密**です。彼女の瞳は**神秘的**だ。強い決意を胸に**秘める**。
扉	ひ / とびら	あの家の**門扉**は、鉄製だ。未来への**扉**を開こう。
碑	ひ	山頂に**歌碑**を建てる。
罷	ひ	銀行から金を受けとっていた官僚は、**罷免**された。
避	ひ / さ(ける)	水害の危険があるので**避難**した。彼女は、私に会うことを**避けて**いる。

□尾 □微妙 □膝

尾	び / お	この仕事は**首尾**よくはこんだ。犬が**尾**をふって近づいてくる。
微	び	線をなぞっても、**微妙**にずれてしまう。彼女は悲しみをおさえて**微笑**した。
膝	ひざ	サッカーの試合で**膝**をけがしてしまった。

問題I 次の文の下線をつけたことばは、どのように読みますか。その読み方をそれぞれの① ② ③ ④から一つ選びなさい。

1 あの政治家は私腹を**肥やした**。

　　① こやした　　　　② ひやした　　　　③ ふやした　　　　④ たやした

2 胃が弱っているので、なま物は**避ける**ようにしている。

　　① わける　　　　　② さける　　　　　③ かける　　　　　④ ひける

3 最近開店したレストランは大変**繁盛**している。

　　① はんせい　　　　② ひんせい　　　　③ はんじょう　　　④ ほんせい

4 次々と苦情がきて**煩わしい**。

　　① わずらわしい　　② まぎらわしい　　③ うたがわしい　　④ うかがわしい

5 **卑しい**身なりをしているが、実は金持ちだ。

　　① いやしい　　　　② とぼしい　　　　③ まずしい　　　　④ いやらしい

6 各種のワインが手軽に入手できる**頒布**会がはやっている。

　　① こうふ　　　　　② ひんぷ　　　　　③ はんぷ　　　　　④ ほうふ

問題II 次の文の下線をつけたことばは、どのような漢字を書きますか。その漢字をそれぞれの①②③④から一つ選びなさい。

1 現実から**とうひ**してはいけない。

　　① 兆避　　　　　　② 跳避　　　　　　③ 逃避　　　　　　④ 挑避

2 情報社会は、インフラ、つまり**きばん**に対する投資が先行する。

　　① 基盤　　　　　　② 基板　　　　　　③ 基盛　　　　　　④ 基盟

3 総理大臣の発言は、国民から**ひはん**を浴びた。

　　① 否判　　　　　　② 批判　　　　　　③ 比判　　　　　　④ 非判

4 二人だけの**ひみつ**のはずなのに、だれもが知っていた。

　　① 隠密　　　　　　② 秒密　　　　　　③ 穏密　　　　　　④ 秘密

5 テストの**はんい**を間違えたので、最低の成績だった。

　　① 反意　　　　　　② 籍囲　　　　　　③ 犯意　　　　　　④ 範囲

6 **びりょく**ながらお手伝いできたらと思います。

　　① 徹力　　　　　　② 徴力　　　　　　③ 微力　　　　　　④ 従力

42 課 漢字と例文

まず漢字の用語が読めるかどうかチェックして（□），次に例文を覚えましょう。

□肘掛け □瞳 □お姫様 □紐 □土俵 □投票 □好評 □漂う

肘　ひじ　革製の肘掛け椅子が欲しい。

瞳　ひとみ　フランス人形の瞳はブルーで美しい。

姫　ひめ　お姫様のようなドレスを着て、パーティーに行きたい。

紐　ひも　小包で送るので箱に紐をかけてしばる。

俵　ひょう／たわら　横綱が土俵入りした。いなりずしは俵の形をしている。

票　ひょう　伝票の整理が終わったら帰る。国民の権利なので投票に行くべきだ。

評　ひょう　この映画は好評らしい。あの店は安いという評判だ。

漂　ひょう／ただよ（う）　難破したため、船員は十日間も漂流した。クラゲが波に揺られて漂っている。

□標語 □種苗 □描写 □浜辺 □来賓 □頻繁 □敏感

標　ひょう　交通安全の標語を作りましょう。標準語と方言はかなりの違いがある。

苗　びょう／なえ　種苗店で苗を購入した。

描　びょう／えが（く）　なるべく正確に描写してください。雪山をキャンバスに描く。

浜　ひん／はま　海浜公園へ行った。浜辺でキャンプをしよう。

賓　ひん　来賓の方の御挨拶を頂きましょう。国賓はたいてい迎賓館に宿泊されます。

頻　ひん　頻繁に足を運ぶ。このカーブでは衝突事故が頻発している。出題頻度が高い。

敏　びん　新しい情報に敏感に反応する。体操選手の機敏な動きに感心する。

□扶養 □赴任 □腐る □敷地

扶　ふ　現在、私の扶養家族は妻と娘の二人です。

赴　ふ／おもむ（く）　お父さんは単身で赴任先に赴いた。

腐　ふ／くさ（る）　豆腐は大豆からできています。梅雨時は食物が腐りやすい。

敷　ふ／し（く）　奥の座敷の方へどうぞ。ここがビル建設予定の敷地です。玄関にマットを敷く。

問題Ⅰ　次の文の下線をつけたことばは、どのように読みますか。その読み方をそれぞれの① ② ③ ④から一つ選びなさい。

1　試験が**頻繁**にあるので、勉強が追いつかない。

　　① ぜんぱん　　　　② こうはん　　　　③ ひんぱん　　　　④ はんはん

2　戦場に**赴く**兵士たちの気持ちは、言葉で表現できない。

　　① つく　　　　　　② うなずく　　　　③ おもむく　　　　④ つらぬく

3　夏は食べ物が**腐敗**しやすいので注意しよう。

　　① こうはい　　　　② ふはい　　　　　③ ふうはい　　　　④ ぶはい

4　人はたとえ苦しくても、自分の夢を自由に**描く**ことができる。

　　① もがく　　　　　② いだく　　　　　③ たたく　　　　　④ えがく

5　交通**標識**に従って安全運転をする。

　　① ひょうしき　　　② びょうしき　　　③ はくしき　　　　④ にんしき

6　彼は**敏感**なので、私の気持ちがすぐ分かった。

　　① しゅんかん　　　② どんかん　　　　③ びんかん　　　　④ つうかん

問題Ⅱ　次の文の下線をつけたことばは、どのような漢字を書きますか。その漢字をそれぞれの ① ② ③ ④から一つ選びなさい。

1　市会議員の**とうひょう**は、来週の日曜日に行われる。

　　① 投標　　　　　　② 投表　　　　　　③ 投漂　　　　　　④ 投票

2　正当に**ひょうか**してください。

　　① 票価　　　　　　② 坪価　　　　　　③ 標価　　　　　　④ 評価

3　隣の古い邸宅を、子どもたちはお化け**やしき**と呼んでいる。

　　① 家敏　　　　　　② 屋敷　　　　　　③ 家屋　　　　　　④ 家敷

4　食事の時は**ひじ**をつかないように。

　　① 肢　　　　　　　② 腕　　　　　　　③ 肘　　　　　　　④ 膝

5　**ふよう**家族が多いと、税金が安くなる。

　　① 浮揚　　　　　　② 不要　　　　　　③ 扶養　　　　　　④ 不用

6　流出した油が沿岸に**ただよって**いる。

　　① 潜って　　　　　② 漬って　　　　　③ 漂って　　　　　④ 添って

43 課 漢字と例文

まず漢字の用語が読めるかどうかチェックして（□），次に例文を覚えましょう。

□月賦 □楽譜 □侮辱 □降伏 □覆う

賦	ふ	このオーディオセットは高価だったので月賦で買った。
譜	ふ	楽譜を見ながらでないと、その曲は弾けません。
侮	ぶ あなど（る）	友人に侮辱された。ただの風邪だと侮っていたら、1週間も寝込んだ。
伏	ふく ふ（せる）	日本は無条件降伏した。洗ったコップは、そこに伏せておいてください。
覆	ふく おお（う）、くつがえ（る）	覆面強盗が、銀行に押し入った。判決が覆ることは少ない。布で箱を覆う。

□蓋 □紛失 □雰囲気 □噴水 □古墳 □憤慨 □興奮

蓋	ふた	蓋が、なかなか開かない。
紛	ふん まぎ（らわす）	パスポートを紛失した。気を紛らわす。それは紛れもない事実だ。
雰	ふん	たまには雰囲気のいいレストランで、おいしい料理を食べてみたい。
噴	ふん ふ（く）	公園の噴水の前で会いましょう。火山が噴火した。鯨が潮を噴いている。
墳	ふん	奈良県には古墳がたくさんある。
憤	ふん いきどお（る）	大企業の不正取引に国民は憤慨している。大臣の脱税に憤りを感じる。
奮	ふん ふる（う）	興奮してつい大声を出した。スピーチコンテストに奮って御参加ください。

□合併 □横柄 □塀 □貨幣 □弊害 □壁画 □盗癖

併	へい あわ（せる）	A町とB町が合併し、C市になった。大胆さと器用さを併せ持つ。
柄	へい、え がら、え	彼の横柄な態度が気にさわる。私は小柄な方です。傘の柄がとれた。
塀	へい	塀を乗り越える。最近は板塀の家を見かけなくなった。
幣	へい	A国の貨幣には、女王の肖像が描かれている。銀行で紙幣を両替する。
弊	へい	住民たちは、開発がもたらしたさまざまな弊害を報告した。
壁	へき かべ	あの教会の壁画は素晴らしい。教室の壁には大きな時計がかかっている。
癖	へき くせ	彼に盗癖があるなんて知らなかった。彼は話しながら、頭をかく癖がある。

問題Ⅰ　次の文の下線をつけたことばは、どのように読みますか。その読み方をそれぞれの①②③④から一つ選びなさい。

1　このへんは冬になると、あたり一面、雪で**覆われる**。

　　① かこわれる　　　② そこなわれる　　　③ おおわれる　　　④ あらわれる

2　あの二人は親密な**間柄**だ。

　　① まがら　　　　　② あいだがら　　　　③ あいだえ　　　　④ なかま

3　子どもが**壁**に落書きをする。

　　① ほり　　　　　　② へき　　　　　　　③ かべ　　　　　　④ へい

4　遅刻は彼の最大の**悪癖**だ。

　　① わるぐせ　　　　② あっぴ　　　　　　③ あくへき　　　　④ あくひ

5　あれほど**侮辱**されたのに、よく耐えたものだ。

　　① ぶじょく　　　　② ちじょく　　　　　③ まいじょく　　　④ くつじょく

6　火山から溶岩が**噴出**した。

　　① ほうしゅつ　　　② がいしゅつ　　　　③ ふんしゅつ　　　④ てんしゅつ

問題Ⅱ　次の文の下線をつけたことばは、どのような漢字を書きますか。その漢字をそれぞれの①②③④から一つ選びなさい。

1　**まぎらわしい**漢字が多い。

　　① 紛らわしい　　　② 燦らわしい　　　　③ 粉らわしい　　　④ 煩らわしい

2　**ふんとう**する新人ボクサーに、観客から声援が送られた。

　　① 噴闘　　　　　　② 蓄騰　　　　　　　③ 奮闘　　　　　　④ 噴騰

3　彼は感情の**きふく**が激しい。

　　① 起伏　　　　　　② 起覆　　　　　　　③ 起幅　　　　　　④ 起複

4　あの喫茶店は、10年前と**ふんいき**が変わっていない。

　　① 粉囲気　　　　　② 雰囲気　　　　　　③ 噴囲気　　　　　④ 紛囲気

5　大型客船が**てんぷく**し、多数の犠牲者がでたようだ。

　　① 転覆　　　　　　② 転落　　　　　　　③ 転出　　　　　　④ 転倒

6　不当な扱いを受けて、彼女は**ふんがい**した。

　　① 墳慨　　　　　　② 憤慨　　　　　　　③ 噴慨　　　　　　④ 奮慨

44 課 漢字と例文

まず漢字の用語が読めるかどうかチェックして（□），次に例文を覚えましょう。

□偏食 □普遍 □弁護 □保存 □津々浦々 □店舗

偏	へん かたよ（る）	偏食をしていると栄養が偏るよ。
遍	へん	世界中から一切の差別や抑圧をなくすというのは普遍的なテーマだ。
弁	べん	彼のしたことは弁護の余地がない。隣の家のガラスを割ったので弁償した。
保	ほ たも（つ）	生ものは腐りやすいから冷蔵庫で保存してください。品質を保つ。
浦	うら	この番組は全国津々浦々から珍しいペットを紹介いたします。
舗	ほ	ブティックを開こうと、適当な店舗を探している。老舗の旅館に泊った。

□墓地 □慕情 □簿記 □芳香 □邦画 □奉仕

墓	ぼ はか	祖父の遺骨は、海を見下ろす墓地に埋葬した。父母の命日には墓参りをする。
慕	ぼ した（う）	「慕情」という古い映画を見た。幼い頃別れた姉を慕って外国まで会いに行く。
簿	ぼ	簿記の勉強を始めた。毎晩、店を閉めた後、帳簿をつける。
芳	ほう かんば（しい）	芳香剤を使う家庭が増えている。今学期の成績は、あまり芳しくなかった。
邦	ほう	私は洋画より邦画をよく見る。A国は連邦国家だ。邦訳を出版する。
奉	ほう たてまつ（る）	いつでも奉仕の精神を忘れない。昔は、高価な物や珍しい物を国王に奉った。

□泡立つ □細胞 □年俸 □模倣 □連峰 □崩壊 □飽和

泡	ほう あわ	発泡する入浴剤をお風呂に入れる。卵白を泡立てて、お菓子を作る。
胞	ほう	虫の細胞を顕微鏡で見る。外国でも同胞は互いに助けあって生きてゆく。
俸	ほう	私の会社は、年俸制で給料を払う。営業成績が上がらず、減俸になった。
倣	ほう なら（う）	彼女の絵は、有名な画家の模倣だと指摘された。例に倣って文を作る。
峰	ほう みね	夏休みは南アルプス連峰に登るつもりだ。この山と奥の山とは峰続きです。
崩	ほう くず（れる）	大地震で、多くの建物が崩壊した。足を崩して、ゆっくりしてください。
飽	ほう あ（きる）	東京は人口が飽和状態だ。この子は、飽きっぽくて何事にも長続きしない。

問題Ⅰ　次の文の下線をつけたことばは、どのように読みますか。その読み方をそれぞれの①②③④から一つ選びなさい。

1　師と**慕い**、弟子入りする。

①　まよい　　　　②　ねらい　　　　③　おもい　　　　④　したい

2　有名な作品を**模倣**したとして、訴えられた。

①　もほう　　　　②　きっぽう　　　　③　きほう　　　　④　きぼう

3　取引先の反応は**芳しく**ない。

①　かんばしく　　②　たのもしく　　③　はなはだしく　　④　なつかしく

4　ひたすら謝って**勘弁**してもらった。

①　ほうべん　　　②　きんべん　　　③　かんべん　　　④　ゆうべん

5　大都市に人口が**偏る**と、いろいろな問題が起こる。

①　よる　　　　　②　かたよる　　　③　あなどる　　　④　まねる

6　大雨でがけが**崩れる**と、真下の家は危険だ。

①　あばれる　　　②　こわれる　　　③　くずれる　　　④　つぶれる

問題Ⅱ　次の文の下線をつけたことばは、どのような漢字を書きますか。その漢字をそれぞれの①②③④から一つ選びなさい。

1　いつも同じメニューの社員食堂に**あきる**。

①　飼きる　　　　②　飽きる　　　　③　飾きる　　　　④　飢きる

2　卒業生の**めいぼ**を作る。

①　名募　　　　　②　名暮　　　　　③　名簿　　　　　④　名薄

3　最近は、ほとんどの道路が**ほそう**されている。

①　浦装　　　　　②　捕装　　　　　③　補装　　　　　④　舗装

4　旧体制が**ほうかい**して国民は自由になった。

①　崩壊　　　　　②　倣壊　　　　　③　放壊　　　　　④　封壊

5　老人の介護に無料**ほうし**する。

①　奉伺　　　　　②　方仕　　　　　③　俸士　　　　　④　奉仕

6　イベントを行う会場を**かくほ**する。

①　閣補　　　　　②　確保　　　　　③　獲捕　　　　　④　穫保

45 課 漢字と例文

まず漢字の用語が読めるかどうかチェックして（□），次に例文を覚えましょう。

□褒美 □裁縫 □乏しい □妨害 □冷房 □某課長

褒 ほう／ほ（める）
志望校合格の褒美に、パソコンを買ってやろう。作文で先生に褒められた。

縫 ほう／ぬ（う）
私は裁縫が苦手だ。昔の人は、自分で着物を縫ったものだ。

乏 ぼう／とぼ（しい）
ウオルト・ディズニーは若い頃とても貧乏だった。日本は天然資源が乏しい。

妨 ぼう／さまた（げる）
昨夜も安眠を妨害された。交通の便が悪く、この町の発展の妨げとなる。

房 ぼう／ふさ
冷房が強すぎると体によくない。この時期、ぶどうは一房で千円もする。

某 ぼう
某課長は、次の人事異動で部長になるらしい。

□冒頭 □解剖 □混紡 □傍観 □膨張 □無謀

冒 ぼう／おか（す）
会議は、冒頭から活発な意見がとびかう。危険を冒して南極大陸へ行く。

剖 ぼう
中学生の時、理科の授業でカエルの解剖をした。

紡 ぼう／つむ（ぐ）
このセーターは、綿とナイロンの混紡です。糸を紡ぐ。

傍 ぼう／かたわ（ら）
交通事故を傍観する。傍らに参考書を広げて勉強する。

膨 ぼう／ふく（らむ）
人口が膨張する。桜のつぼみが膨らむ。食べすぎてお腹が膨れた。

謀 ぼう、む／はか（る）
無謀にも、彼は選挙に立候補した。謀反を企てる。敵に謀られた。

□吠える □頬 □素朴 □牧師 □僕 □水墨画 □打撲

吠 ほ（える）
犬が吠える。

頬 ほお
彼女はポッと頬を赤らめた。ぼんやりと頬杖をついて、窓の外を見ていた。

朴 ぼく
田舎は素朴で親切な人が多いので、暮らしやすい。

牧 ぼく／まき
教会の牧師さんは、おだやかな口調で話す。牧場の馬は、牧草を食べていた。

僕 ぼく
最近は、若い女性でも自分のことを僕と言ったりする。

墨 ぼく／すみ
すばらしい水墨画をいただいた。習字の授業で墨をこぼして服を汚した。

撲 ぼく
A君は事故に遭い、全身打撲で入院した。初めて相撲を見に行った。

90

問題 I　次の文の下線をつけたことばは、どのように読みますか。その読み方をそれぞれの① ② ③ ④から一つ選びなさい。

1　手で**縫う**よりミシンを使うと、仕上がりがきれいだ。
　　① ぬう　　　　　② つくろう　　　　③ あう　　　　　④ まう

2　環境を守るという意識が**乏しい**と、街が汚れる。
　　① あやしい　　　② まずしい　　　　③ とぼしい　　　④ いやしい

3　100点をとったので子どもがご**褒美**をもらった。
　　① かんび　　　　② さんび　　　　　③ ゆうび　　　　④ ほうび

4　この地域の主要産業は**紡績**だ。
　　① ほうし　　　　② ほうせき　　　　③ ぼうし　　　　④ ぼうせき

5　北海道は**牧畜**が盛んだ。
　　① もくちく　　　② かちく　　　　　③ くちく　　　　④ ぼくちく

6　新入生の**文房具**を揃える。
　　① ぶんぽうぐ　　② ぶんへんぐ　　　③ ぶんれいぐ　　④ ぶんほうぐ

問題 II　次の文の下線をつけたことばは、どのような漢字を書きますか。その漢字をそれぞれの ①②③④から一つ選びなさい。

1　エイズ**ぼくめつ**のための研究が、多くの学者によって進められている。
　　① 撲減　　　　　② 僕滅　　　　　　③ 僕減　　　　　④ 撲滅

2　あのビルが日当たりを**さまたげる**ということで問題になっている。
　　① 肪げる　　　　② 妨げる　　　　　③ 防げる　　　　④ 坊げる

3　自分の会社を作るのはかなりの**ぼうけん**だった。
　　① 唱険　　　　　② 帽険　　　　　　③ 晶険　　　　　④ 冒険

4　医者は死んだ原因を調べるため、遺体を**かいぼう**した。
　　① 解倍　　　　　② 解剖　　　　　　③ 解培　　　　　④ 解賠

5　**ぼうだい**な量のゴミが出た。
　　① 莫大　　　　　② 壮大　　　　　　③ 雄大　　　　　④ 膨大

6　彼はアルバイトの**かたわら**、作曲を続けた。
　　① 辺ら　　　　　② 側ら　　　　　　③ 傍ら　　　　　④ 近ら

46 課 漢字と例文

まず漢字の用語が読めるかどうかチェックして（□），次に例文を覚えましょう。

□惚れる　□没頭　□釣り堀　□奔放　□翻訳

惚	ぼ（ける）	祖母は最近、少し惚けてきたようだ。
没	ぼつ	船が沈没した。寝食を忘れて趣味に没頭する。
堀	ほり	城は堀に囲まれていた。釣り堀で、魚釣りをした。
奔	ほん	自由奔放に生きている彼がうらやましい。
翻	ほん ひるがえ（る）	A氏の作品が外国で翻訳され出版されることになった。青空に旗が翻る。

□平凡　□盆地　□麻酔　□摩擦　□邪魔

凡	ぼん、はん	うちは、平凡な家庭だと思う。この本の凡例は、分かりやすい。
盆	ぼん	盆地は、夏は暑くて冬は寒い。8月には、各地で盆踊りが催される。
麻	ま あさ	虫歯を抜くために麻酔をかける。麻のジャケットを着る。
摩	ま	円安が続けば貿易摩擦は悪化するだろう。
魔	ま	ちょっと邪魔だからどいてよ。人間には悪魔の心と天使の心がある。

□開幕　□鼓膜　□撒く　□蒔く　□枕　□又　□二股　□抹消　□眉

幕	まく、ばく	今年のプロ野球は4月4日に開幕する。これは、幕末の動乱期の小説だ。
膜	まく	鼓膜が破れるかと思うほど、ものすごい爆発音だった。
撒	ま（く）	庭の芝生に水を撒くのが、朝の日課だ。
蒔	ま（く）	ヒマワリの種を蒔いた。
枕	まくら	子どもはお母さんのひざ枕で、すやすや眠っている。
又	また	田中氏は、小説家として知られているが、又、画家でもある。
股	また	この道は、少し先で二股に分かれている。
抹	まつ	抹茶を飲む。あの投手は、肩の故障で登録を抹消された。
眉	まゆ	今年は、女性の間で細い眉がはやっている。

問題I　次の文の下線をつけたことばは、どのように読みますか。その読み方をそれぞれの① ②③④から一つ選びなさい。

1　**幕**が上がって、芝居が始まった。
　　① ふた　　　　　② おび　　　　　③ そう　　　　　④ まく

2　大江健三郎の作品は、その多くが海外で**翻訳**されている。
　　① ひんやく　　　② へんやく　　　③ はんやく　　　④ ほんやく

3　失敗ばかりする部下を見て、彼女は**眉**をひそめた。
　　① まなこ　　　　② ひとみ　　　　③ まゆ　　　　　④ ひたい

4　神経質な人は、**枕**が変わると眠れないそうだ。
　　① ふすま　　　　② まくら　　　　③ ほうき　　　　④ つえ

5　彼はまわりにタバコの灰を**撒き**ちらすので困る。
　　① ふき　　　　　② まき　　　　　③ はき　　　　　④ かき

6　彼の考えていることは、**凡人**の私には理解できない。
　　① ぼんじん　　　② ぼんにん　　　③ ほんにん　　　④ ほんと

問題II　次の文の下線をつけたことばは、どのような漢字を書きますか。その漢字をそれぞれの①②③④から一つ選びなさい。

1　夏用に**あさ**のワンピースを買った。
　　① 薪　　　　　　② 摩　　　　　　③ 菊　　　　　　④ 麻

2　最近、このあたりに変質者が**しゅつぼつ**するので、住民は不安な日々を送っている。
　　① 出投　　　　　② 出没　　　　　③ 出段　　　　　④ 出役

3　昔からこの**ほり**にはたくさんのこいがいる。
　　① 屈　　　　　　② 掘　　　　　　③ 潟　　　　　　④ 堀

4　資金を集めるため、**ほんそう**する。
　　① 爽走　　　　　② 奏走　　　　　③ 奮走　　　　　④ 奔走

5　日米の貿易**まさつ**は、なかなか解消しない。
　　① 摩擦　　　　　② 麻擦　　　　　③ 魔擦　　　　　④ 磨擦

6　人を鬼か**あくま**のように言うが、悪いのは君のほうだ。
　　① 悪摩　　　　　② 悪麻　　　　　③ 悪魔　　　　　④ 悪磨

47 課 漢字と例文

まず漢字の用語が読めるかどうかチェックして（□），次に例文を覚えましょう。

□我慢 □漫画 □魅力 □岬 □密集

慢 まん
足がしびれて痛かったが、お茶会が終わるまでは**我慢**した。

漫 まん
電車で**漫画**を読む。**散漫**な印象を抱く。

魅 み
彼女は**魅力**的な女性だ。彼の吹くクラリネットの音色は、私たちを**魅了**した。

岬 みさき
岬の先に灯台がある。

密 みつ
この辺は住宅が**密集**している。彼と松本氏は**密接**なつながりがある。

□山脈 □巧妙 □矛盾 □濃霧 □同盟 □銘菓 □滅びる

脈 みゃく
血圧と**脈**を測ってみましょう。夏のアルプス**山脈**はとても美しい。

妙 みょう
それは奇**妙**な出来事だった。彼は**巧妙**な手口で、次々と人をだます。

矛 む・ほこ
今の話は、先週の話と**矛盾**しているよ。非難の**矛先**が幹事の私に向けられた。

霧 む・きり
濃霧注意報が出ている。**霧**が出てきて、見通しが悪くなった。

盟 めい
1902年に日本はイギリスと**同盟**を結んだ。野球チームが集まって**連盟**を作る。

銘 めい
京都の**銘菓**をおみやげに買った。この映画は人々に感**銘**を与えた。

滅 めつ・ほろ（びる）
トキは**絶滅**寸前だ。人類が**滅びる**日は近いのでしょうか。

□免れる □繁茂 □模範 □妄想 □盲点 □消耗

免 めん・まぬが（れる）
運転**免許**をとった。成績優秀のため授業料が**免除**された。難を**免れた**。

茂 も・しげ（る）
別荘の庭は雑草が**繁茂**していた。門から玄関まで草木が**茂って**いた。

模 も、ぼ
彼は、みんなの**模範**だ。かなり**大規模**なマンションができるらしい。

妄 もう、ぼう
芸術家Ａは、死ぬまで**妄想**を抱き続けていた。彼はいつも**妄言**をはく。

盲 もう
恋は**盲目**だと言われている。その悪徳商法は、法の**盲点**を突いていた。

耗 もう、こう
体力を**消耗**した。**心神耗弱**で減刑された。

問題 I　次の文の下線をつけたことばは、どのように読みますか。その読み方をそれぞれの① ②③④から一つ選びなさい。

1　政府の行政改革には多くの**矛盾**がある。
　　① ふじゅん　　　　② みじゅん　　　　③ よじゅん　　　　④ むじゅん

2　弁解しても責任は**免れない**。
　　① のがれない　　　② まぬがれない　　③ まぎれない　　　④ はなれない

3　この事件は、警備の**盲点**を知る、内部の人間の犯行だ。
　　① もうてん　　　　② じゃくてん　　　③ ぼうてん　　　　④ こうてん

4　発想はいいが、**厳密**さに欠けている。
　　① せいじゃく　　　② げんみつ　　　　③ ごんひつ　　　　④ めんみつ

5　担当者の**怠慢**でミスが続発した。
　　① だいみん　　　　② たいだ　　　　　③ たいけん　　　　④ たいまん

6　彼女の**魅力**は、何といっても明るいことだ。
　　① みりょく　　　　② かいりき　　　　③ まりょく　　　　④ こうりょく

問題 II　次の文の下線をつけたことばは、どのような漢字を書きますか。その漢字をそれぞれの①②③④から一つ選びなさい。

1　彼は勉強もせず、**まんが**ばかり読んでいた。
　　① 憎画　　　　　　② 浸画　　　　　　③ 慢画　　　　　　④ 漫画

2　作者の意図を**ぶんみゃく**から読み取る。
　　① 分脈　　　　　　② 分派　　　　　　③ 文脈　　　　　　④ 文派

3　成績が悪いので、合格するかどうかは**びみょう**だ。
　　① 徹妙　　　　　　② 微妙　　　　　　③ 徴妙　　　　　　④ 衡妙

4　考えがまとまらず、**もさく**中です。
　　① 漠索　　　　　　② 莫策　　　　　　③ 模索　　　　　　④ 網策

5　通貨を安定させるため、各国が**どうめい**を結ぶ。
　　① 同監　　　　　　② 同盗　　　　　　③ 同盤　　　　　　④ 同盟

6　遠くに住んでいる娘には**めった**に会えない。
　　① 滅大　　　　　　② 減大　　　　　　③ 滅多　　　　　　④ 減多

48 課 漢字と例文

まず漢字の用語が読めるかどうかチェックして（□），次に例文を覚えましょう。

□猛烈 □網 □沈黙 □貰う □波紋

猛 ^{もう}	日が**猛烈**に照りつけている。**猛威**をふるった台風は太平洋にぬけた。
網 ^{もう} あみ	資料室には、自社製品の広告がすべて**網羅**されている。**網**を打って魚をとる。
黙 ^{もく} だま（る）	知人に久しぶりに会ったが、きまずい**沈黙**が続いた。彼はずっと**黙**っていた。
貰 ^{もら（う）}	友だちから誕生日のプレゼントを**貰**った。
紋 ^{もん}	営業部長の発言は社内に大きな**波紋**を投げかけた。

□厄年 □通訳 □活躍 □暗闇 □愉快 □教諭 □癒着 □唯一

厄 ^{やく}	私は今年、**厄年**だから、神社に**厄除**けに行った。
訳 ^{やく} わけ	フランス語の**通訳**ができる人を探している。彼は**言い訳**ばかりしている。
躍 ^{やく} おど（る）	友人のA子は、芸能界で**活躍**している。デートのことを考えると胸が**躍**る。
闇 ^{やみ}	**暗闇**の中で、猫の目だけが光っていた。
愉 ^ゆ	**愉快**な仲間とのパーティーは、とても楽しかった。
諭 ^ゆ さと（す）	数学担当の田中**教諭**です。今のままでは進学は無理だと父に**諭**された。
癒 ^ゆ	けがは一週間で**治癒**した。役人と企業の**癒着**が大きな問題になっている。
唯 ^{ゆい}	父も母も亡くなったので、弟だけが**唯一**の肉親だ。

□幽霊 □悠々 □猶予 □裕福 □英雄 □誘導

幽 ^{ゆう}	世界中どこの国にも**幽霊**にまつわる話はあるようだ。
悠 ^{ゆう}	明日は休日なので、散歩や買い物をして**悠々**とすごしたい。
猶 ^{ゆう}	一週間の**猶予**を与えますから、それまでには卒論のテーマを決めてきなさい。
裕 ^{ゆう}	彼女は**裕福**な家庭に育った。車を買う**余裕**はない。
雄 ^{ゆう} おす	兄はおぼれかけた子どもを救って、町の**英雄**になった。この犬は**雄**です。
誘 ^{ゆう} さそ（う）	非常時にはお客を安全な場所に**誘導**する。友人を**誘**って海へ泳ぎに行った。

問題 I　次の文の下線をつけたことばは、どのように読みますか。その読み方をそれぞれの① ② ③ ④から一つ選びなさい。

1　犯人が現場に戻るだろうと<u>**網**</u>をはっていたら、案の定やってきた。
　　① もん　　　　　② ひも　　　　　③ つな　　　　　④ あみ

2　男は最後まで<u>**沈黙**</u>を守った。
　　① しんぼく　　　② ちんぼく　　　③ ちんこく　　　④ ちんもく

3　今度会う時、彼から指輪を<u>**貰う**</u>ことになっている。
　　① もらう　　　　② うかがう　　　③ つくろう　　　④ つちかう

4　海は<u>**悠久**</u>の昔から生命を育んできた。
　　① こうきゅう　　② ちょうきゅう　③ ゆうきゅう　　④ えいきゅう

5　あの人の<u>**唯一**</u>の取り柄は、器用なことだ。
　　① ちくいち　　　② まんいち　　　③ ゆいいつ　　　④ たくいつ

6　暗いところから突然現われたので、<u>**幽霊**</u>かと思った。
　　① こんれい　　　② ぼうれい　　　③ おんりょう　　④ ゆうれい

問題 II　次の文の下線をつけたことばは、どのような漢字を書きますか。その漢字をそれぞれの ① ② ③ ④から一つ選びなさい。

1　何度も<u>**かんゆう**</u>されたので、ついに契約した。
　　① 勘諾　　　　　② 歓認　　　　　③ 勧誘　　　　　④ 観誇

2　富士山の<u>**ゆうだい**</u>な景色を楽しむ。
　　① 唯大　　　　　② 雌大　　　　　③ 雅大　　　　　④ 雄大

3　彼は<u>**もうれつ**</u>社員といわれるほど、がむしゃらに働いた。
　　① 猛烈　　　　　② 猟列　　　　　③ 妄劣　　　　　④ 盲裂

4　明日までにこの書類を英語に<u>**やく**</u>しなさい。
　　① 択　　　　　　② 釈　　　　　　③ 訳　　　　　　④ 沢

5　飛行機に乗るときは、時間に<u>**よゆう**</u>を持たせよう。
　　① 余悠　　　　　② 余有　　　　　③ 余裕　　　　　④ 余憂

6　彼は高校を卒業後、プロのサッカー選手として<u>**かつやく**</u>中だ。
　　① 活躍　　　　　② 活曜　　　　　③ 活濯　　　　　④ 活揚

49 課 漢字と例文

まず漢字の用語が読めるかどうかチェックして（□），次に例文を覚えましょう。

□憂慮 □金融 □茹でる □名誉 □羊毛 □中庸 □揚げる

憂 ゆう／うれ（い）
教育の現状が**憂慮**される。備えあれば**憂**いなし。

融 ゆう
主人は**金融**機関に勤めている。銀行から**融資**を受ける。

茹 ゆ（でる）
茹で卵とサンドイッチの昼ごはんを食べた。ほうれん草を**茹**でる。

誉 よ／ほま（れ）
君さえいれば地位も**名誉**もいらないよ。名医の**誉**れ高い先生に診てもらう。

羊 よう／ひつじ
羊毛のコートは、さすがに温かい。**羊**の毛を刈る実演を見た。

庸 よう
中庸も一つの徳である。彼は**凡庸**で魅力に欠ける。

揚 よう／あ（げる）
優勝して、**意気揚々**と会場をあとにした。**揚**げたての天ぷらが食べたいな。

□動揺 □窯業 □養う □擁護 □童謡 □抑制

揺 よう／ゆ（れる）
その話を聞いて、**動揺**した。木立が風で**揺**れている。

窯 よう／かま
窯業を営んでいる。**窯元**まで行って、抹茶碗を選んだ。

養 よう／やしな（う）
あの日本語学校には、教師**養成**コースもある。3人の子どもを**養**う。

擁 よう
世界各国で人権**擁護**が叫ばれている。

謡 よう／うた（う）
大人になった今でも、たまに**童謡**を口ずさむ。**謡曲**を**謡**う。

抑 よく／おさ（える）
仕事中、感情は**抑制**しなければならない。薬で咳を**抑**えた。

□翼 □裸体 □網羅 □雷 □酪農 □展覧会

翼 よく／つばさ
飛行機の**主翼**に異常があり、空港に引き返した。鳥が**翼**を傷めた。

裸 ら／はだか
この画家は**裸体**画を得意としている。「**裸**の王様」という本を読んだ。

羅 ら
この本は、過去の水害に関する記録をほぼ**網羅**している。

雷 らい／かみなり
隣村で**落雷**があったそうだ。この地方は**雷**が多いので、よく停電する。

酪 らく
兄は北海道で**酪農**をしている。

覧 らん
展覧会の会場は、こちらです。どうぞご**覧**ください。

問題 I　次の文の下線をつけたことばは、どのように読みますか。その読み方をそれぞれの① ② ③ ④から一つ選びなさい。

1　遊園地の**観覧**車に乗った。
　　① かんかく　　　　② かんこく　　　　③ かんらん　　　　④ かんきん

2　彼は頭がかたくて**融通**がきかない。
　　① かんずう　　　　② かくつう　　　　③ ゆうずう　　　　④ ちゅうずう

3　母親はただひとり、家出した妹のことを**擁護**していた。
　　① ようご　　　　　② かんご　　　　　③ えんご　　　　　④ ほご

4　子どもを**養う**ために、一生懸命働いた。
　　① うかがう　　　　② やしなう　　　　③ つちかう　　　　④ つくろう

5　彼は会社でも家庭でも**抑圧**されている。
　　① こうあつ　　　　② せいあつ　　　　③ よくあつ　　　　④ いあつ

6　てんぷらを**揚げる**ときは、温度に気をつけよう。
　　① かかげる　　　　② ささげる　　　　③ あげる　　　　　④ ゆげる

問題 II　次の文の下線をつけたことばは、どのような漢字を書きますか。その漢字をそれぞれの① ② ③ ④から一つ選びなさい。

1　若者は、流行の**かようきょく**をカラオケでよくうたう。
　　① 歌揚曲　　　　　② 歌謡曲　　　　　③ 歌踊曲　　　　　④ 歌揺曲

2　私の両親は**らくのう**をやっている。
　　① 落農　　　　　　② 絡農　　　　　　③ 格農　　　　　　④ 酪農

3　彼は**めいよ**を何よりも大事にする。
　　① 名余　　　　　　② 名掌　　　　　　③ 名奪　　　　　　④ 名誉

4　梅雨どきになると**ゆううつ**になる
　　① 憂うつ　　　　　② 悠うつ　　　　　③ 優うつ　　　　　④ 裕うつ

5　**えいよう**のバランスがとれた食事をしたほうがいい。
　　① 栄要　　　　　　② 栄養　　　　　　③ 衛容　　　　　　④ 衛用

6　友だちの話を聞いて、私の気持ちは**ゆれ**動いた。
　　① 折れ　　　　　　② 揺れ　　　　　　③ 採れ　　　　　　④ 振れ

まず漢字の用語が読めるかどうかチェックして（□），次に例文を覚えましょう。

□濫用 □空欄 □郷里 □履歴書 □離婚

濫 らん
薬の濫用は、やめたほうがいい。集中豪雨で河川がはん濫した。

欄 らん
空欄に住所、氏名を書いてください。その欄には何も書かないこと。

里 り／さと
私の郷里は、山形県です。盆暮れには必ず里へ帰る。

履 り／は（く）
就職活動をするために、履歴書を書いた。和服にはそろいの草履が似合う。

離 り／はな（れる）
離婚することにした。私は18歳の時から、親元を離れて暮らしている。

□川柳 □竜 □隆盛 □硫酸 □捕虜 □遠慮

柳 りゅう／やなぎ
川柳を詠んだことがありますか。柳が風に揺れている。

竜 りゅう
竜は想像上の動物だ。太古の地球に恐竜が栄えた。竜巻が起こった。

隆 りゅう
国家の隆盛は喜ばしいことだ。新勢力が興隆する。

硫 りゅう
その瓶には硫酸が入っていますから、気をつけてください。

虜 りょ
老人は戦時中、捕虜になったことがある。

慮 りょ
遠慮しないでください。その件は今考慮中です。

□猟犬 □丘陵 □同僚 □学生寮 □食糧 □倫理 □隣接 □臨時

猟 りょう
猟犬を連れ、狩猟に出かけた。猟奇的な事件が世間を騒がせる。

陵 りょう
あのへんは丘陵地帯だ。

僚 りょう
仕事の後、よく同僚と飲みに行く。閣僚と官僚が集まって会議を開いた。

寮 りょう
学生たちは学生寮の廃止に反対する集会を開いた。会社には独身寮がある。

糧 りょう／かて
A国は、食糧事情が極めて悪い。彼女の愛情を心の糧として仕事に励む。

倫 りん
あなたのしていることは人倫にもとる行為だ。倫理学の講義を聞く。

隣 りん／とな（る）、となり
飛行場に隣接しているので騒音に悩まされている。隣の家の犬に吠えられた。

臨 りん／のぞ（む）
本日は臨時休業させていただきます。海に臨んだホテルは人気がある。

問題Ⅰ 次の文の下線をつけたことばは、どのように読みますか。その読み方をそれぞれの① ②③④から一つ選びなさい。

1 一連の汚職事件で、公務員の**倫理**が問われている。

　① ちょうり　　　　② ろんり　　　　　③ りんり　　　　④ かんり

2 書類の**空欄**にすべて記入しなさい。

　① くうとう　　　　② くうかん　　　　③ くうりん　　　　④ くうらん

3 お年寄りのお客さまには、特別な**配慮**が必要です。

　① はいし　　　　② えんりょ　　　　③ ほこう　　　　④ はいりょ

4 求職者の**履歴**を見て、面接する人を選ぶ。

　① りれき　　　　② ふくれき　　　　③ しょくれき　　　　④ けいれき

5 一時**隆盛**を誇ったあの作家も、今ではあまり話題にならない。

　① こうせい　　　　② おうせい　　　　③ ちゅうせい　　　　④ りゅうせい

6 入場者が多いので**臨時**の窓口ができた。

　① ずいじ　　　　② とうじ　　　　③ りんじ　　　　④ かくじ

問題Ⅱ 次の文の下線をつけたことばは、どのような漢字を書きますか。その漢字をそれぞれの①②③④から一つ選びなさい。

1 前の会社で**どうりょう**だった人に出会った。

　① 同僚　　　　② 同領　　　　③ 同寮　　　　④ 同療

2 災害に備えて、**しょくりょう**を確保しておく。

　① 食鐘　　　　② 食量　　　　③ 食糧　　　　④ 食療

3 アパートは高いので、会社の**りょう**に入った。

　① 療　　　　② 僚　　　　③ 隙　　　　④ 寮

4 油が**ぶんり**するので、ドレッシングはよく振ってから使う。

　① 分理　　　　② 分離　　　　③ 分利　　　　④ 分裏

5 私の**となり**の席には、荷物が置いてある。

　① 隣　　　　② 障　　　　③ 陵　　　　④ 隆

6 夏休みには**きょうり**に帰って、古い友人と会うつもりだ。

　① 郷里　　　　② 郷履　　　　③ 郷離　　　　④ 郷理

まず漢字の用語が読めるかどうかチェックして（□），次に例文を覚えましょう。

□累積　□盗塁　□激励　□風鈴　□霊感　□華麗

累	るい	彼は係累が多い。累積赤字がかなりの額にのぼった。
塁	るい	Ａ選手は盗塁に成功した。Ｂ投手は満塁ホームランを打たれた。
励	れい　はげ（ます）	校長は選手を激励した。受験に失敗した息子を励ました。
鈴	れい、りん　すず	風鈴の音がする。授業の前に予鈴が鳴った。猫の首に鈴をつけた。
霊	れい、りょう　たま	彼には霊感があるそうだ。悪霊退治のホラー映画を見た。御霊をなぐさむ。
麗	れい　うるわ（しい）	ステージ上の女優たちは、華麗な衣装を身につけていた。麗しの歌姫に会う。

□還暦　□劣る　□強烈　□破裂　□廉価　□精錬　□暖炉　□露骨　□風呂

暦	れき　こよみ	父は来年、還暦を迎える。暦を見て、結婚式の日取りを決める。
劣	れつ　おと（る）	試験の結果で学生の優劣をつけるのはよくない。私の語学力は彼より劣る。
烈	れつ	彼の絵は人々に強烈な印象を与えた。
裂	れつ　さ（ける）	水道管が破裂した。秘密だから口が裂けても言えない。
廉	れん	バーゲンセールとして、廉価で品物を販売する。
錬	れん	銅の精錬工場で働く。
炉	ろ	暖炉がある家を建てたい。炉端で魚を焼く。
露	ろ、ろう　つゆ	料理の腕前を披露した。彼を露骨に非難した。朝露が葉の先で光っている。
呂	ろ	帰宅すると、父はまず風呂に入る。みやげの品を風呂敷に包んで持参した。

□新郎　□朗らか　□浪費　□廊下

郎	ろう	新郎は、とても緊張していた。
朗	ろう　ほが（らか）	明朗な性格だ。詩を朗読した。彼女はいつも朗らかで感じがいい。
浪	ろう	彼は浪費ばかりしている。受験に失敗して浪人することになった。
廊	ろう	小学生の頃、廊下を走ってよく先生に叱られた。

問題I　次の文の下線をつけたことばは、どのように読みますか。その読み方をそれぞれの①②③④から一つ選びなさい。

1　チリンチリンと鳴る**風鈴**の音が夏らしい。
　　① ふうりん　　　　② ふうりょう　　　　③ かぜすず　　　　④ ふうれい

2　寒い日が続くが、**暦**の上ではもう春です。
　　① こよみ　　　　② しゅん　　　　③ れき　　　　④ ふし

3　いつも**朗らか**にしている人も、悩みを抱えていることが多い。
　　① おだやか　　　　② あきらか　　　　③ ほがらか　　　　④ なめらか

4　赤字が**累積**し、ついに会社が倒産した。
　　① りゃくせき　　　　② るいせき　　　　③ じょうせき　　　　④ ちくせき

5　日頃の**鍛錬**の成果があって、彼は個人戦で優勝した。
　　① たんちょう　　　　② たんれん　　　　③ たんぺん　　　　④ たんちん

6　彼は行動力の点で、仲間に**劣る**ところがある。
　　① まける　　　　② くだる　　　　③ さがる　　　　④ おとる

問題II　次の文の下線をつけたことばは、どのような漢字を書きますか。その漢字をそれぞれの①②③④から一つ選びなさい。

1　津波が**もうれつ**なスピードで近づいている。
　　① 猛劣　　　　② 猛裂　　　　③ 猛列　　　　④ 猛烈

2　苦難に直面したA君を**はげます**。
　　① 励ます　　　　② 勧ます　　　　③ 勘ます　　　　④ 勤ます

3　古い和風の旅館は、**ろうか**が複雑で迷う。
　　① 廊下　　　　② 郎化　　　　③ 朗家　　　　④ 老化

4　彼女は堅実なようにみえて、実は**ろうひ**家だ。
　　① 糧費　　　　② 労費　　　　③ 漏費　　　　④ 浪費

5　秘密を**ばくろ**すると命がない、と脅された。
　　① 暴路　　　　② 暴落　　　　③ 暴露　　　　④ 暴炉

6　相手の会社との交渉は、**けつれつ**した。
　　① 結砕　　　　② 結破　　　　③ 決裂　　　　④ 決避

52 課 漢字と例文

まず漢字の用語が読めるかどうかチェックして（□），次に例文を覚えましょう。

□摩天楼 □漏れる □賄賂 □脇 □戸惑う □枠 □湧く □僅か □茶碗

楼	ろう	ニューヨークの**摩天楼**を見てみたい。いくら華麗でも砂上の**楼閣**だ。
漏	ろう も（れる）	大雨が降り、屋根から**漏水**し始めた。ガスが**漏れ**ているようだ。
賄	わい まかな（う）	Ａ大臣は**賄賂**を受け取っていたらしい。食費は月々５万円で**賄**っている。
脇	わき	バッグは自分の**脇**に置く。**脇目**もふらずに勉強する。
惑	わく まど（う）	**疑惑**の目で見られている。初めてのことなので、**戸惑**ってしまった。
枠	わく	**枠**で囲んだ部分が重要ですから覚えてください。
湧	わ（く）	掘っていた所から、温泉が**湧き**出た。体験談を聞いて勇気が**湧く**。
僅	わず（か）	給料日前なので、お金が**僅か**しかない。
碗	わん	気に入っていた**茶碗**を割ってしまった。お吸い物を**碗**に注ぐ。

▼▼ 練習 ▼▼

問題Ⅰ 次の文の下線をつけたことばは、どのように読みますか。その読み方をそれぞれの① ② ③ ④から一つ選びなさい。

1 思いがけぬ協力者が現われ、希望が**湧いて**きた。
　① ふいて　　　② はいて　　　③ ういて　　　④ わいて

2 妻は少ない給料で家計を**賄う**。
　① まかなう　　② もらう　　　③ ねらう　　　④ おおう

3 ファンは最後の攻撃に**僅かな**期待をかけていた。
　① ひそかな　　② わずかな　　③ かすかな　　④ おろかな

4 **脇見**運転で、事故を起こしてしまった。
　① わきみ　　　② すきみ　　　③ そとみ　　　④ よそみ

問題II　次の文の下線をつけたことばは、どのような漢字を書きますか。その漢字をそれぞれの
①②③④から一つ選びなさい。

1　いつもにこやかな父が**とうわく**した顔をしていた。

① 当惑　　　　　② 当或　　　　　③ 当忌　　　　　④ 当弐

2　二階から水が**もれる**。

① 漏れる　　　　② 滴れる　　　　③ 濡れる　　　　④ 溜れる

3　窓の**わく**を白く塗ったら、しゃれた感じになった。

① 枠　　　　　　② 染　　　　　　③ 酔　　　　　　④ 粋

4　食器棚の皿や**ちゃわん**を整理する。

① 茶腕　　　　　② 茶宛　　　　　③ 茶湾　　　　　④ 茶碗

〈参考〉　日常あまり使われない1級漢字

漢字	音	訓	漢字	音	訓	漢字	音	訓
尉	い		嗣	し		謄	とう	
嘘		うそ	賜	し	たまわ（る）	凸	とつ	
謁	えつ		璽	じ		屯	とん	
於		おい（て）	囚	しゅう		弐	に	
凹	おう		繡	しゅう		藩	はん	
乙	おつ		詔	しょう	みことのり	妃	ひ	
款	かん		芯		しん	髭		ひげ
虐	ぎゃく	しいた（げる）	塑	そ		泌	ひつ、ひ	
斤	きん		曹	そう		附	ふ	
勲	くん		其		その	丙	へい	
郡	ぐん		隊	たい		陛	へい	
繭	けん	まゆ	只		ただ	砲	ほう	
蹴		け（る）	忽		たちま（ち）	肪	ほう	
后	こう		蛋	たん		殆		ほとん（ど）
皇	こう		痴	ち		稀		まれ
拷	ごう		嫡	ちゃく		勿	もち	
梢		こずえ	勅	ちょく		尤		もっと（も）
此		こ（の）	帝	てい		吏	り	
墾	こん		逓	てい		痢	り	
崎		さき	痘	とう		厘	りん	

まとめ問題

問題 I 次の文の下線をつけたことばはどのように読みますか。その読み方をそれぞれの① ② ③ ④から選びなさい。

問 1 ソクラテスは、ある特定の<u>範囲</u>だけに<u>妥当</u>する「知」には<u>限界</u>があるのに、それを知ら
(1)　　　(2)　　　　　　　　(3)
ずに自分の「知」だけを<u>誇る</u>人を<u>批判</u>した。
(4)　　　(5)

(1) 範囲	① はんい	② へんい	③ はんこ	④ はんき
(2) 妥当	① だとう	② きょうとう	③ だてき	④ しょうとう
(3) 限界	① がんかい	② こうかい	③ げんかい	④ こんかい
(4) 誇る	① おこる	② かおる	③ ほこる	④ あなどる
(5) 批判	① きはん	② てはん	③ しはん	④ ひはん

問 2 以前は野生のウサギが<u>飛び跳ね</u>、<u>色彩</u>豊かな花々が<u>自生</u>していたこのあたりも、今では
(1)　　　(2)　　　　　　(3)
コンクリートに<u>覆われ</u>、<u>雑草</u>も生えなくなった。
(4)　　　(5)

(1) 飛び跳ね	① とびこね	② よびはね	③ とびはね	④ ひびはね
(2) 色彩	① いろさい	② しきさい	③ しょくさい	④ いろしょく
(3) 自生	① じしょう	② しせい	③ じいき	④ じせい
(4) 覆われ	① おおわれ	② かわれ	③ さわれ	④ たわれ
(5) 雑草	① ざつくさ	② ぞうそう	③ しそう	④ ざっそう

問 3 コンピューターは、<u>大量</u>なデータを<u>蓄積</u>でき、<u>一瞬</u>に、かつ<u>正確</u>に情報を<u>検索</u>できる。
(1)　　　　　(2)　　　　(3)　　　　(4)　　　　(5)

(1) 大量	① たいりょ	② だいりょう	③ たいろう	④ たいりょう
(2) 蓄積	① ちくせき	② ちくしょく	③ ちくせい	④ ちっせき
(3) 一瞬	① いっしゅ	② いっしゅん	③ いっしょ	④ いっそう
(4) 正確	① せかく	② せいかい	③ せいかく	④ せっかく
(5) 検索	① けいかく	② けんし	③ けんさく	④ けんとう

問題II　次の下線をつけたことばはひらがなでどう書きますか。同じひらがなで書くことばを①
②③④から一つ選びなさい。

(1)　注意を喚起するために警笛を鳴らした。

　　① 好機　　　　② 乾期　　　　③ 提起　　　　④ 定義

(2)　新人ながら敢闘した。

　　① 感動　　　　② 慣行　　　　③ 過当　　　　④ 巻頭

(3)　会社の発展に貢献した。

　　① 驚嘆　　　　② 剛健　　　　③ 後見　　　　④ 公言

(4)　しばらく静観することにした。

　　① 生還　　　　② 誓願　　　　③ 召還　　　　④ 洗眼

(5)　祭のクライマックスは壮観だった。

　　① 盛会　　　　② 召還　　　　③ 双肩　　　　④ 創刊

(6)　出場する選手は強豪がそろっている。

　　① 競合　　　　② 迎合　　　　③ 恐慌　　　　④ 境遇

(7)　軍の出動を要請した。

　　① 矯正　　　　② 養成　　　　③ 要項　　　　④ 要件

(8)　提案に異議を申し立てる。

　　① 意義　　　　② 嫌疑　　　　③ 市議　　　　④ 遊戯

(9)　彼は試合を棄権した。

　　① 機嫌　　　　② 派遣　　　　③ 季刊　　　　④ 危険

(10)　海外に営業展開をする。

　　① 転回　　　　② 転向　　　　③ 電解　　　　④ 天候

問題III　次の文の下線をつけたことばはどのような漢字を書きますか。その漢字をそれぞれの①②③④から一つ選びなさい。

問1　論文を書くためには、テーマを決め、<u>こうせい</u>を考え、<u>ぶんけん</u>を<u>そろえ</u>たあと、
　　　　　　　　　　　　　　　　　　　　　(1)　　　　　　　　　(2)　　　(3)

<u>しこう</u>を整理することが<u>かんじん</u>だ。
(4)　　　　　　　　　　　　(5)

(1) こうせい　　① 構正　　　② 構世　　　③ 構成　　　④ 構生

(2) ぶんけん　　① 文献　　　② 分権　　　③ 聞験　　　④ 分検

(3) そろえ　　　① 構え　　　② 備え　　　③ 揃え　　　④ 供え

(4) しこう　　　① 試行　　　② 至考　　　③ 詞稿　　　④ 思考

(5) かんじん　　① 管陣　　　② 感心　　　③ 間腎　　　④ 肝心

問2　リンゴ酒には<u>ひろう</u>回復や<u>さっきん</u>効果があり、更に<u>あいしょう</u>のいいはちみつを加え
　　　　　　　　　　(1)　　　　　(2)　　　　　　　　　(3)

ると、<u>むし</u>暑い時期の夏バテ<u>ぼうし</u>に役立つという。
　　　　(4)　　　　　　　　　(5)

(1) ひろう　　　① 被老　　　② 費労　　　③ 比労　　　④ 疲労

(2) さっきん　　① 細菌　　　② 殺禁　　　③ 殺菌　　　④ 察筋

(3) あいしょう　① 相性　　　② 合証　　　③ 相証　　　④ 挨性

(4) むし　　　　① 無し　　　② 化し　　　③ 沸し　　　④ 蒸し

(5) ぼうし　　　① 妨止　　　② 帽子　　　③ 防止　　　④ 奉仕

問3　学生時代、勉強が<u>くつう</u>だったが、卒業後、勉強から<u>かいほう</u>されると<u>なつかしい</u>ばか
　　　　　　　　　　　　　(1)　　　　　　　　　　　　　(2)　　　　　　(3)

りでなく、<u>あらたに</u>学び<u>なおそう</u>という気持ちになるものだ。
　　　　　　(4)　　　　　　(5)

(1) くつう　　　① 久通　　　② 供耐　　　③ 句捕　　　④ 苦痛

(2) かいほう　　① 回放　　　② 開放　　　③ 解放　　　④ 介抱

(3) なつかしい　① 懐かしい　② 憶かしい　③ 穏かしい　④ 壊かしい

(4) あらたに　　① 荒たに　　② 新たに　　③ 確たに　　④ 改たに

(5) なおそう　　① 納そう　　② 修そう　　③ 直そう　　④ 適そう

問題IV　次の文の下線をつけたことばの二重線の部分はどのような漢字を書きますか。同じ漢字を使うものを① ② ③ ④から一つ選びなさい。

(1)　常に健康を**いじ**するのは難しい。

　① 野菜には多くの**せんいしつ**が含まれる。

　② 彼のお父さんは**いだい**な政治家だった。

　③ **いせい**よく「いらっしゃい」と声をかけた。

　④ 彼は**いし**の強さでは誰にも負けない。

(2)　世界中から**きゅうえん**物資が届いた。

　① **えんろ**はるばると友達が訪ねてきた。

　② 試合は**えんちょう**戦になった。

　③ 彼の**えんぎ**はうまいと評判だった。

　④ 野球チームの**おうえん**をする。

(3)　**よか**を利用してボランティア活動をする。

　① **けいか**を説明する。

　② 忙しくて**きゅうか**も取れない。

　③ 勉強したが**こうか**がなかった。

　④ コーヒーを一つ**ついか**してください。

(4)　**こうせき**をたたえて賞が贈られた。

　① 実験は**せいこう**した。

　② 今年の夏は**てんこう**が不順だった。

　③ **こうもく**別に問題点を列挙する。

　④ **こうかい**講座を開催する。

(5)　一点を**ちゅうし**する。

　① 海外に**してん**を出す。

　② 会議の**しかい**をする。

　③ 違った**してん**から発言する。

　④ **めいし**を交換する。

(6)　**じゅうぶん**な給料を支給された。

　① 荷物の**じゅうりょう**を量る。

　② 部屋にガスが**じゅうまん**して危険だ。

　③ **やじゅう**が家畜を襲った。

　④ このあたりは**じゅうたく**地です。

(7)　**せいやく**書にサインする。

　① 交通**せいり**をする。

　② 彼は**せいじつ**な人柄だ。

　③ やせるために食事を**せいげん**する。

　④ 選手**せんせい**をする。

(8)　彼は国会議員に**とうせん**した。

　① 選挙の**とうひょう**用紙を配る。

　② **てきとう**な場所を選んで座った。

　③ 対策を**けんとう**する。

　④ 質問に対して**かいとう**する。

(9)　**じょうほう**を集める。

　① ニュースを**ほうどう**する。

　② 深夜**ほうそう**を聞く。

　③ **ほうりつ**に違反すると罰せられる。

　④ 有名な画家の絵を**もほう**する。

(10)　時間の**よゆう**がない。

　① 事業にお金を**ゆうし**してもらう。

　② **ゆうき**を出して挑戦してみなさい。

　③ 彼の家は**ゆうふく**だから何でも買える。

　④ 遅れる場合には**りゆう**を書いて提出する。

第1課 (p.3)
問題I　1①, 2②, 3③, 4④, 5④, 6①
問題II　1④, 2③, 3③, 4③, 5①, 6②

第2課 (p.5)
問題I　1①, 2②, 3②, 4④, 5④, 6③
問題II　1④, 2②, 3②, 4③, 5①, 6③

第3課 (p.7)
問題I　1③, 2④, 3③, 4④, 5④, 6③
問題II　1③, 2②, 3①, 4④, 5③, 6④

第4課 (p.9)
問題I　1③, 2①, 3④, 4④, 5③, 6④
問題II　1②, 2①, 3①, 4①, 5③, 6②

第5課 (p.11)
問題I　1③, 2①, 3③, 4③, 5④, 6②
問題II　1④, 2②, 3④, 4①, 5①, 6④

第6課 (p.13)
問題I　1④, 2①, 3②, 4④, 5④, 6③
問題II　1②, 2②, 3②, 4③, 5②, 6②

第7課 (p.15)
問題I　1④, 2②, 3④, 4①, 5③, 6④
問題II　1③, 2④, 3④, 4③, 5③, 6④

第8課 (p.17)
問題I　1③, 2④, 3④, 4④, 5①, 6④
問題II　1③, 2④, 3③, 4④, 5①, 6④

第9課 (p.19)
問題I　1③, 2①, 3③, 4③, 5④, 6①
問題II　1①, 2①, 3①, 4④, 5③, 6③

第10課 (p.21)
問題I　1①, 2②, 3④, 4②, 5③, 6②
問題II　1③, 2②, 3④, 4②, 5①, 6④

第11課 (p.23)
問題I　1②, 2③, 3②, 4④, 5③, 6②
問題II　1③, 2③, 3③, 4④, 5①, 6③

第12課 (p.25)
問題I　1③, 2①, 3④, 4④, 5②, 6③
問題II　1③, 2③, 3④, 4②, 5④, 6②

第13課 (p.27)
問題I　1②, 2④, 3①, 4①, 5④, 6②
問題II　1①, 2③, 3④, 4②, 5①, 6②

第14課 (p.29)
問題I　1①, 2③, 3②, 4①, 5④, 6①
問題II　1①, 2①, 3②, 4①, 5①, 6①

第15課 (p.31)
問題I　1③, 2①, 3②, 4③, 5③, 6④
問題II　1③, 2④, 3①, 4②, 5④, 6③

第16課 (p.33)
問題I　1②, 2③, 3④, 4①, 5②, 6③
問題II　1①, 2①, 3④, 4③, 5②, 6③

第17課 (p.35)
問題I　1④, 2①, 3③, 4①, 5①, 6②
問題II　1④, 2②, 3①, 4③, 5①, 6④

第18課 (p.37)
問題I　1②, 2②, 3②, 4②, 5②, 6④
問題II　1②, 2④, 3②, 4①, 5①, 6③

第19課 (p.39)
問題I　1②, 2②, 3④, 4④, 5④, 6④
問題II　1②, 2②, 3④, 4④, 5④, 6④

第20課 (p.41)
問題I　1②, 2③, 3④, 4①, 5①, 6④
問題II　1①, 2②, 3③, 4②, 5②, 6④

第21課 (p.43)
問題I　1②, 2①, 3④, 4④, 5④, 6③
問題II　1①, 2④, 3④, 4①, 5②, 6③

第22課 (p.45)
問題I　1③, 2①, 3④, 4③, 5②, 6②
問題II　1④, 2②, 3③, 4②, 5①, 6③

第23課 (p.47)
問題I　1③, 2③, 3④, 4②, 5①, 6①
問題II　1②, 2②, 3①, 4③, 5①, 6①

第24課 (p.49)
問題I　1③, 2④, 3①, 4④, 5④, 6④
問題II　1③, 2②, 3②, 4④, 5④, 6④

第25課 (p.51)
問題I　1④, 2①, 3④, 4③, 5④, 6①
問題II　1④, 2①, 3①, 4②, 5②, 6①

第26課 (p.53)
問題I　1①, 2①, 3①, 4③, 5③, 6③
問題II　1④, 2③, 3②, 4①, 5②, 6④

第27課 (p.55)
問題I　1②, 2①, 3③, 4③, 5②, 6②
問題II　1④, 2③, 3③, 4①, 5④, 6②

第28課 (p.57)
問題I　1①, 2②, 3②, 4③, 5④, 6③
問題II　1①, 2①, 3④, 4①, 5②, 6②

第29課 (p.59)
問題I　1②, 2④, 3②, 4①, 5②, 6②
問題II　1①, 2②, 3②, 4④, 5④, 6①

第30課 (p.61)
問題I　1②, 2②, 3④, 4③, 5①, 6②
問題II　1②, 2②, 3②, 4①, 5①, 6②

第31課 (p.63)
問題I　1②, 2①, 3①, 4②, 5③, 6③
問題II　1③, 2①, 3①, 4①, 5③, 6④

第32課 (p.65)
問題I　1②, 2②, 3④, 4②, 5①, 6④
問題II　1①, 2①, 3①, 4④, 5①, 6②

第33課 (p.67)
問題I　1①, 2①, 3④, 4②, 5④, 6①
問題II　1①, 2②, 3④, 4④, 5④, 6②

第34課 (p.69)
問題I　1③, 2①, 3③, 4①, 5④, 6③
問題II　1③, 2①, 3④, 4④, 5①, 6②

第35課 (p.71)
問題I　1③, 2④, 3①, 4④, 5④, 6②
問題II　1③, 2②, 3①, 4③, 5③, 6②

第36課 (p.73)
問題I　1②, 2②, 3④, 4③, 5②, 6③
問題II　1②, 2④, 3③, 4②, 5②, 6①

第37課 (p.75)
問題I　1②, 2①, 3②, 4④, 5①, 6④
問題II　1③, 2④, 3①, 4④, 5①, 6④

第38課 (p.77)
問題I　1②, 2①, 3③, 4④, 5①, 6①
問題II　1③, 2①, 3④, 4①, 5②, 6③

第39課 (p.79)
問題I　1②, 2③, 3④, 4④, 5①, 6②
問題II　1②, 2②, 3②, 4③, 5①, 6②

第40課 (p.81)
問題I　1④, 2②, 3①, 4④, 5③, 6②
問題II　1③, 2①, 3③, 4①, 5③, 6④

第41課 (p.83)
問題I　1②, 2②, 3④, 4①, 5①, 6③
問題II　1③, 2①, 3②, 4④, 5④, 6③

第42課 (p.95)
問題I　1③, 2③, 3②, 4④, 5①, 6③
問題II　1②, 2③, 3③, 4④, 5①, 6③

第43課 (p.87)
問題I　1②, 2②, 3③, 4③, 5①, 6③
問題II　1①, 2③, 3①, 4③, 5①, 6②

第44課 (p.89)
問題I　1④, 2②, 3③, 4④, 5②, 6③
問題II　1②, 2③, 3④, 4①, 5④, 6②

第45課 (p.91)
問題I　1①, 2③, 3④, 4④, 5④, 6①
問題II　1④, 2②, 3④, 4②, 5④, 6③

第46課 (p.93)
問題I　1④, 2④, 3③, 4②, 5②, 6①
問題II　1②, 2②, 3④, 4④, 5①, 6③

第47課 (p.95)
問題I　1④, 2②, 3①, 4②, 5④, 6①
問題II　1④, 2③, 3②, 4③, 5④, 6③

第48課 (p.97)
問題I　1④, 2①, 3③, 4③, 5③, 6④
問題II　1③, 2④, 3①, 4③, 5③, 6①

第49課 (p.99)
問題I　1④, 2③, 3①, 4②, 5③, 6③
問題II　1②, 2④, 3④, 4①, 5②, 6②

第50課 (p.101)
問題I　1①, 2③, 3①, 4③, 5④, 6③
問題II　1①, 2③, 3④, 4②, 5①, 6①

第51課 (p.103)
問題I　1①, 2①, 3④, 4②, 5②, 6④
問題II　1④, 2①, 3①, 4④, 5③, 6③

第52課 (p.104, 105)
問題I　1④, 2①, 3②, 4①
問題II　1④, 2①, 3①, 4④

まとめ問題 (p.106～p.109)
問題I　問1(1)①, (2)①, (3)③, (4)③, (5)④
　　　　問2(1)③, (2)②, (3)④, (4)①, (5)④
　　　　問3(1)④, (2)①, (3)②, (4)③, (5)③

問題II　(1)②, (2)④, (3)③, (4)①, (5)②, (6)①, (7)②, (8)①, (9)④, (10)①

問題III　問1(1)③, (2)①, (3)③, (4)④, (5)④
　　　　 問2(1)④, (2)③, (3)④, (4)④, (5)③
　　　　 問3(1)④, (2)③, (3)①, (4)②, (5)③

問題IV　(1)①, (2)④, (3)②, (4)①, (5)⑤, (6)②, (7)④, (8)②, (9)①, (10)③

語彙

1課　語彙と例文

まず語彙の意味が分かるかどうかチェックして（□），次に例文で使い方を覚えましょう。

□あいそう　□あいだがら　□あえて　□あくどい　□あざ　□あさましい　□あざむく　□あざわらう

あいそう	お酒ばかり飲む夫に愛想をつかした妻は、離婚した。あの店員は愛想がよい。
あいだがら	林先生と山田さんは、師弟の間柄だそうです。
あえて	あなたの将来のために、あえて忠告します。
あくどい	あの男のあくどいやり方に泣かされた人も多い。
あざ	私は生まれながらに、左手に小さなあざがあります。
あさましい	祖父が亡くなったとたん、遺産をめぐってあさましい争いが始まった。
あざむく	敵を欺くために、一度退却するふりをした。
あざわらう	助けを求めにきた人を、何もせずあざわらっていたあの男はひどい。

□あせる　□あっけない　□あつらえる　□あとまわし　□あべこべ　□あやつる　□あやぶむ

あせる	朝寝坊をしたので焦って出かけた。何度も洗濯したのでTシャツの色があせた。
あっけない	有名大学の試験だから、難しいと思ったが、あっけないほどやさしかった。
あつらえる	兄は、既成服に合わない体形なので、服をあつらえている。
あとまわし	彼は、自分のことを後回しにしても、他の人を助けるような人だ。
あべこべ	道を曲がるのを間違えたらしく、あべこべの方向へ行ってしまった。
あやつる	彼女が横領したのは、陰でだれかに操られたからに違いない。
あやぶむ	遭難した船の行方は、いまだにわからず、乗組員の生存が危ぶまれている。

□あやふや　□あやまち　□あらかじめ　□あらっぽい　□ありさま　□ありのまま　□ありふれる

あやふや	彼のあやふやな態度に、彼女は激怒した。
あやまち	だれでも若い時は、過ちの一つや二つはおかす。
あらかじめ	あらかじめ必要なものをメモして行くと、無駄な買物をしない。
あらっぽい	彼はあらっぽい性格に見えますが、実は優しい人なんです。
ありさま	田中君は、彼女にふられてからというもの、食事ものどを通らない有様だ。
ありのまま	ありのままの私を認めてくれる人と結婚したいと思っている。
ありふれる	親友の結婚祝いだから、ありふれた品ではなく、特別なものを贈りたい。

112

次の文の_____の部分に入れるのに最も適当なものを、①②③④から一つ選びなさい。

1　この食器棚は部屋に合わせて、特別に_____ものです。
　　① あつらえた　　② ありふれた　　③ あまった　　④ あたった

2　あなた自身がよく考えて出した結論なら、_____反対はしない。
　　① もっとも　　② かりに　　③ まるで　　④ あえて

3　_____商法でもうけていた彼に、遂に警察の手が伸びた。
　　① あくどい　　② あっけない　　③ あわただしい　　④ あつい

4　祖父は戦争の体験を_____に伝えることで、私に平和の尊さを教えたかったようだ。
　　① ありのまま　　② ありよう　　③ あらゆる　　④ あべこべ

5　_____座席指定券を買っておいてよかった。そうでなければ座れなかった。
　　① 以前　　② 過去　　③ 前　　④ あらかじめ

6　そんな_____な気持ちで進学しても、勉学を続けられるとは思えない。
　　① かんじん　　② きまじめ　　③ あやふや　　④ やっかい

7　福田さんのお嬢さんは、花をも_____美しさで有名だ。
　　① 偽る　　② 過ち　　③ 欺く　　④ だます

8　ケーキ作りの名人が作ったというから、期待して食べてみたが、_____味だった。
　　① あふれた　　② ありふれた　　③ あやぶまれた　　④ あまやかした

9　楽してお金を稼ごうとする若者が増えているそうだ。なんと、_____世の中か。
　　① あつかましい　　② あわただしい　　③ あさましい　　④ あやしい

10　この推理小説は、なかなかのストーリー展開だったが、結末は_____。
　　① たりなかった　　② ついてなかった　　③ あっけなかった　　④ なつかしかった

11　原さんの仕事は早いが、_____ので少々ミスがある。
　　① いやしい　　② たくましい　　③ とぼしい　　④ あらっぽい

12　3歳のめいは、しばしばくつを左右_____にはいている。
　　① あやふや　　② あべこべ　　③ まごまご　　④ ぽつぽつ

13　他人の失敗を_____ような人間にはなりたくない。
　　① あざわらう　　② おだてる　　③ あんじる　　④ かえりみる

14　彼は自分のミスには知らん顔で、部下の_____ばかりを責める。
　　① 欠乏　　② 過ち　　③ 最悪　　④ 困難

2課 語彙と例文

まず語彙の意味が分かるかどうかチェックして（□），次に例文で使い方を覚えましょう。

□あんじ □あんじる □あんのじょう □いいかげん □いいわけ □いかに □いかにも

あんじ	この絵の曲線は、人間の叫びを暗示しているそうだ。
あんじる	畑を荒らす野生の猿を捕まえようと、一計を案じた。事の成り行きを案じる。
あんのじょう	連休中の新幹線は、案の定、込んでいた。
いいかげん	「いいかげんにしなさい」と、母親は子どもをしかった。彼はいいかげんな男だ。
いいわけ	あなたが言っていることは、言い訳にもならない。
いかに	いかに熱弁をふるっても、彼に賛同する人はいなかった。
いかにも	いかにも、おっしゃるとおりです。彼はいかにも優等生のタイプだ。

□いき □いきがい □いきごむ □いくた □いじる □いぜん □いたって □いちがいに

いき	小林さんは、なかなか粋な人だ。
いきがい	彼から仕事をとりあげたら、生きがいがなくなってしまうだろう。
いきごむ	山下さんを説得しようと、意気込んで訪ねたのに、留守だった。
いくた	父は、幾多の困難をのりこえて、会社を大きくしてきたそうだ。
いじる	彼女は、話しながら髪の毛をいじる癖がある。
いぜん	彼には遅刻しないよう、何度も注意したが、依然として改まらない。
いたって	いたってのんきな弟は、よく宿題を忘れる。
いちがいに	田舎は住みやすいと言うが、一概にそうとも言いきれない。

□いちどう □いちもく □いちよう □いちりつ □いちれん □いっかつ □いっき

いちどう	社の発展のために、社員一同、力を合わせて頑張っている。
いちもく	グラフに表すと、結果は一目瞭然だ。彼女の才能はだれもが一目置く。
いちよう	社長の言葉に、みな一様にうなずいた。
いちりつ	全社員一律2パーセントの昇給が決定した。
いちれん	一連の問題解決にむけて、話し合いが行われている。
いっかつ	時間がないので、三つの議案を一括して審議する。
いっき	日頃から鍛えている彼は、120段の階段を一気にかけ上がった。

次の文の＿＿＿＿の部分に入れるのに最も適当なものを、①②③④から一つ選びなさい。

1　語学力に関しては、彼に＿＿＿＿置いている。
　　① 一気　　　　　② 一変　　　　　③ 一心　　　　　④ 一目

2　子どもの頃から機械を＿＿＿＿のが好きだった彼は、エンジニアになった。
　　① しくじる　　　② かじる　　　　③ いじる　　　　④ はじる

3　ボーナス時＿＿＿＿払いで、エアコンを買った。
　　① 一律　　　　　② 一斉　　　　　③ 一気　　　　　④ 一括

4　どちらが悪いとは＿＿＿＿言えない。
　　① 一連に　　　　② 一様に　　　　③ 一概に　　　　④ 一心に

5　「絶対に合格するぞ」と＿＿＿＿勉強している。
　　① 意気込んで　　② 意気飲んで　　③ 意気入れて　　④ 意気かいて

6　詐欺師というのは、＿＿＿＿本当らしい嘘をつくものだ。
　　① いかにも　　　② どうにも　　　③ かりにも　　　④ いまにも

7　このケーキの作り方は、＿＿＿＿簡単です。
　　① あたって　　　② ひたって　　　③ いたって　　　④ したって

8　鼻水さえも凍るというのだから、＿＿＿＿寒いかが分かるでしょう。
　　① すでに　　　　② さすがに　　　③ おもに　　　　④ いかに

9　テニスの試合を終えた選手は、スポーツドリンクを＿＿＿＿に飲んだ。
　　① 一心　　　　　② 一瞬　　　　　③ 一括　　　　　④ 一気

10　＿＿＿＿の誘拐事件は、同じ犯人によるものだと警察は見ている。
　　① 一律　　　　　② 一連　　　　　③ 一様　　　　　④ 一同

11　自転車と自動車の接触事故で、目撃した人は＿＿＿＿に、自動車が悪いと語った。
　　① 一致　　　　　② 一連　　　　　③ 一律　　　　　④ 一様

12　＿＿＿＿ばかりする人は、信用できない。
　　① 台詞　　　　　② 文句　　　　　③ 説明　　　　　④ 言い訳

13　家を建てるなら、大工は太田さんがいいわよ。決して＿＿＿＿な仕事はしない人だから。
　　① かんじん　　　② いいかげん　　③ あやふや　　　④ きまじめ

14　給料の支給が遅れているので、あぶないと思っていたら、＿＿＿＿、倒産した。
　　① 案の定　　　　② 念のため　　　③ 意外に　　　　④ きりがない

3課 語彙と例文

まず語彙の意味が分かるかどうかチェックして（□），次に例文で使い方を覚えましょう。

□いっきょに □いっしん □いっそ □いっぺん □いと □いびき □いまさら □いまだ

いっきょに	作品を一挙に完成させる。
いっしん	母は、息子の無事を一心に祈った。
いっそ	毎月、こんなに高い家賃を払うのなら、いっそのことマンションでも買おうか。
いっぺん	彼の言葉で、その場の雰囲気が一変した。
いと	著者の意図がよく分からない本だった。
いびき	昨夜は、同室の原田さんのいびきがうるさくて、眠れなかった。
いまさら	いまさら謝られても、もう遅い。
いまだ	もう12月だというのに、私はいまだに志望校を決めていない。

□いやいや □いやに □いんき □うけとめる □うちあける □うちきる □うちこむ

いやいや	上司からの依頼なので、その会合にいやいや参加した。
いやに	山中さんは、今日に限って、いやにおとなしい。
いんき	彼女は美人だが、陰気な性格だ。
うけとめる	キャッチャーは、ピッチャーが投げた鋭い変化球を受け止めた。
うちあける	妻に転職したいと打ち明けたところ、賛成してくれた。
うちきる	発掘調査は、昨日で打ち切られた。
うちこむ	相手のコートへ、球を強く打ち込んだ。仕事に打ち込んでいる。

□うちわけ □うっとうしい □うつむく □うつろ □うつわ □うでまえ □うぬぼれ

うちわけ	出張費の内訳を説明した。
うっとうしい	雨が多く、うっとうしい天気が続いている。
うつむく	恥ずかしかったので、彼女はずっとうつむいていた。
うつろ	何を考えているのか、高橋さんの瞳は、ぼんやりとうつろだった。
うつわ	料理を器に盛る。彼は全員をまとめるリーダーの器ではない。
うでまえ	たいした腕前だ。結婚して3年もたつと、料理の腕前も上がる。
うぬぼれ	ちやほやされて育った彼は、うぬぼれが強い。彼女は美人だとうぬぼれている。

116

次の文の_____の部分に入れるのに最も適当なものを、①②③④から一つ選びなさい。

1　悩みを母に_____ことで、少し気が晴れた。
　　① 打ち明けた　　② 打ち出した　　③ 打ち込んだ　　④ 打ち合わせた

2　前髪が下がってきて_____ので、切ることにした。
　　① すがすがしい　　② このましい　　③ けわしい　　④ うっとうしい

3　私たちが、こんなに心配しているのに、本人は高_____で寝ているなんて信じられない。
　　① あくび　　② いびき　　③ くしゃみ　　④ ねいき

4　両親の希望で、_____習い始めたピアノだが、今ではピアニストになりたいと思っている。
　　① いらいら　　② ながなが　　③ ゆうゆう　　④ いやいや

5　この事態を深刻に_____なければならない。
　　① 受け流さ　　② 受け答え　　③ 受け持た　　④ 受け止め

6　こんな苦しいことばかりなら、_____死んでしまいたい。
　　① よほど　　② すべて　　③ いっそ　　④ はたして

7　子どもは父親にしかられている間、ずっと、_____ままだった。
　　① そびえた　　② うつむいた　　③ つまった　　④ すえた

8　オリンピック出場を目指して、練習に_____いる。
　　① つけ込んで　　② とび込んで　　③ 打ち込んで　　④ かけ込んで

9　入試は明日なんだから、_____勉強しても仕方がない。
　　① いまより　　② いまさら　　③ いまにも　　④ いまだに

10　あの人は、自分が釣りの名人だと_____いる。
　　① うぬぼれて　　② ただよって　　③ おぼれて　　④ うるおって

11　大学生の石井君は、車を買いたい_____で、朝から晩まで、アルバイトに励んでいる。
　　① 一心　　② 一様　　③ 一体　　④ 一気

12　時間の関係で、討議は、このへんで_____いただきます。
　　① 打ち止めさせて　　② 打ち切らせて　　③ 打ち消させて　　④ 打ち合わせさせて

13　私のことを考えて忠告してくれていると思ったが、彼には別の_____があるようだ。
　　① 意図　　② 意地　　③ 意志　　④ 意欲

14　昨夜から続いている賃上げ交渉は、_____結論がでないままだ。
　　① いまさら　　② いまに　　③ いまだ　　④ いまや

4課 語彙と例文

まず語彙の意味が分かるかどうかチェックして（□），次に例文で使い方を覚えましょう。

□うまれつき □うるおう □うわまわる □うんざり □うんよう □えんかつ □えんきょく

うまれつき	彼女がだれにでも優しいのは生まれつきの性格だ。
うるおう	畑が雨で潤った。臨時収入で懐が潤った。
うわまわる	今月の売上は、先月を大幅に上回っている。
うんざり	食べすぎたので、料理を見ただけでうんざりする。
うんよう	資産の運用を誤ると会社の経営が危なくなる。
えんかつ	交渉が円滑に進んで安心した。
えんきょく	日本語のえん曲な言い回しには、苦労する。

□えんまん □おいこむ □おいて □おう □おおかた □おおがら □おおげさ □おおすじ

えんまん	紛争が円満に解決することを祈っている。
おいこむ	彼女を自殺に追い込んだ原因は、友達のいじめだそうだ。
おいて	学業においても、運動においても、彼の右に出る者はいない。
おう	現在の彼の成功は、母親の教育に負うところが大きい。失敗した責任を負う。
おおかた	おおかたの予想どおり、小林氏は当選した。
おおがら	彼女には、大柄な模様の着物が似合う。大柄な体格のわりに、彼は小心者だ。
おおげさ	彼女の話は、いつも大げさだ。
おおすじ	事件のおおすじが、警察側から発表された。

□おおまかな □おくびょう □おごる □おしきる □おしこむ □おしよせる □おそくとも

おおまかな	彼は、何事にも、おおまかな人だ。
おくびょう	うちの犬は、図体は大きいのにおく病で、猫を見ても逃げる。
おごる	今度夕食をおごるから、今日の残業かわってくれない？
おしきる	彼女に押し切られて、卒業旅行はイギリスに行くことになった。
おしこむ	朝のラッシュ時は、駅員が乗客を電車に押し込んでいる。
おしよせる	突然の夕立に、広場にいた人々が一斉に駅構内に押し寄せた。
おそくとも	今夜は、遅くとも8時には帰るよ。

次の文の＿＿＿＿の部分に入れるのに最も適当なものを、①②③④から一つ選びなさい。

1　重傷を＿＿＿＿小川さんは、救急病院に運ばれた。
　　① 負った　　　　② 加えた　　　　③ 受けた　　　　④ 持った

2　「＿＿＿＿３０歳までには結婚したい」というのがA子の口ぐせだ。
　　① 遅くとも　　　② 遅くでも　　　③ 遅くさえ　　　④ 遅くすら

3　羊を囲いの中に＿＿＿＿。
　　① 追い込む　　　② 追いつく　　　③ 追い出す　　　④ 追い越す

4　両国間の交渉は、＿＿＿＿で合意した。
　　① おおがた　　　② おおいり　　　③ おおげさ　　　④ おおすじ

5　私の左手には、＿＿＿＿ほくろがある。
　　① 生まれつき　　② 生来　　　　　③ 天性　　　　　④ 生まれ時

6　台風が近づいているせいか、大きな波が＿＿＿＿いる。
　　① 押し寄せて　　② 押し分けて　　③ 押しかけて　　④ 押し入って

7　親の反対を＿＿＿＿留学してしまった。
　　① 押し切って　　② 押し入って　　③ 押しかけて　　④ 押し黙って

8　彼女に話すと、何でも＿＿＿＿に伝えるから、注意しなければならない。
　　① 大げさ　　　　② 大幅　　　　　③ 大柄　　　　　④ 大出来

9　次のオリンピックは、A国に＿＿＿＿開催される。
　　① つれて　　　　② ともなって　　③ そって　　　　④ おいて

10　彼女のわがままな態度には、みな＿＿＿＿している。
　　① よくばり　　　② うんざり　　　③ ぼんやり　　　④ なんなり

11　予想を＿＿＿＿入場者に、主催者は大喜びだった。
　　① 上向く　　　　② 増える　　　　③ 上回る　　　　④ 上がる

12　先輩にフランス料理を＿＿＿＿もらった。
　　① おごって　　　② 養って　　　　③ 与えて　　　　④ 恵まれて

13　＿＿＿＿、そんなことだろうと思っていたよ。
　　① だいぶ　　　　② おおげさ　　　③ 大幅　　　　　④ おおかた

14　＿＿＿＿数字でいいから、来年度の予算を出してみてくれ。
　　① 約の　　　　　② ほとんどの　　③ だいぶな　　　④ おおまかな

5課 語彙と例文

まず語彙の意味が分かるかどうかチェックして（□），次に例文で使い方を覚えましょう。

□おそれ □おそれいる □おだてる □おちこむ □おてあげ □おどおど □おどす □おのずから

おそれ	大型の台風が上陸する恐れがあります。
おそれいる	わざわざ届けていただき、恐れいります。
おだてる	彼は、おだてるとすぐいうことを聞いてくれる。
おちこむ	不景気だから、収入も落ち込んでいる。落選した野口候補は落ち込んでいる。
おてあげ	毎日、雨続きでは、道路工事の仕事はお手上げだ。
おどおど	少年は何かにおびえているかのように、おどおどした目つきをしていた。
おどす	彼は議員に対し、汚職を暴露するとおどしていた。
おのずから	今、何に興味があるか考えれば、おのずから、自分の進むべき道が見えてくる。

□おびえる □おびただしい □おびやかす □おびる □おまけ □おもいつき □おもむき

おびえる	子犬は、大きな犬が近くに寄ってきたのでおびえていた。
おびただしい	事故現場には、おびただしい量の血が流れていた。
おびやかす	あの選手も、新人選手に、レギュラーの座を脅かされている。
おびる	秋になり、木の葉が赤みを帯びてきた。
おまけ	子どもの頃、おまけが欲しくて、よくお菓子を買った。消費税分おまけした。
おもいつき	ちょっとした思いつきから大発明が生まれることもある。
おもむき	時には趣を変えて、庭にテーブルといすを出して食事をしよう。

□おもんじる □およぶ □おりかえす □おろそか □おんわ □〜かい □かいしゅう

おもんじる	最近は、学歴よりも能力を重んじる企業が増えてきたそうだ。
およぶ	私の日本語能力は、ジョンさんの足元にも及ばない。
おりかえす	友人から手紙が届いたので、折り返し返事を書く。急用で、途中から折り返す。
おろそか	1円でもおろそかにしてはいけない。
おんわ	この地方は、気候が温和なため、みかんの栽培に適しているそうだ。
〜かい	芸能界で長く生きていけるのは、ほんの一部の人だけだそうだ。
かいしゅう	アンケート用紙を回収した。

次の文の_____の部分に入れるのに最も適当なものを、①②③④から一つ選びなさい。

1　クラブ活動に熱中していて勉強が_____になっている。

　　① ふきつ　　　　② みじめ　　　　③ おろそか　　　　④ ひそか

2　「金を出さないと殺すぞ！」と、強盗に_____。

　　① おとされた　　② したがわれた　③ おどされた　　④ ゆるされた

3　_____観衆が、試合開始を今か今かと待ちかまえていた。

　　① まぎらわしい　② おびただしい　③ ややこしい　　④ わずらわしい

4　あの日本庭園は_____がある。

　　① 趣　　　　　　② 興　　　　　　③ 劇　　　　　　④ 情

5　水不足の今年は、凶作の_____がある。

　　① 遅れ　　　　　② 恐れ　　　　　③ 怖い　　　　　④ 不利

6　閉店間際に魚を買ったら、100円_____してくれた。

　　① あまり　　　　② おまけ　　　　③ おごり　　　　④ 余分

7　環境破壊は、いまやすべての生物の生命を_____いる。

　　① おどして　　　② 驚かして　　　③ 脅かして　　　④ おびえさせて

8　仕事で大きなミスをしたらしく、彼は_____いる。

　　① 落ち着いて　　② 落ち出して　　③ 落ち込んで　　④ 落ち始めて

9　彼女のことを思って忠告したのに、泣かれてしまっては_____だ。

　　① お手伝い　　　② お手つき　　　③ お手元　　　　④ お手上げ

10　警官に呼び止められ、悪事がばれたかと、_____してしまった。

　　① かんかん　　　② おどおど　　　③ わくわく　　　④ ぎりぎり

11　彼は、_____と、すぐその気になる。

　　① おどされる　　② ためらわれる　③ おだてられる　④ こらえられる

12　会議は深夜にまで_____。

　　① 及んだ　　　　② 並んだ　　　　③ 届いた　　　　④ いった

13　心配しなくても、時が_____解決してくれるよ。

　　① みずから　　　② おのずから　　③ 自身から　　　④ 自分から

14　_____で事業を始めても、うまくいくはずがない。

　　① 考えもの　　　② 思いつき　　　③ 聞きわけ　　　④ 心がけ

6課 語彙と例文

まず語彙の意味が分かるかどうかチェックして（□），次に例文で使い方を覚えましょう。

□がいする □がいとう □かいにゅう □かいほう □かえりみる

がいする	彼の一言で、気分を害してしまった。
がいとう	該当事項に丸印をつける。
がいとう	卒業論文を書くために、街頭でアンケート調査をすることにした。
かいにゅう	両国の民間レベルの交流に、政治はできるだけ介入させたくない。
かいほう	病人を手厚く介抱した。
かえりみる	たまに昔のことを顧みると、新たな気分になる。
かえりみる	過ちを省みない人は、進歩しないと思う。

□かおつき □かきまわす □かくさ □かけ □かさばる □かさむ □かじょうがき

かおつき	息子は、性格も顔つきも、父親に似てきた。
かきまわす	スープの鍋をかきまわすと、いいにおいがした。
かくさ	企業によって、社員の待遇に格差がある。
かけ	佐藤さんは賭けごとに夢中になって、本業をおろそかにしている。
かさばる	おみやげがかさばって、スーツケースのふたが閉まらない。
かさむ	今月は冠婚葬祭が多かったので、出費がかさんだ。
かじょうがき	要点を箇条書きにした。

□かすか □かすむ □かする □かそ □〜がたい □かたこと □かためる □かたわら

かすか	遠くのほうからかすかに波の音が聞こえる。
かすむ	富士山の山頂は、かすんでいてよく見えない。
かする	バットは、ボールにかすっただけだった。
かそ	町の過疎化に、町長は悩まされている。
〜がたい	2年前の火災は、私にとっては忘れ難い出来事です。
かたこと	1歳半の娘は、片言だが話をするようになった。
かためる	基礎をしっかり固めて建てたビルだったので、地震の被害も少なかった。
かたわら	私が絵を描く傍らで、猫が寝ている。彼は会社経営の傍ら、小説を書いている。

次の文の_____の部分に入れるのに最も適当なものを、①②③④から一つ選びなさい。

1　靴をそのまま包んでください。箱は、_____からいりません。

　　① かさばる　　　　② かぶれる　　　　③ かつぐ　　　　④ 重なる

2　駐車場から車を出す時、隣の車に_____しまった。

　　① かすって　　　　② つかんで　　　　③ へこんで　　　　④ かついで

3　君もそろそろ身を_____どうだ？

　　① 選んだら　　　　② 作ったら　　　　③ 固めたら　　　　④ 決めたら

4　彼のような経験者はわが社にとっては_____人材だ。

　　① 得っぽい　　　　② 得ぶる　　　　③ 得だらけ　　　　④ 得難い

5　外国の軍事_____により、国内紛争はますます複雑になった。

　　① 入用　　　　　② 介抱　　　　　③ 介入　　　　　④ 前進

6　引き出しの中を_____探したが、見つからなかった。

　　① かきまわして　　② さわりまわして　　③ はきまわして　　④ さぐりまわして

7　_____の英語で話してみたら、理解してくれたので、うれしかった。

　　① 一口　　　　　② つぶやき　　　　③ 独り言　　　　④ 片言

8　運転免許をとったばかりの鈴木さんは、真剣な_____で運転していた。

　　① 顔だち　　　　② 顔きき　　　　③ 顔ぶれ　　　　④ 顔つき

9　林さんは健康を_____いるそうだ。

　　① 倒して　　　　② 壊して　　　　③ こぼして　　　　④ 害して

10　彼は会社に勤める_____、夜間、大学院で勉強している。

　　① 共に　　　　　② 傍ら　　　　　③ ながら　　　　④ 同時

11　先進国と、発展途上国の人々の生活水準の_____は大きい。

　　① 格別　　　　　② 誤差　　　　　③ 格差　　　　　④ 差別

12　税金免除の条件に_____する人は申し出てください。

　　① 適切　　　　　② 当人　　　　　③ 該当　　　　　④ 適当

13　幼い頃のことは_____な記憶しかない。

　　① しとやか　　　　② かすか　　　　③ そっくり　　　　④ なめらか

14　鉱山が閉鎖されてから_____の村になってしまった。

　　① 疎遠　　　　　② 過失　　　　　③ 疎通　　　　　④ 過疎

7課 語彙と例文

まず語彙の意味が分かるかどうかチェックして（□），次に例文で使い方を覚えましょう。

□かっき □がっくり □がっしり □がっち □がっちり □かつて □かなう

かっき	彼は**画期**的な発明をした。
がっくり	完走したとたん、**がっくり**と膝をついた。不合格と知り、**がっくり**ときた。
がっしり	彼は、体が**がっしり**している。
がっち	双方の希望が**合致**した。
がっちり	あのチームは**がっちり**とスクラムを組んで、最後まで戦った。
かつて	**かつて**見たこともないほど、美しい海だった。
かなう	思いが**かなって**、彼と結婚することになった。

□かなわない □かねて □かばう □かぶれる □かみ □からだつき □からむ

かなわない	体力では、彼に**かなわない**。今日は暑くて**かなわない**。
かねて	**かねて**から希望していた弁護士になることができた。
かばう	正義感が強い彼は、子どもの頃から弱い者を**かばって**いた。
かぶれる	化粧品で肌が**かぶれ**、かゆい。彼はすっかり哲学に**かぶれて**いる。
かみ	田中さんの意見も**加味**したうえで、計画書を作成した。
からだつき	山本さんは、モデルのような**体つき**をしている。
からむ	あの人は、お酒を飲むと、すぐに人に**からむ**から気を付けたほうがいい。

□かり □かれる □かろうじて □かわす □かんげん □かんさん □がんじょう □かんじん

かり	救急隊員は、**かり**の処置だけ行い、医者に任せた。これは**かり**のたとえ話だ。
かれる	このまま才能が**かれて**いってしまうのだろうか。
かろうじて	**かろうじて**、難を逃れることができた。
かわす	二人は、1年後に結婚する約束を**交わした**。
かんげん	企業の利益を、文化事業で社会に**還元**する。
かんさん	1インチはセンチメートルに**換算**すると、約2.54センチメートルになる。
がんじょう	あの人は体が**頑丈**で、一度も病気になったことがない。
かんじん	細かいことに気をとられて、**肝心**な点を見落とす。

次の文の＿＿＿＿の部分に入れるのに最も適当なものを、①②③④から一つ選びなさい。

1　＿＿＿＿宝くじに当たったとして、何を買いますか。
　　① かりに　　　　② たとえ　　　　③ 仮定に　　　　④ 例えて

2　道路に飛び出した子どもを＿＿＿＿、父親は車にはねられてしまった。
　　① ふさぎ　　　　② おおい　　　　③ しまい　　　　④ かばい

3　＿＿＿＿から、実物を見たいと思っていたピカソの絵を見ることができた。
　　① あらかじめ　　② すでに　　　　③ かねて　　　　④ 前もって

4　ゆうべ、遅くまでビデオを見ていたので、今日は眠くて＿＿＿＿。
　　① かわない　　　② かわらない　　③ かなわない　　④ かまわない

5　彼のアイデアは、＿＿＿＿的だ。
　　① 画気　　　　　② 革気　　　　　③ 画期　　　　　④ 化期

6　社長は、利益の一部を社会に＿＿＿＿するためによく寄付をしている。
　　① 返還　　　　　② 還暦　　　　　③ 生還　　　　　④ 還元

7　先生にすすめられた本は、＿＿＿＿読んだことがあった。
　　① ついに　　　　② せっかく　　　③ まして　　　　④ かつて

8　鍛えた彼の体は、＿＿＿＿している。
　　① ぐったり　　　② がっちり　　　③ ゆっくり　　　④ ほっそり

9　＿＿＿＿進級することはできたが、成績はひどかった。
　　① かろうじて　　② はたして　　　③ いずれ　　　　④ いかにも

10　書斎にある父の机は、＿＿＿＿している。
　　① ぐったり　　　② びっしょり　　③ がっしり　　　④ びっしり

11　隣の家の人とは、つき合いはないが、毎日、あいさつは＿＿＿＿いる。
　　① 交わして　　　② 垂れて　　　　③ かかげて　　　④ 下げて

12　おしゃべりに夢中になって、＿＿＿＿の用件を伝えるのを忘れてしまった。
　　① 用心　　　　　② 感心　　　　　③ 肝心　　　　　④ 関心

13　彼は、顔から＿＿＿＿まで父親そっくりだ。
　　① 体つき　　　　② 体様子　　　　③ 体ふり　　　　④ 体系

14　糸が＿＿＿＿しまって、ほどけない。
　　① 縮んで　　　　② からんで　　　③ 垂れて　　　　④ つなげて

8 課　語彙と例文

まず語彙の意味が分かるかどうかチェックして（□），次に例文で使い方を覚えましょう。

□かんせい　□かんぺき　□かんよう　□がんらい　□かんろく　□きがい　□きかざる

かんせい	プール開きの日、プール中に水しぶきと歓声があがった。
かんぺき	たくさん勉強したので、これでテストの準備は完ぺきだ。
かんよう	子ども同士のケンカなので、寛容な態度で臨むことにした。
がんらい	馬は元来優しい動物だ。
かんろく	彼には部族の長としての貫禄がある。
きがい	熊が人に危害を加える事件が起こった。
きかざる	パーティーには、思いきり着飾って出かけましょう。

□きがね　□きがる　□きき　□ききめ　□きざ　□きざし　□きしつ

きがね	咳が止まらず、コンサートの間じゅう、まわりの人に気兼ねをした。
きがる	いつでも気軽に飲める本格的な味の缶コーヒーが増えてきた。
きき	あの芸能人同士のカップルは、しょっちゅう離婚の危機を噂されている。
ききめ	塩分制限の効き目が出始め、近頃血圧が安定している。
きざ	あの男の紳士ぶったきざな振舞いは、みんなに嫌われている。
きざし	その少年が罪を犯すような兆しは、学校でもまったくなかった。
きしつ	彼は、おだやかな気質の人だ。

□きしむ　□きずく　□きだて　□きたる　□きちっと　□きちょうめん　□きっかり　□きっちり

きしむ	古い建物の中を歩くと、床がきしんで鳴った。
きずく	あの人は自分の力だけで、現在の地位を築き上げた。
きだて	彼女は気立てが優しいので、みんなに好かれている。
きたる	きたる10月10日に運動会を行う予定です。
きちっと	子どもは、母の言いつけを、きちっと守った。
きちょうめん	父は几帳面な人なので、私の生活態度には口やかましかった。
きっかり	8人できっかり8等分した。
きっちり	きっちり3時に、この場所で会いましょう。

次の文の＿＿＿＿の部分に入れるのに最も適当なものを、①②③④から一つ選びなさい。

1 私は一人暮らしなので、いつでも＿＿＿＿に電話してきてください。
　① 気兼ね　　　② 気軽　　　　③ 手軽　　　　④ 気心

2 あの人は＿＿＿＿選挙にそなえて、少しずつ運動を始めている。
　① やる　　　　② きたる　　　③ いく　　　　④ する

3 そのスーツとネクタイの組み合わせは、とても＿＿＿＿に見える。
　① ただ　　　　② きざ　　　　③ ちり　　　　④ ぐち

4 中身がこぼれないように、びんのふたを＿＿＿＿しめる。
　① すらっと　　② つるっと　　③ ごろっと　　④ きちっと

5 咳、鼻水など熱が出る＿＿＿＿があった。
　① 予報　　　　② 予想　　　　③ 兆し　　　　④ つもり

6 ＿＿＿＿10時に集合してください。
　① ちゃっかり　② うっかり　　③ きっかり　　④ すっかり

7 この模型は設計図通り、＿＿＿＿な仕上がりだ。
　① 完遂　　　　② 完成　　　　③ 完ぺき　　　④ 完了

8 放し飼いの野犬が子どもに＿＿＿＿を加えた。
　① 危害　　　　② 利害　　　　③ 妨害　　　　④ 加害

9 若いうちは＿＿＿＿より内面をみがくことが大切だ。
　① 着飾る　　　② 着流す　　　③ 着崩す　　　④ 着慣れる

10 この帳簿の計算は＿＿＿＿合っている。
　① うっかり　　② ふっと　　　③ きっちり　　④ さっと

11 ＿＿＿＿その道は私道なのに、皆が通行している。
　① 以降　　　　② 以来　　　　③ 元来　　　　④ 元祖

12 この薬の＿＿＿＿は4時間くらい続きます。
　① 効き目　　　② 即効　　　　③ 実効　　　　④ 無効

13 偶然が重なって起きた事故なので、＿＿＿＿な処置がなされた。
　① 慣用　　　　② 容易　　　　③ 安易　　　　④ 寛容

14 我が家の階段は歩くと＿＿＿＿。
　① きしむ　　　② たたむ　　　③ おしむ　　　④ くるむ

9課 語彙と例文

まず語彙の意味が分かるかどうかチェックして（□），次に例文で使い方を覚えましょう。

□きっぱり □きどう □きひん □きふく □きまぐれ □きまじめ □きまりわるい □きゃしゃ

きっぱり	押し売りのような売り方なので、**きっぱり**と断わった。
きどう	モノレールは、1本の**軌道**にまたがって走る。
きひん	この絵は、実に巧みに描かれているが、**気品**に欠ける。
きふく	あの人は、山あり谷ありの、**起伏**の多い一生を送った。
きまぐれ	**きまぐれ**に布をつないでいったら、きれいなパッチワークの作品になった。
きまじめ	あの人は**生真面目**すぎて、ときどき損をしている。
きまりわるい	初めてパーティーに招待された彼女は、**きまり悪**そうにモジモジしていた。
きゃしゃ	このドレスは、**きゃしゃ**な感じの女性に着て欲しい。

□きゅうきょく □きゅうくつ □きゅうち □きょうい □きょうかん □きょうぐう □きょうじる

きゅうきょく	自分で納得する**究極**の作品ができる前に、先生は亡くなってしまった。
きゅうくつ	子どもは成長が早いので、去年の服がもう**窮屈**だ。
きゅうち	今日の会は、**旧知**の人ばかりの集まりです。
きょうい	あの人が合格するなんて、**驚異**だ。
きょうかん	この本の著者の意見に**共感**した。
きょうぐう	親兄弟と引き離され、孤独な**境遇**に育った。
きょうじる	学生でありながら、芝居に**興じて**、学業をおろそかにしている。

□きょうめい □きょうれつ □きょくたん □きよらか □きらびやか □きりかえる □きわめて

きょうめい	その政治家の発言に**共鳴**して、その人の属する政党に入った。
きょうれつ	あの人の**強烈**な個性は、彼の服装に表われている。
きょくたん	あの人の発言は、いつでも**極端**だ。
きよらか	赤ちゃんの瞳は、**清らか**であどけない。
きらびやか	花嫁は、**きらびやか**な衣装に身を包んでいた。
きりかえる	休日には、頭を**切り替えて**、仕事を忘れたほうが良い。
きわめて	あなたには、努力を続けて、学問の道を**極めて**欲しい。**極めて**重大な問題だ。

次の文の＿＿＿の部分に入れるのに最も適当なものを、①②③④から一つ選びなさい。

1　あの人は書道の道を＿＿＿＿いる。

　　① 極めて　　　　　② 向って　　　　　③ 至って　　　　　④ 上げて

2　あの人と父とは＿＿＿＿の間柄です。

　　① 旧制　　　　　　② 旧姓　　　　　　③ 旧知　　　　　　④ 旧家

3　あの議員の意見は、いつも＿＿＿＿すぎてついていけない。

　　① 極限　　　　　　② 極大　　　　　　③ 極度　　　　　　④ 極端

4　山奥のわき水は澄みきって＿＿＿＿だ。

　　① 幸い　　　　　　② 清らか　　　　　③ さわやか　　　　④ あざやか

5　これはシェフが長年の努力の結果、やっと作りあげた＿＿＿＿の味だ。

　　① 探究　　　　　　② 究明　　　　　　③ 究極　　　　　　④ 極大

6　この世界新記録は、まさに＿＿＿＿の記録だ。

　　① 驚嘆　　　　　　② 驚怖　　　　　　③ 異常　　　　　　④ 驚異

7　彼の考え方にすっかり＿＿＿＿し、ボランティアとして協力することにした。

　　① 共存　　　　　　② 共同　　　　　　③ 共感　　　　　　④ 共有

8　あの人の＿＿＿＿のせいで、旅行のスケジュールがめちゃくちゃになった。

　　① きまぐれ　　　　② きとく　　　　　③ きゃしゃ　　　　④ きさく

9　頭の＿＿＿＿が速い人の方が、ストレスはたまりにくい。

　　① 切り出し　　　　② 切り替え　　　　③ 切り上げ　　　　④ 切り返し

10　この土地は＿＿＿＿が激しく宅地には向かない。

　　① 起立　　　　　　② 起伏　　　　　　③ 起点　　　　　　④ 降伏

11　努力のかいがあって、この会社もやっと＿＿＿＿に乗ってきた。

　　① 軌道　　　　　　② 道程　　　　　　③ 線路　　　　　　④ 順路

12　敵のタックルが＿＿＿＿だったので、ボールを落としてしまった。

　　① 増強　　　　　　② 強化　　　　　　③ 強固　　　　　　④ 強烈

13　あれほど＿＿＿＿言うのだから、よほど、自信があるのだろう。

　　① ほっそり　　　　② さっぱり　　　　③ がっしり　　　　④ きっぱり

14　その家は＿＿＿＿に飾り付けられ、宮殿のようであった。

　　① きらびやか　　　② きよらか　　　　③ ささやか　　　　④ さわやか

10課 語彙と例文

まず語彙の意味が分かるかどうかチェックして（□），次に例文で使い方を覚えましょう。

□ぎんみ □きんもつ □くいちがう □くぐる □くじ □くすぐったい □ぐち □くちずさむ

ぎんみ	良い料理は、材料を吟味することから始まる。
きんもつ	高血圧の人に、漬物など塩分の多い食物は禁物です。
くいちがう	意見が大きく食い違い、議論にもならなかった。
くぐる	のれんをくぐって店に入る。
くじ	席順を決めるため、くじを引く。賞金にひかれて宝くじを買った。
くすぐったい	あまりにも大げさにほめられて、何だかくすぐったかった。
ぐち	母は父のことで、いつも愚痴をこぼしていた。
くちずさむ	幼い頃、一緒に歌った歌を皆で口ずさんだ。

□くちる □くつがえす □くっきり □くっせつ □ぐっと □くみあわせる □くろうと

くちる	彼の業績は、永遠に朽ちることなく、語りつがれる。
くつがえす	今回の発見は、これまでの定説を覆す歴史的なものだ。
くっきり	空に、飛行機雲が、くっきりと見える。
くっせつ	この小説家の心理状態には、屈折したものがある。
ぐっと	駅を出ると電車はぐっとスピードを上げた。
くみあわせる	対戦するチームを組み合わせる。ブロックをうまく組み合わせ、城を作る。
くろうと	彼女の書道の腕前は玄人も驚く。

□けいき □けいそつ □けがらわしい □げっそり □けつぼう □けとばす □けなす

けいき	病気を契機にタバコをやめた。
けいそつ	列車事故の原因は、運転手の軽率な判断にあった。
けがらわしい	そんなひどい噂話は、聞くのもけがらわしい。
げっそり	不合格の知らせに、息子はげっそりとやせてしまった。
けつぼう	大雪に閉じ込められて、だんだん食料も欠乏してきた。
けとばす	大男にむこうずねを蹴飛ばされ、痛さにしゃがみこんでしまった。
けなす	お気にいりの洋服をけなされ、彼女は機嫌が悪い。

次の文の＿＿＿＿の部分に入れるのに最も適当なものを、①②③④から一つ選びなさい。

1　あなたは心臓が弱っているので、油断は＿＿＿＿です。
　　① 危険物　　　　　② 中止　　　　　　③ 禁止　　　　　　④ 禁物

2　赤ちゃんは足の裏をさわられて＿＿＿＿そうだった。
　　① するぐった　　　② すくぐった　　　③ くるぐった　　　④ くすぐった

3　何種類ものスパイスを＿＿＿＿、独自の味を作る。
　　① 組み込んで　　　② 組み出して　　　③ 組み立てて　　　④ 組み合わせて

4　こんな天候の日に山に登るなんて、あまりにも＿＿＿＿だ。
　　① 軽度　　　　　　② 軽率　　　　　　③ 軽快　　　　　　④ 軽視

5　彼の研究は、これまでの学界の定説を＿＿＿＿。
　　① 逆さにした　　　② 返した　　　　　③ 覆した　　　　　④ 反した

6　事故に関する当事者双方の話が＿＿＿＿いる。
　　① 話し違って　　　② 言い違って　　　③ 食い違って　　　④ かみ違って

7　あの議員は不正だらけで、＿＿＿＿。
　　① けがらわしい　　② うらやましい　　③ まぎらわしい　　④ ふさわしい

8　学級当番の順番は＿＿＿＿を引いて決めよう。
　　① やま　　　　　　② くじ　　　　　　③ じく　　　　　　④ みえ

9　虫歯のせいで何も食べられず、＿＿＿＿やせてしまった。
　　① がっしり　　　　② ぴったり　　　　③ そっくり　　　　④ げっそり

10　このようなパーティーでは、和服の方が洋装より＿＿＿＿引き立つ。
　　① ぐっと　　　　　② ぴっと　　　　　③ ざっと　　　　　④ すっと

11　いつの間にか、よく聞くコマーシャル・ソングを＿＿＿＿いた。
　　① 口ずさんで　　　② 口ごもって　　　③ 口あたって　　　④ 口まねて

12　たった数秒で水と油は＿＿＿＿と2層に分かれる。
　　① ゆっくり　　　　② くっきり　　　　③ さっぱり　　　　④ ぐっすり

13　彼は法の網を＿＿＿＿悪事を重ねた。
　　① すぎて　　　　　② くぐって　　　　③ とおって　　　　④ いって

14　苦心して仕上げた作品なのに、審査員にはひどく＿＿＿＿しまった。
　　① ふられて　　　　② けなされて　　　③ はじられて　　　④ てらされて

11 課 語彙と例文

まず語彙の意味が分かるかどうかチェックして（□），次に例文で使い方を覚えましょう。

□けんぎょう □けんげん □けんざい □けんぜん □けんち □げんみつ □けんめい

けんぎょう	彼の家は農家といっても、お父さんが会社勤めをしている兼業農家だ。
けんげん	審判の権限で試合は中止になった。
けんざい	祖父は、田舎で健在だ。彼の才能が健在であることをアピールした。
けんぜん	会社経営が健全である。彼は健全な肉体と精神を兼ね備えている。
けんち	消費者の見地からすると、この決定は妥当なものと言える。
げんみつ	厳密な審査の末、彼女が選ばれた。
けんめい	あの人は賢明な人なので、考えを一度聞いてみた方がよい。

□けんやく □けんよう □こうい □こうきょう □こうこうと □こうじょ □こうしょう

けんやく	彼女は倹約家なので、貯金が増える一方だ。
けんよう	そのTシャツは男女兼用だ。
こうい	彼は、彼女にひそかに好意を抱いている。
こうきょう	不況期が終わり、好況の兆しが見えてきた。
こうこうと	クリスマスのイルミネーションが、夜空にこうこうと輝いていた。
こうじょ	父は、税金から祖母の分の扶養控除が受けられる。
こうしょう	彼の趣味は、クラシック音楽の鑑賞と演奏で、実に高尚なものばかりだ。

□こうたく □こうみょう □こがら □ここ □ここち □こころえ □こころがける □こころざす

こうたく	こんな美しい光沢の生地は見たことがない。
こうみょう	詐欺師は巧妙な手口で、被害者を信用させた。
こがら	彼は小柄だが、一流の選手だ。小柄な模様の服がよく似合う。
ここ	条件や環境が異なるので、この問題は個々に検討すべきだ。
ここち	上司にほめられ、天にも昇る心地がした。寝心地のよいベッドを買う。
こころえ	敬語の使い方の心得がないようでは、社会人として失格だ。
こころがける	普段からよく歩くよう心掛けてください。
こころざす	彼は画家を志して、学校を退学した。

次の文の＿＿＿＿の部分に入れるのに最も適当なものを、①②③④から一つ選びなさい。

1　わが社の製品は、品質を＿＿＿＿に検査してから出荷している。
　　① 厳守　　　　　② 厳粛　　　　　③ 威厳　　　　　④ 厳密

2　申し訳ないと思ったが、＿＿＿＿に甘えてお借りすることにした。
　　① 好意　　　　　② 好感　　　　　③ 好奇心　　　　④ 良好

3　毎月のお小遣いを＿＿＿＿して、ついにそのゲーム機を手に入れた。
　　① 倹約　　　　　② 慎重　　　　　③ 積載　　　　　④ 蓄積

4　私はいつも規則正しい生活を＿＿＿＿いる。
　　① 心掛けて　　　② 心尽くして　　③ 心覚えて　　　④ 心当たって

5　歌手を＿＿＿＿、東京へやってきた。
　　① 志し　　　　　② 祈り　　　　　③ 念じ　　　　　④ 案じ

6　帰宅すると、消し忘れた電灯が＿＿＿＿輝いていた。
　　① こうこうと　　② らんらんと　　③ ぎんぎんと　　④ さんさんと

7　刑事は＿＿＿＿な話術で、犯人から自白を引き出した。
　　① 功名　　　　　② 高名　　　　　③ 巧妙　　　　　④ 光明

8　秋冬＿＿＿＿のコートを買った。
　　① 兼用　　　　　② 二重　　　　　③ 同伴　　　　　④ 両立

9　あの人は、本職の他に、保険の仕事を＿＿＿＿している。
　　① 兼業　　　　　② 実業　　　　　③ 企業　　　　　④ 職業

10　彼女の自慢の髪は美しく、＿＿＿＿がある。
　　① 光栄　　　　　② 光線　　　　　③ 光景　　　　　④ 光沢

11　各国の大使館内には日本の国家の＿＿＿＿は及ばない。
　　① 活力　　　　　② 権限　　　　　③ 立場　　　　　④ 実質

12　＿＿＿＿期になれば、雇用人数も増えるだろう。
　　① 状況　　　　　② 好況　　　　　③ 比況　　　　　④ 実況

13　彼女はか弱そうにみえるが、空手の＿＿＿＿がある。
　　① 心掛け　　　　② 心地　　　　　③ 心得　　　　　④ 心持ち

14　あの人は体が健康なだけでなく、心も＿＿＿＿な人だ。
　　① 安全　　　　　② 健在　　　　　③ 健全　　　　　④ 万全

12課 語彙と例文

まず語彙の意味が分かるかどうかチェックして（□），次に例文で使い方を覚えましょう。

□こころづよい □こころぼそい □こころみる □こころよい □ごさ □こじれる □こだわる

こころづよい	あの人は、私たちにとって**心強**い味方だ。
こころぼそい	あの山に登るのに、この装備では**心細**い。
こころみる	新しい企画を**試み**たが、結果は失敗におわった。
こころよい	夕方の風が頬に**快**い。彼は私のお願いを**快**く引き受けてくれた。
ごさ	多少の**誤差**を、最初から計算に入れて設計する。
こじれる	田中さんが参加したら、もっと話が**こじれ**てしまった。
こだわる	済んでしまったことに、いつまでも**こだわっ**ていてもしようがない。

□こちょう □こつ □こっけい □ことごとく □ことに □ことによると □こなごな

こちょう	彼は、自分の手柄を**誇張**して言い過ぎる。
こつ	こつをつかんでから、商売がうまくいくようになった。
こっけい	彼女は、はたから見ると**滑稽**なほど、髪の手入れに執着している。
ことごとく	投資の失敗で、財産をことごとく失ってしまった。
ことに	今年の冬は**殊**に冷え込みが厳しい。
ことによると	約束はしたが、**ことによると**彼女はこないかもしれない。
こなごな	ガラスが割れて**粉々**になった。

□このましい □こべつ □コマーシャル □ごまかす □こまやか □こめる □こもる □こゆう

このましい	この頃、**好**ましくない事件が続いている。
こべつ	今日から2年生の**個別**指導が始まる。
コマーシャル	今の子どもは、**コマーシャル**のおかげで、何でも知っている。
ごまかす	彼は都合が悪いと笑ってごまかす。
こまやか	このペンダントは、模様が**細**やかで美しい。下町は人情がこまやかだ。
こめる	この手料理は、母が心を**込**めて作ったものだ。
こもる	部屋中にタバコの煙がこもってしまい、気分が悪い。
こゆう	能は日本**固有**の伝統芸能だ。

次の文の_____の部分に入れるのに最も適当なものを、①②③④から一つ選びなさい。

1　彼女は年齢を_____いた。

　　① いたずらして　　② うごかして　　③ ごまかして　　④ うそして

2　こんな時、君がそばにいてくれるとは、本当に_____。

　　① 心遣い　　　　　② 心得る　　　　　③ 心強い　　　　　④ 心がたい

3　やること成すこと、_____失敗してしまう。

　　① ことごとく　　　② ことづて　　　　③ ことかく　　　　④ ごとく

4　この天候なら、_____山頂まで登れるかもしれない。

　　① ことにすると　　② ことによると　　③ ことにあると　　④ ことになると

5　この枕にかえてから、_____眠りが得られるようになった。

　　① 安静な　　　　　② だるい　　　　　③ 快い　　　　　　④ 重い

6　思いを_____手紙を書いた。

　　① よせて　　　　　② 込めて　　　　　③ つけて　　　　　④ 加えて

7　この広告は、商品の利点をずいぶん_____している。

　　① 誇張　　　　　　② 膨張　　　　　　③ 伸張　　　　　　④ 拡張

8　進度が違うので、_____に学習した方が、グループより成果が上がりそうだ。

　　① 独立　　　　　　② 単一　　　　　　③ 個人　　　　　　④ 個別

9　_____をつかめば、あなただってお料理上手になれますよ。

　　① まと　　　　　　② やま　　　　　　③ あて　　　　　　④ こつ

10　初めて富士登山を_____。

　　① 施す　　　　　　② 試みる　　　　　③ 上る　　　　　　④ 登る

11　新製品のセールスポイントを、早速_____で流しましょう。

　　① ジャンル　　　　② コマーシャル　　③ マーケット　　　④ ビールス

12　あの人は、お米の産地にまで_____食通だ。

　　① こすれる　　　　② こじらす　　　　③ こだわる　　　　④ ことわる

13　風邪が_____入院しなければならなくなった。

　　① からんで　　　　② かさねて　　　　③ くるんで　　　　④ こじれて

14　コップを落としたら_____に割れてしまった。

　　① 個々　　　　　　② 別々　　　　　　③ 散々　　　　　　④ 粉々

13 課 語彙と例文

まず語彙の意味が分かるかどうかチェックして（□），次に例文で使い方を覚えましょう。

□こらす □こりる □こる □こんき □さいく □さえぎる □さえずる

こらす	目を凝らしてのぞいてみると、水面下にきれいな魚が見える。
こりる	何度も失敗しているが、彼は懲りずにまた商売を始めた。
こる	私は今、料理に凝っている。凝った模様のセーターを編む。
こんき	レース編みは、根気のいる仕事です。
さいく	手作りの家具は、細工が精巧で美しい。
さえぎる	相手の言葉を遮ってしまい、口論になった。新ビルによって日光が遮られる。
さえずる	公園では、あちこちで小鳥がさえずっている。

□さえる □さける □さしかかる □さしず □さしつかえる □さする □さぞ

さえる	疲れているのか、近頃顔色がさえない。
さける	秘密にすると約束したので、口が裂けても言わない。
さしかかる	橋の上にさしかかった時、向こうからやってくる母を見つけた。
さしず	社長は部下たちに指図して、新しい契約をまとめさせた。
さしつかえる	あまり親しくなりすぎると、仕事にさしつかえる。
さする	父のくせは、考え込む時に、額をさすることだ。
さぞ	そんな手紙が届いたなんて、さぞびっくりなさったことでしょう。

□さだまる □ざつ □さっする □さっと □さっぱりする □さなか □さほど □サボる

さだまる	お天気が定まらないので出発できない。
ざつ	あの人は雑な性格なので、よく小さな失敗をする。
さっする	彼女の気持ちを察して、彼は優しい言葉をかけた。
さっと	冷たい風がさっと吹き抜ける。メモにさっと目を通す。
さっぱりする	シャワーを浴びてさっぱりした。
さなか	食事の最中、歯が痛み出した。
さほど	あの人は、さほど怒りっぽいわけではない。
サボる	彼女は、会社をサボってバーゲンに行った。

次の文の_____の部分に入れるのに最も適当なものを、①②③④から一つ選びなさい。

1 いらない物を整理したら、この部屋も_____。
① ぎっちりした　② さっぱりした　③ ぴったりした　④ ばったりした

2 車のドアにスカートが引っかかり、_____しまった。
① 崩れて　② 裂けて　③ 遮って　④ 壊れて

3 この件は、事前に_____して、うまく運ぶようにしてあったらしい。
① 細心　② 動作　③ 行為　④ 細工

4 やっと、方針が_____、目標に向かってスタートできることになった。
① 定まり　② 導き　③ 従い　④ 解き

5 その会社の制服は、ずいぶん_____デザインですね。
① 企てた　② 疑った　③ 絞った　④ 凝った

6 こんな場所でパンクしてしまって、_____お困りでしょう。
① あらかじめ　② まさか　③ さぞ　④ さっと

7 車の前を_____猫が横切った。
① さっと　② どっと　③ ざっと　④ あっと

8 彼の気持ちを_____、早めに帰ることにした。
① 感じて　② 察して　③ 推して　④ 従って

9 小鳥の_____声で目が覚めた。
① さえずる　② つぶやく　③ どなる　④ くちずさむ

10 このマラソンコースは_____難しくない。
① さほど　② さんざん　③ よほど　④ 実に

11 これ以上遅くなると明日の仕事に_____ので、これで帰ります。
① さしせまる　② さしつかえる　③ さしかかる　④ さしひく

12 彼にもう少し_____があれば、成績も上がると思います。
① 根気　② 気心　③ 気分　④ 心地

13 このおもちゃは安いだけあって_____にできている。
① 悪　② 雑　③ 素　④ 易

14 その時期は雨期に_____ので、旅行には不向きだ。
① さしひく　② さしかかる　③ さしあがる　④ さしつかえる

14 課 語彙と例文

まず語彙の意味が分かるかどうかチェックして（□），次に例文で使い方を覚えましょう。

□さわる □さんび □しあがり □しあげ □しいて □しいる □しいれる

さわる	彼の言うことは、いちいち気に障る。夜ふかしは健康に障るぞ。
さんび	彼女の気高さを、皆が賛美した。
しあがり	料理長は、すべての料理の仕上がりをチェックする。
しあげ	あの大工さんの仕上げは、いつもきれいだ。
しいて	こんな雨なのだから、強いて出かけることはない。
しいる	近所の付き合いで、商店会の行事に寄付を強いられた。
しいれる	その日の朝に仕入れた新鮮な材料で、料理を作る。

□しかける □しきる □しくじる □しくみ □じざい □しじ □したごころ

しかける	明日の朝、早起きするため、目覚まし時計を仕掛けた。いたずらを仕掛ける。
しきる	今回のパーティーの進行を、彼が仕切る。部屋を二つに仕切って姉妹で使う。
しくじる	今度はしくじらないよう、準備を万全にして試験に臨んだ。
しくみ	世の中の仕組みには、ときどき納得のいかないところがある。
じざい	彼は新しい機械を自在に操る。
しじ	彼女の提案は、支持された。
したごころ	彼が急に親切になったのは、下心があるからに違いない。

□したじ □したしらべ □したどり □したび □シック □じっくり □しつけ □しとやか

したじ	彼女は下地ができていたので、上達が早かった。
したしらべ	今日の公開授業のため、入念な下調べをした。
したどり	古い自動車を下取りしてもらい、新車を少々安く買った。
したび	1時間の消火活動で、火はようやく下火になった。
シック	この部屋のインテリアはとてもシックだ。
じっくり	旅行の計画を友人とじっくり相談する。
しつけ	彼女はしつけの厳しい家庭で育った。
しとやか	あの人の歩き方は、しとやかで上品だ。

138

次の文の＿＿＿の部分に入れるのに最も適当なものを、①②③④から一つ選びなさい。

1　インフルエンザの流行も今月に入り、＿＿＿になってきた。
　　① 下劣　　　　　　② 下降　　　　　　③ 下火　　　　　　④ 下手

2　レース前に、マラソンコースを歩き、＿＿＿しておく。
　　① 調達　　　　　　② 調子　　　　　　③ 下取り　　　　　④ 下調べ

3　嫌なら＿＿＿参加することはない。
　　① 引いて　　　　　② 逆らって　　　　③ 追って　　　　　④ 強いて

4　車いすで＿＿＿に行き来できる町づくりが目標だ。
　　① 無害　　　　　　② 無休　　　　　　③ 自在　　　　　　④ 所持

5　毎晩、こんなに夜更かしをしていると、体に＿＿＿ます。
　　① 与え　　　　　　② 陰り　　　　　　③ 抜け　　　　　　④ 障り

6　彼女のボランティア精神は＿＿＿されるべきだ。
　　① 優美　　　　　　② 褒美　　　　　　③ 賛美　　　　　　④ 甘美

7　彼女は＿＿＿な娘さんだと、近所でも評判だ。
　　① しとやか　　　　② かすか　　　　　③ 厳そか　　　　　④ わずか

8　この件については、＿＿＿と腰を落ちつけて話し合いましょう。
　　① きっぱり　　　　② あっさり　　　　③ がっしり　　　　④ じっくり

9　商品を問屋から＿＿＿。
　　① 仕出す　　　　　② 仕入れる　　　　③ 仕済ます　　　　④ 仕上げる

10　あなたの＿＿＿する政党はどこですか。
　　① 所持　　　　　　② 維持　　　　　　③ 持参　　　　　　④ 支持

11　その選手は勝ち越しのシュートを＿＿＿しまった。
　　① しくじって　　　② しつけて　　　　③ したがって　　　④ しずまって

12　ここから＿＿＿の工程に入ります。
　　① 完全　　　　　　② 上納　　　　　　③ 上でき　　　　　④ 仕上げ

13　新車を購入するなら、今の車を＿＿＿してくれるそうだ。
　　① 商売　　　　　　② 仕上げ　　　　　③ 下取り　　　　　④ 扱い

14　時計はこのような＿＿＿で動く。
　　① 実用　　　　　　② 仕組み　　　　　③ 作業　　　　　　④ 工作

15課 語彙と例文

まず語彙の意味が分かるかどうかチェックして（□），次に例文で使い方を覚えましょう。

□しなびる □しなやか □しのぐ □しぶい □しぶとい □しみる □しめい □しや

しなびる	水をやり忘れたので、花がしなびてしまった。
しなやか	体操選手の体は、とてもしなやかだ。
しのぐ	輸出の増加は、円安当時をしのぐ勢いだ。
しぶい	このお茶は渋すぎる。彼女は若いわりに、洋服の好みが渋い。
しぶとい	彼はしぶとい打者なので、ここでヒットを打つかもしれない。
しみる	寒さが厳しく、骨身にしみる。Ｔシャツの背中に汗がしみ出ている。
しめい	与えられた使命を実行する。
しや	視力が落ちていなくても、視野が狭まったのなら、眼科で受診したほうがよい。

□じゃっかん □ジャンル □しゅうし □しゅうちゃく □じゅうらい □しゅくめい □しゅっせ

じゃっかん	予算が若干余ったので、新しいテレビを買った。
ジャンル	本棚の本をジャンル別に整理してください。
しゅうし	彼の言い分は終始一貫していた。
しゅうちゃく	父はこの土地に執着しているので、引っ越すことはないだろう。
じゅうらい	従来どおりのやり方には限界がある。
しゅくめい	何をやっても失敗ばかり、これが宿命なのだろうか。
しゅっせ	彼は確実に出世するだろう。

□じゅんじる □しよう □じょう □しょうする □しょざい □しょじ □しょっちゅう

じゅんじる	この場合は、今までの規則に準じて処罰するしかない。
しよう	もはやどうにもしようがなかった。箱の中にやり方の書かれた仕様書がある。
じょう	私は二人の情にうたれ、協力を申し出た。
しょうする	あの人は、自分を完ぺき主義者と称している。
しょざい	宮城県の県庁所在地は仙台だ。
しょじ	彼はいつもパスポートを所持している。
しょっちゅう	彼は、しょっちゅう遅刻してくる。

次の文の＿＿＿＿の部分に入れるのに最も適当なものを、①②③④から一つ選びなさい。

1　あの人はあまりに＿＿＿＿が早く、エリートコースを走っている、と言われている。
　　① 出世　　　　　② 出納　　　　　③ 出身　　　　　④ 出現

2　彼は＿＿＿＿にもろく、泣きつかれると嫌といえない。
　　① 気　　　　　　② 感　　　　　　③ 心　　　　　　④ 情

3　あの人は＿＿＿＿が狭いので、相談相手としてふさわしくない。
　　① 視力　　　　　② 重視　　　　　③ 視点　　　　　④ 視野

4　彼の考え方には＿＿＿＿、封建的なところがある。
　　① 適度　　　　　② 若干　　　　　③ 万一　　　　　④ 約

5　まわりの人の優しさが身に＿＿＿＿、思わず泣いてしまった。
　　① 浸って　　　　② しみて　　　　③ 通って　　　　④ 入って

6　病気と＿＿＿＿、会議を欠席する。
　　① 命じて　　　　② 称して　　　　③ 導いて　　　　④ 指して

7　姉の婚約者が気に入らないのか、父はずっと＿＿＿＿顔をしている。
　　① まずしい　　　② このましい　　③ 渋い　　　　　④ みすぼらしい

8　彼は食事の間、＿＿＿＿ニコニコしていた。
　　① あらかじめ　　② 最中　　　　　③ ただちに　　　④ 終始

9　ここまできてもあきらめないなんて、彼は本当に＿＿＿＿。
　　① すばしこい　　② だるい　　　　③ むなしい　　　④ しぶとい

10　ピアニストの指は鍵盤の上を＿＿＿＿に動く。
　　① しなやか　　　② のんき　　　　③ みょう　　　　④ うつろ

11　彼らは＿＿＿＿けんかしている。
　　① まもなく　　　② しょっちゅう　③ かつて　　　　④ ごく

12　高校生の料金は、大人に＿＿＿＿徴収してよい。
　　① かけて　　　　② 準じて　　　　③ 至って　　　　④ わたって

13　＿＿＿＿どおり、パートの人は9時までに出勤してください。
　　① 従順　　　　　② 従来　　　　　③ 以来　　　　　④ 往来

14　身分証明書を＿＿＿＿していないと、中には入れない。
　　① 包帯　　　　　② 所持　　　　　③ 持続　　　　　④ 維持

16課 語彙と例文

まず語彙の意味が分かるかどうかチェックして（□），次に例文で使い方を覚えましょう。

□しょゆう □しんそう □じんそく □しんにん □しんぼう □すえる □すがすがしい

しょゆう	彼がこの土地の**所有**者だ。
しんそう	**真相**が明らかになるまで、事件の調査は続いた。
じんそく	客の苦情を**迅速**に処理する。
しんにん	彼を会長に**信任**する。
しんぼう	長年**辛抱**してきたが、やっと新しいアパートに移ることができた。
すえる	人形を台座に**据え**て飾った。背中の痛い所にきゅうを**据え**た。
すがすがしい	高原の風と空気は**すがすがしい**。

□すくう □すこやか □すすぐ □すそ □すたれる □ストレス □すばしこい □すばやい

すくう	縁日の屋台で金魚を**すくう**。
すこやか	あの家の子どもたちは、皆**健やか**に育っている。身も心も**健やか**でありたい。
すすぐ	彼は、努力して過去の汚名を**すすい**だ。丁寧に**すすぎ**洗いをする。
すそ	スカート丈が長いので、5センチメートルくらい**裾**を上げた。
すたれる	最近の流行は、すぐに**廃れ**る。
ストレス	新しいお店の売り上げが伸びず、**ストレス**がたまる一方だ。
すばしこい	泥棒は**すばしこく**て、逃げ足が早かった。
すばやい	あの選手の攻撃はとても**素早**い。

□ずばり □ずぶぬれ □すみやかに □ずらっと □ずるずる □すれちがい □すんなり

ずばり	あいまいな意見が多い中で、彼だけが**ずばり**と答えを出した。
ずぶぬれ	途中で川に落ちてしまい、子犬は**ずぶぬれ**だ。
すみやかに	この件に関しては、**速やか**に対策を立てる必要がある。
ずらっと	あの店には、新商品が**ずらっと**並んでいる。
ずるずる	あやふやな態度で、返事を**ずるずる**と引き延ばす。
すれちがい	山登りの時は、知らない人同士でも、**すれ違い**ざまに声をかけあう。
すんなり	彼女は、手足が**すんなり**として背が高い。事件は**すんなり**と解決した。

次の文の＿＿＿＿の部分に入れるのに最も適当なものを、①②③④から一つ選びなさい。

1 帰らなくてはいけないのに、いつまでも＿＿＿＿と居続けている。
　　① ずるずる　　　　② ぐるぐる　　　　③ するする　　　　④ くるくる

2 両手で泉の水を＿＿＿＿飲む。
　　① いれて　　　　　② ひろって　　　　③ しまって　　　　④ すくって

3 今回の役員選出は＿＿＿＿とはいかなかった。
　　① すんなり　　　　② たっぷり　　　　③ ぼんやり　　　　④ つまり

4 いたずら猫は＿＿＿＿ので、なかなか捕まらない。
　　① おさない　　　　② にぶい　　　　　③ こころよい　　　④ すばしこい

5 彼女の意見はいつも、＿＿＿＿痛い所をつく。
　　① がぶり　　　　　② さっぱり　　　　③ ずばり　　　　　④ すっぱり

6 霧が濃くなってきたので、＿＿＿＿下山した方がよい。
　　① 朗らかに　　　　② 鮮やかに　　　　③ 速やかに　　　　④ のんきに

7 手品師は＿＿＿＿トランプを切った。
　　① 実早く　　　　　② 激早く　　　　　③ 急早く　　　　　④ 素早く

8 心も体も＿＿＿＿なことが、子どもたちにとって大切だ。
　　① きらびやか　　　② 健やか　　　　　③ 鮮やか　　　　　④ 速やか

9 帰り際に夕立にあって、＿＿＿＿になってしまった。
　　① すぐぬれ　　　　② ぜんぬれ　　　　③ ぐずぬれ　　　　④ ずぶぬれ

10 事件の＿＿＿＿はだれも知らない。
　　① 実質　　　　　　② 元来　　　　　　③ 真相　　　　　　④ 本気

11 私とあの人の意見はいつも＿＿＿＿だ。
　　① 両立　　　　　　② すれ違い　　　　③ 交差　　　　　　④ 通り過ぎ

12 晴れているうちに、早く洗濯物を＿＿＿＿干しなさい。
　　① すすいで　　　　② さわって　　　　③ すすって　　　　④ さすって

13 若者が老人に席を譲る＿＿＿＿光景を目にした。
　　① うっとうしい　　② ずうずうしい　　③ いたいたしい　　④ すがすがしい

14 現代は＿＿＿＿が原因の病気にかかる人がたくさんいる。
　　① センス　　　　　② ストレス　　　　③ ノイローゼ　　　④ フォーム

143

17課 語彙と例文

まず語彙の意味が分かるかどうかチェックして（□），次に例文で使い方を覚えましょう。

せいか	彼は営業の仕事で**成果**を収めた。
せいぜん	棚の上に、植木鉢が**整然**と並んでいる。
せいとう	彼の言い分は**正当**だ。
せいめい	その小国の指導者は、内外に緊急**声明**を発表した。
せかす	すぐに出発しますから、そう**急かさ**ないでください。
せじ	彼はだれにでもお**世辞**を言う。
ぜせい	不公平な給与体系の**是正**をする。

せつじつ	今年の夏の水不足は**切実**だ。
せつない	卒業して友達と離ればなれになるのは**切**ない。
センス	彼女は洋服の**センス**がよい。
ぜんてい	全員参加を**前提**に旅行の計画を立てる。
そっぽ	けんかした後、妹は呼んでも**そっぽ**を向いて返事をしなかった。
そびえる	富士山は他のどの山よりも高く**そびえ**ている。
そらす	事故の悲惨さに思わず目を**そらし**た。
そる	材木は乾燥させないと、あとで床板などが**反る**。

ぞんざい	**ぞんざい**な受け答えをすると、その人自身の印象を悪くします。
たいしょ	相手が大物なので、**対処**を間違えると責任問題にもなりかねない。
だいなし	楽しみにしていたキャンプも、雨で**台無し**になった。
タイミング	いつ頼みごとを切りだそうかと**タイミング**を見計らっている。
たくましい	ひ弱だった彼も、苦労してからすっかり**たくましく**なった。
たくみ	漁師は、**巧み**に網を操って魚を追い込んでいく。
たずさわる	この仕事に**携わる**のが私の小さい時からの夢でした。

次の文の_____の部分に入れるのに最も適当なものを、①②③④から一つ選びなさい。

1 _____精神力で困難を乗り越えた。
 ① たくましい ② 空しい   ③ だらしない ④ 苦い

2 彼は自分が不利になると話を_____。
 ① そらす   ② 外す   ③ 除く   ④ 隔てる

3 卵がS、M、Lと、規格別に_____と分けられていく。
 ① 整然   ② 公式   ③ 正当   ④ 良識

4 彼はユーモアの_____がある。
 ① マーク   ② フォーム ③ センス   ④ レッスン

5 言葉_____に人を笑わせる。
 ① 足りる   ② 扱い   ③ 頼み   ④ 巧み

6 その問題の_____の仕方は間違っている。
 ① 応接   ② 相応   ③ 対処   ④ 対面

7 練習の_____を発揮して、素晴らしい舞台にしてください。
 ① 蓄え   ② 有効   ③ 成果   ④ 効能

8 母は毎朝「遅刻するわよ」と言って私を_____。
 ① 導く   ② 急かす   ③ 訴える   ④ 率いる

9 大学を出てすぐ教師となり、以来ずっと教育に_____いる。
 ① 営んで   ② 携わって ③ 支えて   ④ 扱って

10 _____よくバスが来たので、私は雨にあわずにすんだ。
 ① タイミング ② トレーニング ③ ランニング ④ カンニング

11 ゴミ問題は、私たちの生活に_____にかかわってくる。
 ① 深交   ② 強行   ③ 切実   ④ 実況

12 首脳会談が終わり、共同_____が出された。
 ① 声明   ② 面接   ③ 会見   ④ 発声

13 不平等の_____を急ぐ必要がある。
 ① 正義   ② 是正   ③ 革命   ④ 改良

14 駅の周辺は高層ビル群が_____いる。
 ① 注いで   ② 反って   ③ そらして ④ そびえて

18課 語彙と例文

まず語彙の意味が分かるかどうかチェックして（□），次に例文で使い方を覚えましょう。

□たっせい □たてまえ □たどる □たばねる □だぶだぶ □たもつ □たやすい □たよう

たっせい	売り上げの目標を**達成**する。
たてまえ	商人は、お客さま第一を**建前**としている。本音と**建前**は別だ。
たどる	歴史を**たどって**、ことばの意味の変化を知る。
たばねる	洗った髪を一つに**束ねる**。
だぶだぶ	今の若者のあいだでは、**だぶだぶ**のズボンが流行している。
たもつ	安定した生活を**保つ**ためには、最低限の収入が必要だ。
たやすい	彼の技術があれば、1日で仕上げるのは**たやすい**。
たよう	日本でも、雇用形態は**多様**になってきた。

□だるい □たるむ □たんいつ □ちゃくもく □ちやほや □ちゅうこく □ちゅうしょう

だるい	月曜の朝は、少し体が**だるい**ように思う。
たるむ	大きな仕事を一つ片づけたら、気が**たるん**でしまった。
たんいつ	**単一**民族から成る国家は数少ない。
ちゃくもく	**着目**すべき点を間違えると、問題が思わぬ方向へ進んでしまう。
ちやほや	田中さんは一人っ子なので、**ちやほや**されて育った。
ちゅうこく	あの時、君の**忠告**がなければ、今頃私はどうなっていたかわからない。
ちゅうしょう	そんな噂は、私を陥れるための**中傷**にすぎない。

□ちょうほう □ちょくちょく □ちらっと □ついやす □つうせつ □つかのま □つきなみ

ちょうほう	彼女はよく気がつくので、皆から**重宝**されている。
ちょくちょく	彼は**ちょくちょく**この店にくるので、近いうちに会えると思う。
ちらっと	電車の中で**ちらっと**見ただけなので、よく覚えていない。
ついやす	彼女は、一日のほとんどを読書に**費やす**。
つうせつ	挑戦者はチャンピオンに敗れて、力の差を**痛切**に実感した。
つかのま	彼は、**束の間**の休暇を思いっきり楽しんだ。
つきなみ	企画会議は長時間に及んだが、**月並み**な案しか出なかった。

次の文の＿＿＿＿の部分に入れるのに最も適当なものを、①②③④から一つ選びなさい。

1　ヨーロッパの国々は＿＿＿＿通貨ユーロを導入しようとしている。

　　① 単純　　　　　② 単一　　　　　③ 孤独　　　　　④ 一様

2　＿＿＿＿ではありますが、心からおめでとうと申し上げます。

　　① 月並み　　　　② 人並み　　　　③ 家並み　　　　④ 世間並み

3　運動不足のせいでお腹が＿＿＿＿きた。

　　① ゆるんで　　　② たるんで　　　③ しなびれて　　④ へこんで

4　立ち枯れた木々を見て、自然保護の大切さを＿＿＿＿に感じた。

　　① 頭痛　　　　　② 痛切　　　　　③ 痛快　　　　　④ 痛感

5　姉のおさがりの服は、私には大きく、いつも＿＿＿＿だった。

　　① だぶだぶ　　　② べらべら　　　③ がんがん　　　④ びくびく

6　いつまでも若さを＿＿＿＿秘けつは、くよくよ考えないことです。

　　① 浴びる　　　　② 保つ　　　　　③ 占める　　　　④ 持つ

7　＿＿＿＿目を通しただけで、彼はすぐに内容を理解した。

　　① ふらっと　　　② ちらっと　　　③ ぐらっと　　　④ すらっと

8　＿＿＿＿ように見えても、実際にやってみるとなかなか難しいものです。

　　① いちじるしい　② たやすい　　　③ はげしい　　　④ するどい

9　農家の人が＿＿＿＿、とれたての野菜を持って来てくれるのでありがたい。

　　① ちょくちょく　② ちゃくちゃく　③ ぽつぽつ　　　④ ぼつぼつ

10　くだらない＿＿＿＿が、どんなに彼を悩ませているか考えてみたまえ。

　　① 中断　　　　　② 中傷　　　　　③ 中肉　　　　　④ 中枢

11　結局、作家はその小説を仕上げるのに５年の歳月を＿＿＿＿ことになった。

　　① 招く　　　　　② 催す　　　　　③ 含む　　　　　④ 費やす

12　思いもかけなかった人が親切に＿＿＿＿してくれて、私はとても感激しました。

　　① 布告　　　　　② 広告　　　　　③ 告訴　　　　　④ 忠告

13　部下に＿＿＿＿されるのは、悪い気がしない。

　　① ほかほか　　　② ぼんやり　　　③ ちやほや　　　④ がむしゃら

14　ここのところ残業が多かったので、少し体が＿＿＿＿。

　　① だるい　　　　② 軽い　　　　　③ かゆい　　　　④ あらい

まず語彙の意味が分かるかどうかチェックして（□），次に例文で使い方を覚えましょう。

□つきる □つくす □つくづく □つげる □つじつま □つつしむ □つっぱる

つきる	がむしゃらに働いてばかりいると、体力が尽きてしまう。
つくす	全力を尽くして戦ったが、いま一歩及ばなかった。
つくづく	つくづく会社が嫌になった。
つげる	別れを告げる場面は、涙を誘われる。
つじつま	この小説は前半と後半で矛盾があり、話のつじつまが合わない。
つつしむ	失礼にならないよう言葉を謹む。
つっぱる	そんなに最後まで突っ張るのなら、もう勝手にしなさい。

□つとめて □つねる □つのる □つぶやく □つぶらな □つぶる □つまむ

つとめて	複雑な話を、努めて簡単に伝えようとした。
つねる	彼はあまりのうれしさに、夢ではないかと自分のほおをつねってみた。
つのる	交通安全の標語を、広く一般から募ることにした。
つぶやく	独り暮らしを始めてから、老人はしょっちゅう何かつぶやくようになった。
つぶらな	子どものつぶらな瞳を見ていると、心がなごむ。
つぶる	顔の前で手を叩かれると、人は思わず目をつぶる。
つまむ	どうぞ手でつまんで食べてください。

□つらなる □つらぬく □つらねる □てあて □ていぎ □ていけい □ていさい □ておくれ

つらなる	国境近くに山々が連なっていた。
つらぬく	初志を貫いて、目的の大学に入った。
つらねる	修学旅行の一行は、5台のバスを連ねて出発した。
てあて	給料には家族手当や住宅手当が含まれている。
ていぎ	美しさの定義は、人それぞれ違うものです。
ていけい	関連企業との提携が、唯一残された会社再建の道です。
ていさい	パーティの会場を体裁よく飾る。
ておくれ	医者に見せた時には、病気はかなり進行していて、もはや手遅れだった。

次の文の＿＿＿＿の部分に入れるのに最も適当なものを、①②③④から一つ選びなさい。

1　少々のことには目を＿＿＿＿好きなようにさせておく方が、子どもはのびのびと育つ。

① つないで　　　② つって　　　③ つぶって　　　④ 包んで

2　働かないで使うばかりでは貯金も＿＿＿＿。

① 免れる　　　② 尽きる　　　③ 迫る　　　④ 避ける

3　お腹がすいていたので、彼はあっという間に二人前を食べ＿＿＿＿。

① 込んだ　　　② 尽くした　　　③ かけた　　　④ 合わせた

4　津波の危険性があるなら、すぐに住民に＿＿＿＿べきだ。

① 告げる　　　② 導く　　　③ 執る　　　④ 報いる

5　この本は、＿＿＿＿はよいが、中身はお粗末だ。

① 世間体　　　② 体形　　　③ 本体　　　④ 体裁

6　彼の傷は、＿＿＿＿のかいがあってどんどん回復した。

① 手際　　　② 手当　　　③ 手数　　　④ 手本

7　何年も故郷を離れていれば、なつかしさが＿＿＿＿のも無理はありません。

① つぶる　　　② つづる　　　③ 積もる　　　④ 募る

8　この世の中で、いつも自分の意志を＿＿＿＿というのは大変なことだ。

① 押す　　　② 貫く　　　③ 抜く　　　④ 出す

9　にぎりずしは、はしを使わずに手で＿＿＿＿食べてもよい。

① つまんで　　　② つぶって　　　③ 使って　　　④ 包んで

10　煮物をしているのをすっかり忘れ、気がついた時はもう＿＿＿＿でまっ黒になっていた。

① 手不足　　　② 手放し　　　③ 手遅れ　　　④ 手引き

11　運動不足だったのに、いきなり山歩きをしたので足がとても＿＿＿＿。

① 突っ伏す　　　② 突っ立つ　　　③ 突っ放す　　　④ 突っ張る

12　彼女はそうそうたるメンバーの中に、名を＿＿＿＿いた。

① 携えて　　　② 伴って　　　③ 供えて　　　④ 連ねて

13　＿＿＿＿眺めると、この絵もなかなか素晴らしい趣がある。

① がんがん　　　② つくづく　　　③ ちやほや　　　④ くすくす

14　彼は＿＿＿＿平静を保つようにした。

① 招いて　　　② 迎えて　　　③ 企てて　　　④ 努めて

20 課 語彙と例文

まず語彙の意味が分かるかどうかチェックして（□），次に例文で使い方を覚えましょう。

□てがかり □てがける □てかず □てがる □てきぎ □てぎわ □でくわす

てがかり	犯人逮捕の**手**がかりを、一般市民からの情報によって得た。
てがける	彼が**手掛**けた仕事のほとんどは、人々の高い評価を得ている。
てかず	忙しいので、あまり**手数**がかかる料理は作れなかった。
てがる	朝は、時間がないので、パンとコーヒーで**手軽**に食事を済ませる。
てきぎ	この料理は、仕上げにパセリを**適宜**散らすと良いだろう。
てぎわ	彼は**手際**よく魚を料理した。
でくわす	こんな所であなたと**でくわす**なんて、思いもよらなかった。

□てじゅん □てぢか □てっきり □てっする □でなおし □てはい □てはず

てじゅん	作業に入るまえに**手順**を確認しておく。
てぢか	彼は自分の**手近**にあった灰皿を差し出した。
てっきり	**てっきり**あなたの上司だと思い挨拶したが、どうも人違いだったようだ。
てっする	彼らは、夜を**徹**して、翌日の会議の資料を準備した。
でなおし	人材が集まらないので、計画は最初から**出直**しになった。
てはい	事件の容疑者が、今夜、指名**手配**された。
てはず	**手**はず通りなら、彼はもう到着している頃だ。

□てほん □てまわし □てもと □てんじる □てんで □といあわせる □とう〜 □どうかん

てほん	まず**手本**を見せますから、後から自分でやってみてください。
てまわし	司会者の**手回**しがよかったので、式は順調に進んだ。
てもと	今あなたの**手元**にある印鑑をお借りしたいのですが。
てんじる	ドラマでは、急に場面が**転**じて10年後になることがある。
てんで	彼女は**てんで**作法を知らないので困る。
といあわせる	電話で商品について**問い合**わせる。
とう〜	**当**社のキャッチフレーズはざん新なものにしたい。
どうかん	記事を読んで、著者の主張には**同感**できるところが多々あった。

次の文の_____の部分に入れるのに最も適当なものを、①②③④から一つ選びなさい。

1 彼の意見には私も_____です。
　① 同様　　　　　② 同感　　　　　③ 同情　　　　　④ 同気

2 彼女は非常に_____よく料理を作った。
　① 手軽　　　　　② 手際　　　　　③ 手数　　　　　④ 手口

3 事故の処理は夜を_____行われた。
　① 徹して　　　　② 送って　　　　③ 明けて　　　　④ 見通して

4 彼は実に_____よくその作業を進めた。
　① 手間　　　　　② 手数　　　　　③ 手順　　　　　④ 手口

5 春は、冬眠から覚めた熊に_____可能性が高いので、気をつけてください。
　① でっぱる　　　② でかける　　　③ できあがる　　④ でくわす

6 _____ホテルでは、ただいまブライダルフェアを開催しています。
　① 我　　　　　　② 当　　　　　　③ 私　　　　　　④ 自

7 折りたたみ自転車は、車に乗せてどこへでも_____に持ち運べる。
　① 手薄　　　　　② 手近　　　　　③ 手狭　　　　　④ 手軽

8 私は_____あなたがお姉さんだと思っていましたが、妹さんだったのですね。
　① すっきり　　　② やっぱり　　　③ きっぱり　　　④ てっきり

9 _____は整ったので、あとは待つだけだ。
　① 手すき　　　　② 手はず　　　　③ 手ごろ　　　　④ 手数

10 その荷物が間違いなく届くよう_____してください。
　① 手配　　　　　② 手順　　　　　③ 手際　　　　　④ 手口

11 皆さん、お_____の資料をご覧ください。
　① 手頃　　　　　② 手順　　　　　③ 手元　　　　　④ 手配

12 小さな子どもにとっては、親が何よりの_____だ。
　① 見本　　　　　② 完本　　　　　③ 原本　　　　　④ 手本

13 編集者として初めて_____のが、この本だ。
　① 手慣れた　　　② 手掛けた　　　③ 手なづけた　　④ 手招きした

14 その日に宿泊できるかどうか電話で_____。
　① 問いつめる　　② 問い合わせる　③ 問いただす　　④ 問い返す

21課 語彙と例文

まず語彙の意味が分かるかどうかチェックして（□），次に例文で使い方を覚えましょう。

□とうてい □どうとう □どうどう □どうにか □どうやら □とおざかる □とかく

とうてい	これだけ点差をつけられては、**とうてい**勝てないだろう。
どうとう	私は、生徒達を全員**同等**に扱っているつもりだ。
どうどう	意見を発表する間、**堂々**とした態度をくずさないようにした。
どうにか	**どうにか**彼はこの窮地を切り抜けた。
どうやら	**どうやら**雨も上がったようだから、外に出掛けよう。
とおざかる	汽笛がだんだんと**遠ざかる**。
とかく	12月は**とかく**忙しくて、おちつかない。

□とがめる □ときおり □とぎれる □どくじ □とげる □とだえる □とっさに □とつじょ

とがめる	彼は理由もなく人を**とがめる**ことはしない。
ときおり	**時折**彼はこの家にやってくる。
とぎれる	話が**とぎれて**気まずい沈黙の時間が流れた。
どくじ	**独自**の製品を開発しないと、会社の業績は上がらないだろう。
とげる	彼は獣医になるという目的を**遂げた**。
とだえる	犯人の足どりはここで**途絶えて**いる。
とっさに	地震が起こった時、私は**とっさに**ガスの火を消した。
とつじょ	**突如**彼は席を立ち、そのまま教室から出て行った。

□とどこおる □ととのえる □となえる □とぼける □とぼしい □ドライ □トラブル

とどこおる	朝・夕のラッシュ時は、車の流れが**滞る**。
ととのえる	彼女はデートの前に、服装をもう一度**整えた**。
となえる	彼はこの説を**唱えた**最初の人だ。
とぼける	自分の立場が悪くなると、父はすぐ**とぼける**。
とぼしい	もう三ヵ月も失業中なので、貯金が**乏しく**なってきた。
ドライ	娘は**ドライ**な性格だと思われているが、本当はあれで涙もろい。
トラブル	お客さまとの**トラブル**は絶対避けてください。

次の文の＿＿＿＿の部分に入れるのに最も適当なものを、①②③④から一つ選びなさい。

1　実社会に出ると、学問から＿＿＿＿人が多い。

① 遠のり　　　　② 遠ざかる　　　③ 遠からず　　　④ 遠まわし

2　＿＿＿＿戦う姿は、りっぱだった。

① 堂々と　　　　② のんきに　　　③ みじめに　　　④ とうとうと

3　＿＿＿＿世間の風は冷たいものですが、思いやる気持ちを忘れずにいましょう。

① せっかく　　　② かかく　　　　③ いかく　　　　④ とかく

4　これ以上風が強くなると戸がはずれそうです。＿＿＿＿してください。

① どうも　　　　② どうせ　　　　③ どうに　　　　④ どうにか

5　彼は＿＿＿＿本当のことを言わない。

① はげて　　　　② とがって　　　③ とぎれて　　　④ とぼけて

6　友人間のお金の貸し借りは＿＿＿＿のもとだ。

① トラブル　　　② トランプ　　　③ トランペット　④ ドラマ

7　目的を＿＿＿＿ためなら、いかなる努力も惜しまない。

① 通す　　　　　② 届ける　　　　③ 遂げる　　　　④ 極める

8　さ細なミスをいちいち＿＿＿＿気はないが、これからはもっと注意してください。

① とがめる　　　② まるめる　　　③ やすめる　　　④ もとめる

9　知識が＿＿＿＿ので詳しいことはわからない。

① 乏しい　　　　② 貧しい　　　　③ 軽い　　　　　④ 薄い

10　＿＿＿＿追いつけっこないのだから、ゆっくり行こう。

① こんてい　　　② だんてい　　　③ さいてい　　　④ とうてい

11　パーティーのために、いろいろ準備を＿＿＿＿。

① 整える　　　　② 果たす　　　　③ 迎える　　　　④ 納める

12　この素晴らしい伝統工芸が＿＿＿＿ことのないように受け継いでいく。

① 途絶える　　　② 裂く　　　　　③ 断わる　　　　④ 遮る

13　両チームは力が＿＿＿＿だから、どちらが勝ってもおかしくない。

① 等分　　　　　② 平等　　　　　③ 同等　　　　　④ 同位

14　彼はとても＿＿＿＿な性格なので、感情を表に出さない。

① ストレート　　② ハード　　　　③ ハンサム　　　④ ドライ

22課 語彙と例文

まず語彙の意味が分かるかどうかチェックして（□），次に例文で使い方を覚えましょう。

□とりあえず □とりわけ □とろける □どわすれ □とんだ □ないし □ないしょ

とりあえず	母が入院したとの知らせに、とるものもとりあえず病院に駆けつけた。
とりわけ	素晴らしい作品ばかりだったが、とりわけ彼女の絵は際立っていた。
とろける	最高級のフランス料理を食べて、舌がとろけそうだった。
どわすれ	先生の名前を度忘れして恥をかいた。
とんだ	交通事故で人を死なせるなんて、とんだことをしてしまった。
ないし	英語を学ぶために、アメリカないしイギリスに行きたい。
ないしょ	花びんを割ってしまったことを、父には内緒にしておいた。

□ないしん □なおさら □なげく □なげだす □なごやか □なごり □なさけ □なさけない

ないしん	間に合ったから良かったものの、内心冷や冷やした。
なおさら	熱があるのならなおさらのこと、旅行は中止した方がいい。
なげく	母は、息子が勉強しないで遊んでばかりいると嘆いた。
なげだす	練習がつらくて、途中で投げ出してしまった。
なごやか	お茶を飲みながら和やかに語り合った。
なごり	冬のなごりの雪が、まだあちこちに見えた。
なさけ	人の情けにすがるのもよいが、自分の努力が肝心だ。
なさけない	こんなやさしい漢字も書けないなんて、情けない。

□なさけぶかい □なじる □なだかい □なつく □なにげない □なにとぞ □なにより

なさけぶかい	情け深い人が、捨てられた子猫を拾って育ててくれた。
なじる	他人の失敗をなじるだけでは、問題は解決しない。
なだかい	この村はブドウの産地として名高い。
なつく	犬好きの山田さんにはどんな犬でもよくなつく。
なにげない	何気なく口にした一言が人を傷つけることもある。
なにとぞ	契約の件は、なにとぞよろしくお願いします。
なにより	健康には睡眠が何よりだ。漫画が何より好きだ。

次の文の＿＿＿の部分に入れるのに最も適当なものを、①②③④から一つ選びなさい。

1 新型の特急列車には、2台＿＿＿3台のグリーン車がついている。
　　① つまり　　　　② なお　　　　　③ すると　　　　④ ないし

2 私の不注意な一言で、＿＿＿騒ぎになり申し訳ありません。
　　① とたん　　　　② とんだ　　　　③ とんでも　　　④ どたんば

3 ＿＿＿今日のところはこれで終わります。
　　① かつて　　　　② まず　　　　　③ ろくに　　　　④ とりあえず

4 そんな薄着で通院したら、風邪が＿＿＿悪化するぞ。
　　① そのくせ　　　② なおさら　　　③ ないし　　　　④ よって

5 割ったガラスは必ず弁償しますから、＿＿＿お許しください。
　　① 何より　　　　② なにやら　　　③ なにしろ　　　④ なにとぞ

6 テストであまりにも＿＿＿成績を取り、悲しくなった。
　　① ふさわしい　　② ややこしい　　③ すばしこい　　④ 情けない

7 カードの暗証番号を＿＿＿してしまい、お金を引き出せなかった。
　　① 忘れっぽい　　② 忘れ形見　　　③ 度忘れ　　　　④ 忘れ物

8 まだ正式の発表ではないので、＿＿＿にしておいてください。
　　① 黙秘　　　　　② 内緒　　　　　③ 納入　　　　　④ 静止

9 大丈夫だとは思ったが、＿＿＿とても心配した。
　　① 内容　　　　　② 内心　　　　　③ 内気　　　　　④ 内服

10 ＿＿＿な雰囲気で、会は楽しく進行した。
　　① 和やか　　　　② ささやか　　　③ 冷やか　　　　④ ゆるやか

11 山田さんちの猫は、だれにでもよく＿＿＿。
　　① 歩く　　　　　② なつく　　　　③ たたく　　　　④ かぐ

12 本の中でも＿＿＿歴史小説が好きだ。
　　① わざわざ　　　② もろに　　　　③ もはや　　　　④ とりわけ

13 アイスクリームが＿＿＿好きで、デザートに必ず食べる。
　　① なにも　　　　② 何か　　　　　③ 何より　　　　④ なにとぞ

14 自分の身にふりかかった不運を＿＿＿悲しんだ。
　　① 嘆き　　　　　② うぬぼれ　　　③ なじり　　　　④ 仰ぎ

23課 語彙と例文

まず語彙の意味が分かるかどうかチェックして（□），次に例文で使い方を覚えましょう。

□なまぐさい □なまぬるい □なまみ □なめる □ならびに □なりたつ □なれなれしい

なまぐさい	料理した後、魚の生臭いにおいが消えない。
なまぬるい	真夏の太陽に温められて、海の水は生ぬるくなっていた。
なまみ	生身の人間だから涙も流すし、興奮して熱くもなる。
なめる	ネコは体をなめて傷を治す。試験をなめてかかったら、0点を取ってしまった。
ならびに	裁判官、検事並びに弁護士は、司法試験に合格しなければなれない。
なりたつ	みんなが法律を守らなければ、社会は成り立たない。
なれなれしい	一度お茶を飲んだだけなのに、恋人のようになれなれしい態度をとる。

□なんだかんだ □なんなり □にかよう □にぎわう □にげだす □にじむ □にせもの

なんだかんだ	学校を卒業してから、なんだかんだで20年になる。
なんなり	困ったら、どうぞ遠慮せずになんなりと相談してください。
にかよう	あの二人は、姉妹のように顔が似通っている。
にぎわう	年末の大売り出しで、デパートはにぎわっていた。
にげだす	困難にぶつかって逃げ出していては何も解決しない。
にじむ	一生懸命働く父の額には、汗がにじんでいた。
にせもの	だまされて、にせものの絵を買わされた。

□になう □にゅうしゅ □にんじょう □にんめい □ぬけだす □ね □ねいろ □ねうち

になう	彼は、次の時代を担う有能な人材だ。
にゅうしゅ	マイケル・ジャクソンのコンサートの切符は、入手が困難だ。
にんじょう	彼は人情が厚いので、困った時は頼りになる。
にんめい	開発チームのリーダーに任命されて、責任の重さを感じた。
ぬけだす	経済は、いよいよ不況を抜け出して、好況の局面に入った。
ね	静かな夜、だれかが吹く笛の音が聞こえてきた。つらい練習に音を上げた。
ねいろ	バイオリンの音色にはどこかさびしさがある。
ねうち	これは古い品だが、こっとう品としての値打ちはない。

次の文の＿＿＿の部分に入れるのに最も適当なものを、①②③④から一つ選びなさい。

1　傷がひどく、シャツに血が＿＿＿いる。
　　① にじんで　　　② 漂って　　　　③ 束ねて　　　　④ かかわって

2　彼女も私も末っ子なので、性格的に＿＿＿ところがある。
　　① 似通った　　　② 類似の　　　　③ 同類な　　　　④ 同種の

3　原田氏をフランス大使に＿＿＿する。
　　① 指図　　　　　② 任命　　　　　③ 命令　　　　　④ 指令

4　一度失敗したくらいで＿＿＿を上げるようでは成功は望めない。
　　① 涙　　　　　　② 怒　　　　　　③ 音　　　　　　④ 声

5　本物と＿＿＿を見分けるには、物を見る目が必要だ。
　　① にせもの　　　② よそもの　　　③ わるもの　　　④ あわてもの

6　＿＿＿言っても二人は仲良しだ。
　　① なんとか　　　② なんだかんだ　③ おのおの　　　④ さまざま

7　＿＿＿では火に耐えられないので、消防士は防火服を着用する。
　　① 生物　　　　　② 身体　　　　　③ 生身　　　　　④ 人体

8　肉や魚の＿＿＿においを取るため、料理に香辛料を使う。
　　① 生臭い　　　　② 生ぬるい　　　③ 生あたたかい　④ 生新しい

9　人の＿＿＿は経済力で決まるものではない。
　　① 値段　　　　　② 価格　　　　　③ 値打ち　　　　④ 代価

10　商売はお客さんがあって初めて＿＿＿。
　　① 成り済ます　　② 成り立つ　　　③ 成り上がる　　④ 成り行く

11　そんな＿＿＿処罰では、また犯罪が繰り返されるだろう。
　　① 生臭い　　　　② 生かじり　　　③ 生ぬるい　　　④ 生あたたかい

12　社長は会社の中枢を＿＿＿いる。
　　① 担って　　　　② 負って　　　　③ 持って　　　　④ かついで

13　お金ですべてが解決すると思うなんて、世の中を＿＿＿いる。
　　① しゃぶって　　② あきて　　　　③ さわって　　　④ なめて

14　初もうでの人たちで、お寺にむかう参道は＿＿＿いた。
　　① とがめて　　　② 抜け出して　　③ にぎわって　　④ でくわして

24課 語彙と例文

まず語彙の意味が分かるかどうかチェックして（□），次に例文で使い方を覚えましょう。

□ねじれる □ねたむ □ねだる □ねびき □ねまわし □ねる □ねんちょう

ねじれる	ねじれたくぎは使い物にならない。
ねたむ	出世をねたんだ人から、彼はいやがらせを受けた。
ねだる	結婚10年目の記念に、妻は夫にダイヤモンドの指輪をねだった。
ねびき	閉店近くになると、食品は一斉に値引きされて安くなる。
ねまわし	会議の前に出席者に根回ししておいたので、提案はすんなり通った。
ねる	うどんは、粉に水と塩を加えてよく練って作る。
ねんちょう	彼は私より3歳、年長だ。

□ノイローゼ □のうにゅう □のがす □のがれる □のきなみ □のぞましい □のぞむ

ノイローゼ	仕事が性格に合わなかったせいで、ノイローゼになった。
のうにゅう	期限までに授業料を納入する。
のがす	釣り糸が切れて、大きな魚を逃してしまった。
のがれる	台風から逃れるために、漁船は進路を変えた。
のきなみ	隣近所が、軒並み泥棒の被害にあった。
のぞましい	応募書類は、事前に書いてくることが望ましい。
のぞむ	十分に準備をして試験に臨んだ。

□のっとる □のどか □ののしる □のべ □はあく □はいけい □はいご □はいしゃく

のっとる	飛行機が、武器を持った数人の男に乗っ取られた。
のどか	風もないのどかな春の1日を、恋人と過ごした。
ののしる	だまされた彼は、相手のことをののしった。
のべ	この建物の延べ床面積は500平方メートルだ。
はあく	あまりに突然だったので、事態を把握するのに時間がかかった。
はいけい	犯罪の背景には、少年時代の貧しい環境がある。
はいご	事件の背後に、大物政治家の影がちらつく。
はいしゃく	事態を解決するために、あなたのお知恵を拝借したい。

次の文の＿＿＿＿の部分に入れるのに最も適当なものを、①②③④から一つ選びなさい。

1　危機に＿＿＿＿と、人はその本性を現すという。
　　① 逃す　　　　　② 昇る　　　　　③ 臨む　　　　　④ 除く

2　株を買い占めて会社を＿＿＿＿。
　　① 見落とす　　　② 乗っ取る　　　③ 取り組む　　　④ 払い込む

3　ゴミ処理場の建設に反対する住民は、賛成派の町長を＿＿＿＿。
　　① ためらった　　② うらやんだ　　③ からんだ　　　④ ののしった

4　冬の厳しさは去り、＿＿＿＿な春となった。
　　① つぶら　　　　② のどか　　　　③ ささやか　　　④ ひそか

5　駐車スペースが少ないので、電車での来場が＿＿＿＿。
　　① うらやましい　② 望ましい　　　③ 快い　　　　　④ 頼もしい

6　校長は、事件の原因である学内のいじめを＿＿＿＿していなかったことを謝罪した。
　　① 解釈　　　　　② 了解　　　　　③ 握手　　　　　④ 把握

7　上司と部下の板ばさみになって、＿＿＿＿になる中間管理職が増えているという。
　　① エネルギー　　② ノイローゼ　　③ イメージ　　　④ カロリー

8　水が出なかったのは、ホースが＿＿＿＿いたせいだ。
　　① ねじれて　　　② 逃れて　　　　③ よけて　　　　④ まぎれて

9　大事な仕事の計画なので、みんなで充分＿＿＿＿必要がある。
　　① 絞る　　　　　② 擦る　　　　　③ 練る　　　　　④ 加える

10　その映画に出演した人員は＿＿＿＿千人以上になる。
　　① 延べ　　　　　② ただ　　　　　③ だいぶ　　　　④ まるで

11　＿＿＿＿者を尊敬する習慣が最近、廃れてきた。
　　① 年上　　　　　② 年長　　　　　③ 老人　　　　　④ 年寄

12　アルプスの山並みと緑を＿＿＿＿にして、小さなホテルが建っていた。
　　① 背景　　　　　② 眺め　　　　　③ 風景　　　　　④ 景色

13　一度＿＿＿＿チャンスを二度と手にすることはなかった。
　　① 除いた　　　　② 外した　　　　③ 交わした　　　④ 逃した

14　娘は父親に人形を買ってほしいと＿＿＿＿。
　　① ねだった　　　② 拝んだ　　　　③ 尋ねた　　　　④ 預けた

25課 語彙と例文

まず語彙の意味が分かるかどうかチェックして（□），次に例文で使い方を覚えましょう。

□はいぶん □はいれつ □はかどる □はかない □はぐ □はくがい □はくじょう

はいぶん	遺産の**配分**をめぐって、相続人の間で争いが起きた。
はいれつ	コンビニやスーパーでは、商品の**配列**に相当の工夫がある。
はかどる	仕事が思ったより**はかどった**ので、早く帰ることができた。
はかない	10歳の**はかない**一生を終えた。
はぐ	強盗は、身ぐるみ**はいで**すべてを持ち去った。
はくがい	権力者の**迫害**に耐えて正義を貫いた。
はくじょう	今だから**白状**するが、実は昔、悪いことをしたことがある。

□ばくぜん □はげます □はげる □はじく □はじらう □はじる □はしわたし

ばくぜん	彼のあいまいな態度に、彼女は**漠然**とした疑いをもった。
はげます	傷ついた友人を**励**ました。
はげる	壁のペンキが**はげた**ので塗り直した。
はじく	このコートは防水加工がしてあって水を**はじく**。
はじらう	彼女は**恥じらって**、呼ばれてもステージに上がらなかった。
はじる	世間に**恥じる**ような行為をしてはならない。
はしわたし	家を売りたい人と買いたい人がいたので、その**橋渡し**をした。

□はずむ □はそん □はっせい □はつみみ □はて □ばてる □はなはだ □はなばなしい

はずむ	新たな期待にこころが**弾む**。
はそん	**破損**したガラス窓から冷たい風が吹き込んできた。
はっせい	霧が**発生**したので、高速道路で事故が多発した。
はつみみ	そんなこと知らなかった。**初耳**だ。
はて	冒険を求めて世界の**果て**まで旅行した。
ばてる	夏の暑さに、すっかり**ばてて**しまった。
はなはだ	あのチームが負けたのは、**はなはだ**残念だ。
はなばなしい	若い時は**華々しく**活躍したが、最近は目立たない。

次の文の＿＿＿＿の部分に入れるのに最も適当なものを、①②③④から一つ選びなさい。

1　容疑者は証拠をつきつけられて、犯した罪を＿＿＿＿した。
　　① 潔白　　　　　　② 告知　　　　　　③ 白状　　　　　　④ 状況

2　木の皮を＿＿＿＿から、ナイフで削る。
　　① 生やして　　　　② ふいて　　　　　③ はいで　　　　　④ よけて

3　簡単な質問に答えられなくて無知を＿＿＿＿。
　　① はげた　　　　　② はった　　　　　③ はやった　　　　④ 恥じた

4　久しぶりに山歩きをしたら＿＿＿＿しまった。
　　① ばけて　　　　　② ばてて　　　　　③ はてて　　　　　④ はかって

5　「考えておきます」という返答では＿＿＿＿頼りない。
　　① はなはだ　　　　② まさか　　　　　③ おそらく　　　　④ わざわざ

6　通勤時間帯に事故が＿＿＿＿し、多くの人が迷惑した。
　　① 発生　　　　　　② 発車　　　　　　③ 発達　　　　　　④ 発揮

7　ボールは高く＿＿＿＿外に飛び出した。
　　① 引いて　　　　　② 踊って　　　　　③ 運んで　　　　　④ 弾んで

8　海外公演で＿＿＿＿成功をおさめた。
　　① ずうずうしい　　② 華々しい　　　　③ 目まぐるしい　　④ もったいない

9　生まれてから１年で死んでしまう＿＿＿＿命もある。
　　① はかない　　　　② ふさわしい　　　③ ややこしい　　　④ たくましい

10　初対面の時、彼女が＿＿＿＿頬をそめたのが今も印象に残っている。
　　① 恥じらって　　　② はかどって　　　③ みなして　　　　④ 損なって

11　激しい口論の＿＿＿＿に、なぐり合いになった。
　　① だけ　　　　　　② きっかけ　　　　③ 限り　　　　　　④ 果て

12　友人が結婚したという話は、私にとって＿＿＿＿だ。
　　① 初耳　　　　　　② 初聞き　　　　　③ 初見　　　　　　④ 初目

13　宿題が思うように＿＿＿＿、夜中まで勉強した。
　　① 及ばず　　　　　② 栄えず　　　　　③ はかどらず　　　④ はばからず

14　＿＿＿＿とだが、なんとなく自分の将来が見えてきた。
　　① 必然　　　　　　② 天然　　　　　　③ 漠然　　　　　　④ ぼう然

26 課 語彙と例文

まず語彙の意味が分かるかどうかチェックして（□），次に例文で使い方を覚えましょう。

□はばむ □はまる □はやす □はらはら □ばらまく □はるか □はれる

はばむ	氷の割れ目が**阻み**、冒険家は、それ以上進めなかった。
はまる	型に**はまった**これまでの生活を捨て、自由に生きることにした。
はやす	兄は最近口ひげを**生やして**いる。ついに彼も、この土地に根を**生やした**。
はらはら	運転手がスピードを出すので**はらはら**した。桜の花びらが**はらはら**と舞う。
ばらまく	財布の口が開いていたのに気付かず、小銭を**ばらまいて**しまった。
はるか	**はるか**かなたの水平線から朝日が昇ってきた。
はれる	なぐられて、目の回りが**はれた**。

□はんじょう □はんする □ばんのう □はんぱ □はんぱつ □ひいては □ひかえる

はんじょう	安くてうまいラーメンが評判になって、お店が**繁盛**している。
はんする	規則に**反する**と、罰を与えられる。
ばんのう	この薬は**万能**で、どんな病気にも効く。
はんぱ	みんなで分けたら**半端**がでたので、ほしい人に余計にあげた。
はんぱつ	学生の**反発**が強いので、夏休みの補習は中止した。
ひいては	人の世話をすることが、**ひいては**自分のためにもなる。
ひかえる	最近太ったので、甘い物を**ひかえて**いる。大切なことを手帳に**ひかえて**おく。

□ひかん □ひごろ □ひそか □ひたす □ひたすら □ひっかく □ひっしゅう □びっしょり

ひかん	いつまでたっても成績が上がらないのを**悲観**して、退学してしまった。
ひごろ	彼の成功は、**日頃**の努力が実を結んだものだ。
ひそか	二人は誰にも気付かれず、**ひそか**に愛し合っていた。
ひたす	干しシイタケは、水に**浸して**、戻してから料理する。
ひたすら	彼は、ただ**ひたすら**小説を書き続けた。
ひっかく	猫を無理に抱こうとしたら、つめで腕を**ひっかかれた**。
ひっしゅう	英語は**必修**だが、美術は選択科目だ。
びっしょり	暑かったので、汗を**びっしょり**かいた。

162

次の文の_____の部分に入れるのに最も適当なものを、①②③④から一つ選びなさい。

1　転んでねんざした足首が_____きた。

① むくんで　　　② 太って　　　　③ 膨らんで　　　④ はれて

2　病気がよくなるまで外出を_____よう医者に言われた。

① 外す　　　　　② 隠す　　　　　③ ひかえる　　　④ 疑う

3　息子の発表会なのに親の方が_____する。

① からから　　　② はらはら　　　③ くよくよ　　　④ だらだら

4　予想に_____、チャンピオンではなく挑戦者が勝った。

① 反して　　　　② 逆で　　　　　③ 至って　　　　④ おいて

5　母をびっくりさせるために、幼い兄弟は_____誕生日のプレゼントを用意した。

① ひそかに　　　② はるかに　　　③ 神秘に　　　　④ 大胆に

6　突然の雨で、傘を持っていなかったので、_____濡れた。

① きっちり　　　② ぎっしり　　　③ びっしょり　　　④ びっしり

7　極端な貧富の差が、この国の経済の発展を_____いる。

① 損なって　　　② 阻んで　　　　③ 放して　　　　④ 止めて

8　午後3時というのは、食事には中途_____な時間だ。

① 半時　　　　　② 半分　　　　　③ 半端　　　　　④ 半々

9　シールをつめで_____はがした。

① ひっこして　　② ひっついて　　③ ひっかいて　　④ ひっこんで

10　彼はスポーツ_____だが、勉強は苦手だ。

① 万能　　　　　② 可能　　　　　③ 有能　　　　　④ 能力

11　彼はひげを伸び放題に_____いる。

① 生やして　　　② 植えて　　　　③ 伸びて　　　　④ 加えて

12　彼は両親に_____して、家出をした。

① 反乱　　　　　② 反発　　　　　③ 反対　　　　　④ 反感

13　飛行機は電車より_____速い。

① 一切　　　　　② はるかに　　　③ 決して　　　　④ 大部分

14　不良品を返しにきたお客に店員は_____謝った。

① ひたすら　　　② いちず　　　　③ ひたむき　　　④ 懸命

27課 語彙と例文

まず語彙の意味が分かるかどうかチェックして（□），次に例文で使い方を覚えましょう。

□ひつぜん □ひってき □ひといき □ひとがら □ひとすじ □ひとめ □ひどり

ひつぜん	古いものが消え去り、新しいものが主流になるのは、歴史の**必然**だ。
ひってき	彼は高校生だが、大人の選手に**匹敵**する実力を持っている。
ひといき	この仕事が終わったら、**一息**入れてコーヒーでも飲もう。
ひとがら	彼女は美人な上に、**人柄**もいいので、みんなに好かれている。
ひとすじ	彼は忍耐**一筋**の苦労人なので、失敗してもくじけない。
ひとめ	逃亡中の犯人は、昼間は**人目**につくので、夜行動した。
ひどり	退院の**日取**りは、今週中に決まる。

□ひなた □ひび □ひやかす □ひょっと □ひらたい □ふい □ブーム

ひなた	猫が、**日向**で気持ちよさそうに眠っている。
ひび	そのアパートは、建ってから30年にもなるので、壁に**ひび**が入っている。
ひやかす	新婚の彼を周りの女子社員がいつも**冷**やかしている。
ひょっと	**ひょっと**したら雨が降るかもしれないから、傘を持って行こう。
ひらたい	**平**たい皿に料理を美しく盛り付ける。
ふい	**不意**に呼び止められて、びっくりした。
ブーム	社交ダンスが、最近**ブーム**になっている。

□ぶかぶか □ふくれる □ふさわしい □ふしん □ぶつぎ □ふっきゅう □ぶっし

ぶかぶか	靴が**ぶかぶか**だったので、走ったら脱げてしまった。
ふくれる	夕食後、お腹が**ふくれた**ので、眠くなった。あの子は、叱られると**ふくれた**。
ふさわしい	ホテルでのパーティーには、その場に**ふさわしい**服装で出かける。
ふしん	夜遅く一人でぶらついていたら、**不審**に思われて、警察に通報された。
ふしん	心配事があって、食欲**不振**になった。
ぶつぎ	脳死の判定基準が公表され、**物議**をかもしている。
ふっきゅう	大地震のあと、懸命の**復旧**作業が続けられた。
ぶっし	災害にあった国に、食料や医薬品などの**物資**を援助する。

次の文の_____の部分に入れるのに最も適当なものを、①②③④から一つ選びなさい。

1 彼は植物の研究_____の人生を送ってきた。
　① 一筋　　　　　② 一気　　　　　③ 一貫　　　　　④ 一向

2 敵の_____をついて、後方から攻めた。
　① 突然　　　　　② 不注意　　　　③ うっかり　　　④ 不意

3 あの店は営業_____でつぶれた。
　① 不便　　　　　② 不正　　　　　③ 不振　　　　　④ 不審

4 かわいいキャラクター商品が、若い人たちの間で_____になった。
　① ケース　　　　② ブーム　　　　③ レース　　　　④ キャリア

5 この製品は、値段は安いが性能は1クラス上に_____する。
　① 統一　　　　　② 匹敵　　　　　③ 均衡　　　　　④ 同格

6 日当たりのいい場所で_____ぽっこをする。
　① 日向　　　　　② 日陰　　　　　③ 日暮れ　　　　④ 日よけ

7 テストの問題は簡単だったから、_____すると満点かもしれない。
　① びっくり　　　② あっと　　　　③ ひょっと　　　④ もしも

8 彼が失敗したのは、偶然ではなく_____的な結果だ。
　① 体験　　　　　② 整然　　　　　③ ぼう然　　　　④ 必然

9 田中さんは市長に_____立派な人物だ。
　① 好ましい　　　② たくましい　　③ 乏しい　　　　④ ふさわしい

10 兄に貰ったセーターは、大きすぎて_____だった。
　① ぶかぶか　　　② ふらふら　　　③ ぶらぶら　　　④ ふかふか

11 この会社は、能力よりも_____で女子社員の採用を決める。
　① 人質　　　　　② 万人　　　　　③ 人柄　　　　　④ 人影

12 髪を真っ赤に染めている彼女は_____を引いた。
　① 人気　　　　　② 人目　　　　　③ 目立つ　　　　④ 一目

13 ある事件がきっかけとなって、二人の友情に_____が入った。
　① ひび　　　　　② ばね　　　　　③ 傷　　　　　　④ 線

14 いやみを言われた彼女は、_____しまった。
　① ふけて　　　　② かさばって　　③ しのいで　　　④ ふくれて

28 課 語彙と例文

まず語彙の意味が分かるかどうかチェックして（□），次に例文で使い方を覚えましょう。

□ふとう □ぶなん □ふへん □ふまえる □ふみこむ □ふらふら □ぶらぶら □ふり

ふとう	みんなと同じように働いているのに、私だけ給料が**不当**に低い。
ぶなん	良く知らない人に対しては、丁重に接する方が**無難**だ。
ふへん	教科書の記述は、**普遍**的なものが望ましい。
ふまえる	理想もよいが、常に現実を**踏**まえて計画を立てるべきだ。
ふみこむ	表面だけの議論ではなく、もう一歩**踏み込**んだ意見がほしい。
ふらふら	徹夜した次の日は疲れてふらふらだった。考えがふらふらと定まらない。
ぶらぶら	暇なので、町をぶらぶらした。定年退職した父は、家でぶらぶらしている。
ふり	お年寄りが困っていたら、知らないふりをせずに助けよう。

□ふりかえる □ふりだし □ふるわせる □ふんしつ □ふんだん □へいこう □へきえき

ふりかえる	声をかけられて**振り返**ると、学生時代の友人だった。
ふりだし	容疑者が犯人ではなかったことが判明し、捜査は**振り出**しに戻った。
ふるわせる	小犬は、雨にぬれて全身を**震**わせていた。
ふんしつ	旅行中パスポートを**紛失**し、予約した飛行機に乗れなかった。
ふんだん	ハリウッド映画は、資金をふんだんに使って作られるので、豪華で面白い。
へいこう	暑い日に、クーラーもないところで、1時間も待たされて**閉口**した。
へきえき	あの人の自慢話には**へきえき**する。

□ぺこぺこ □へだたる □べんかい □ほうしき □ほうじる □ぼうぜん □ほうりこむ

ぺこぺこ	お腹がすいてぺこぺこだ。
へだたる	街から遠く**隔**たった農村に、彼女は暮らしている。
べんかい	みんなに迷惑をかけたのだから、**弁解**するより、まず謝るのが先だ。
ほうしき	正確な統計資料を作るため、新しい計算**方式**を採用した。
ほうじる	犯人逮捕のニュースが**報**じられた。
ぼうぜん	地震で家が全壊し、しばらく**ぼう然**としていた。
ほうりこむ	突然お客さんが来たので、荷物を押し入れに**放り込**んだ。

次の文の＿＿＿の部分に入れるのに最も適当なものを、①②③④から一つ選びなさい。

1　次々と持ち込まれる商品への苦情に、担当者は＿＿＿している。
　　① しゃきしゃき　　② はきはき　　③ うきうき　　④ へきえき

2　過去を＿＿＿、常に前を向いて生きてきた。
　　① 考え返らず　　② 振り返らず　　③ 見返らず　　④ 思い返らず

3　厳しい現実を＿＿＿、計画を練る。
　　① 踏みきって　　② 踏んで　　③ 踏まえて　　④ 踏み込んで

4　工場閉鎖を突然言い渡され、従業員は＿＿＿とした。
　　① ぼう然　　② 憤慨　　③ 不明　　④ 真っ白

5　＿＿＿頭をさげる。
　　① とんとん　　② べたべた　　③ ぺこぺこ　　④ ぬるぬる

6　大切な書類を＿＿＿したので、彼は徹夜で作り直した。
　　① 紛失　　② 失脚　　③ 失格　　④ 過失

7　はっきりした理由もないのに、会社を辞めさせるなんて＿＿＿だ。
　　① 不審　　② 不当　　③ 不明　　④ 不用心

8　寝坊して遅刻したのだから、＿＿＿の余地がない。
　　① 弁別　　② 弁論　　③ 弁償　　④ 弁解

9　言語の習得法にはいろいろな＿＿＿がある。
　　① 方向　　② 方言　　③ 方式　　④ 方角

10　失業中なので、家で＿＿＿している。
　　① ぶらぶら　　② ぞろぞろ　　③ ぽかぽか　　④ こつこつ

11　この旅館は、設備は良くないが食べ物は＿＿＿に出る。
　　① ゆとり　　② わずか　　③ まるっきり　　④ ふんだん

12　シャツは白の方が、どんな色の服にでも合わせられるので、＿＿＿だ。
　　① 非難　　② 無難　　③ 苦難　　④ 避難

13　テレビは、大地震の被害を刻々と＿＿＿。
　　① 説いた　　② 報じた　　③ 行った　　④ 開いた

14　熱があるので、起き上がると＿＿＿する。
　　① うろうろ　　② ふらふら　　③ さらさら　　④ くよくよ

29 課 語彙と例文

まず語彙の意味が分かるかどうかチェックして（□），次に例文で使い方を覚えましょう。

ほうりだす	疲れると、勉強を放り出してテレビを見る。
ぼける	この写真はピントがぼけている。
ほころびる	古いシャツの縫い目がほころびていた。
ほっさ	彼の自殺は、遺書もなく、発作的なものだったらしい。
ぼっしゅう	ブランド品のにせものを製造していた業者が逮捕され、製品は全部没収された。
ほっそく	ボランティアの連絡組織が発足した。
ほっと	けがが意外と軽かったので、ほっとした。

ほどける	固く結んであったので、ひもがなかなかほどけなかった。
ほどこす	救急車が到着する前に、応急処置を施した。
ほとり	そのホテルは、湖のほとりにあって景色が良かった。
ぼやく	彼は、給料が安いと、いつもぼやいている。
ぼやける	霧のため、景色がぼやけてよく見えない。
ほろびる	千年続いた王国は、隣国との戦争に敗れ滅びた。
ほんかく	画家の弟子になって、油絵を本格的に学んだ。
ほんね	本音を聞き出そうとしたが、彼はなかなか明かそうとしなかった。

ほんば	上海で本場の中華料理を味わう。
まえおき	前置きは抜きにして、すぐに本題に入ろう。
まえもって	前もって地図で調べておいたので、道に迷わないですんだ。
まかなう	生活は夫の給料で賄っている。
まぎらわしい	最近は似たような名前の会社が多いので、紛らわしい。
まぎれる	たいくつな時、音楽を聞いていると、気が紛れる。
まごつく	初めてのところなので、何がどこにあるのかわからず、まごついた。

次の文の＿＿＿＿の部分に入れるのに最も適当なものを、①②③④から一つ選びなさい。

1　無事に着いて＿＿＿＿した。
　　① ふっと　　　　② はっと　　　　③ ほっと　　　　④ やっと

2　初めて会社を訪問した時、駅前で＿＿＿＿遅刻した。
　　① まごついて　　② 驚いて　　　　③ にぶって　　　④ まして

3　ゆるかったのか、着物の帯が＿＿＿＿。
　　① ゆがんだ　　　② ほころんだ　　③ とけた　　　　④ ほどけた

4　うちの息子は学校から帰るとカバンを玄関に＿＿＿＿、遊びに出かける。
　　① 飛び出して　　② 押し出して　　③ 置き出して　　④ 放り出して

5　火山の噴火で、この小さな国は一瞬にして＿＿＿＿。
　　① 奪った　　　　② 壊れた　　　　③ 崩した　　　　④ 滅びた

6　年を取ると＿＿＿＿、物忘れがひどくなる。
　　① はかって　　　② ほれて　　　　③ ぼけて　　　　④ とけて

7　しゃれたホテルが湖の＿＿＿＿に建っている。
　　① まと　　　　　② ほとり　　　　③ てんで　　　　④ そこら

8　日本人は＿＿＿＿と建前を使い分けると、よく言われる。
　　① 本気　　　　　② 本能　　　　　③ 本質　　　　　④ 本音

9　彼女は＿＿＿＿のスペインでフラメンコの修業をした。
　　① 基盤　　　　　② 元来　　　　　③ 本場　　　　　④ 基本

10　＿＿＿＿予約しないと、連休には泊まるところがない。
　　① どうにか　　　② ずらっと　　　③ 明らかに　　　④ 前もって

11　新しい会社の＿＿＿＿にあたって、社長が決意を表明した。
　　① 発足　　　　　② 発育　　　　　③ 始発　　　　　④ 発生

12　メガネがくもっていたので、相手の顔が＿＿＿＿みえた。
　　① もめて　　　　② 紛れて　　　　③ ぼやけて　　　④ ふざけて

13　その病気は＿＿＿＿が起こると、呼吸が困難になり苦しむ。
　　① 発起　　　　　② 作動　　　　　③ 発作　　　　　④ 作用

14　緊張が解けて、口元が＿＿＿＿、冗談も出てくるようになった。
　　① ゆがみ　　　　② 崩れ　　　　　③ 裂け　　　　　④ ほころび

30課 語彙と例文

まず語彙の意味が分かるかどうかチェックして（□），次に例文で使い方を覚えましょう。

□まことに □まさしく □〜まし □まじえる □まして □マスコミ □またがる □まちどおしい

まことに	わざわざお見舞いにきていただき、**まことに**ありがとうございました。
まさしく	食器といってもここまで美しく仕上げてあると、これは**まさしく**芸術だ。
〜まし	ランチにコーヒーをつけると、100円増しになります。
まじえる	講師は冗談を交えて面白く話したので、難しい講義も退屈しなかった。
まして	健康な人でさえ、この暑さはこたえる。**まして**病人は、なおさらだ。
マスコミ	その小説は、テレビや雑誌などの**マスコミ**に取り上げられ、売れ行きが伸びた。
またがる	登山ルートは、富山県と長野県に**またがっ**ている。
まちどおしい	7月になると、夏休みが待ち遠しい。

□まちのぞむ □まちまち □まぬがれる □まばたき □まひ □まるごと □まるっきり

まちのぞむ	待ち望んでいた友人との再会が、やっと実現した。
まちまち	学生の国籍は**まちまち**で、中国人もいればアメリカ人もいる。
まぬがれる	彼だけホテルのフロントに貴重品を預けておいたので、盗難の被害を免れた。
まばたき	びっくりして、**まばたき**もせずに相手の顔を見つめた。
まひ	脳の血管が詰まり、手足が**まひ**して動かない。地震で交通機関が**まひ**する。
まるごと	リンゴを切らないで、丸ごとかじる。
まるっきり	朝からずっと釣りをしているが、**まるっきり**釣れない。

□まるまる □まるめる □まんじょう □みあわせる □みおとす □みかく □みぐるしい

まるまる	赤ん坊は、**まるまる**と太っていた。
まるめる	大きな紙を丸めて筒に入れる。
まんじょう	提案は満場一致で可決された。
みあわせる	台風が近づいているというので、出発を見合わせた。
みおとす	数字の間違いを見落とし、会議で指摘されて恥をかいた。
みかく	スイカは、夏の味覚として親しまれている。
みぐるしい	子どもの前で、夫婦げんかをするのは見苦しい。

次の文の_____の部分に入れるのに最も適当なものを、①②③④から一つ選びなさい。

1　これは、_____10年前に盗まれた名画だ。
①　まして　　　　②　まさか　　　　③　まるで　　　　④　まさしく

2　嘘がばれているのに言い訳をするのは_____。
①　見にくい　　　②　見苦しい　　　③　見ひどい　　　④　見つらい

3　書き間違えた申込用紙を_____捨てた。
①　崩して　　　　②　削って　　　　③　丸めて　　　　④　壊して

4　給料を計算したあと_____いないか、何回もチェックした。
①　見下ろして　　②　見落として　　③　見合わせて　　④　見送って

5　あの映画に対する評価は、人によって_____だ。
①　なかなか　　　②　たびたび　　　③　だぶだぶ　　　④　まちまち

6　風邪のために、_____がまひして料理の味が分からない。
①　味覚　　　　　②　味方　　　　　③　味噌　　　　　④　味見

7　河原でのキャンプで、とれたての魚を_____料理して食べた。
①　全盛　　　　　②　丸ごと　　　　③　丸める　　　　④　全体

8　最近の_____の話題は、芸能人の離婚騒ぎに集中している。
①　カテゴリー　　②　ファイル　　　③　メーカー　　　④　マスコミ

9　写真を撮ってもらう時は、_____をしないように注意する。
①　まぶた　　　　②　まばたき　　　③　体つき　　　　④　いびき

10　お見合いの席で初めて相手の顔を見たら、写真と_____違っていた。
①　まして　　　　②　たとえ　　　　③　まるっきり　　④　まさか

11　普段でさえうるさい人だから、_____酒を飲んだときなどたまらない。
①　ひたすら　　　②　もろに　　　　③　とりあえず　　④　まして

12　大事な話なので、直接ひざを_____相談したい。
①　からんで　　　②　掲げて　　　　③　合わせて　　　④　交えて

13　この仕事には_____1週間を費やした。
①　ぱらぱら　　　②　まるまる　　　③　ぬるぬる　　　④　すらすら

14　台風の影響で、交通が_____した。
①　中傷　　　　　②　破壊　　　　　③　まひ　　　　　④　分裂

31課 語彙と例文

まず語彙の意味が分かるかどうかチェックして（□），次に例文で使い方を覚えましょう。

□みこみ □みじん □みすぼらしい □みせびらかす □みたす □みだす □みぢか

みこみ	雨は今日いっぱい降り続く見込みだ。
みじん	たまねぎをみじん切りにする。もうけるつもりはみじんもない。
みすぼらしい	服装はみすぼらしいが、彼は有名な学者だ。
みせびらかす	新しい車を買ったので、みんなに見せびらかしている。
みたす	大きなコップになみなみとビールを満たす。
みだす	風が吹いてきて、私の髪を乱した。
みぢか	身近に知っている人がいないと、何かあった時に不安だ。

□みっしゅう □みっせつ □みつもり □みとおし □みなす □みなり □みのうえ

みっしゅう	密集した住宅地のため、火はまたたく間に広がった。
みっせつ	日本とアメリカは、経済的に密接な関係にある。
みつもり	建設会社に、建築費の見積りを出させる。
みとおし	建物は今週中に完成する見通しだ。
みなす	30分以上の遅刻は欠席とみなす。
みなり	立派な身なりをしていたので、お金持ちだと思った。
みのうえ	彼は、少年時代に両親を失った不幸な身の上を語った。

□みのがす □みのまわり □みはからう □みはらし □みぶり □みれん □みわたす □むくち

みのがす	子どものいたずらだから、見逃してやろう。
みのまわり	「火事だ！」という声に、身の回りの物だけ持って逃げた。
みはからう	帰宅する時間を見計らって、友人を訪ねた。
みはらし	彼の家は丘の上に建っているので、見晴らしがいい。
みぶり	外国語がわからなくても、身振り手振りで何とか通じる。
みれん	仕事に未練はあったが、出産を機に会社を辞めることにした。
みわたす	大火事の被害にあった町は、見渡す限り焼け野原だった。
むくち	いつも無口なのに、今日はうれしいことがあったのか、よくしゃべる。

次の文の_____の部分に入れるのに最も適当なものを、①②③④から一つ選びなさい。

1　そんなことは_____考えなかった。

　　① たとえ　　　　　② どうしても　　　③ すっきり　　　　④ みじんも

2　今回の事件には、ある政治家が_____に関わっていた。

　　① 接着　　　　　　② 明朗　　　　　　③ 接近　　　　　　④ 密接

3　行方不明になって3日たち、生存の_____は薄くなった。

　　① 見込み　　　　　② 目途　　　　　　③ 可能　　　　　　④ 存在

4　テレビで見たい番組があったが、忙しくて_____しまった。

　　① 見逃して　　　　② 見計らって　　　③ 見つけて　　　　④ 見通して

5　ひっこしを決めたが、その土地にはまだ_____がある。

　　① 残念　　　　　　② 不意　　　　　　③ 未練　　　　　　④ 心配

6　このあたりは家が_____しているので、火事になったら逃げ場がない。

　　① 密度　　　　　　② 密集　　　　　　③ 密封　　　　　　④ 密着

7　環境問題は、家庭ゴミを減らすなど、_____なところから考えるべきだ。

　　① 身辺　　　　　　② 身近　　　　　　③ 身なり　　　　　④ 近辺

8　彼は_____な性格なので、ほとんどしゃべらない。

　　① 無言　　　　　　② 無関係　　　　　③ 無口　　　　　　④ 不安

9　途中から割り込んで列を_____人がいる。

　　① 乱す　　　　　　② 迷う　　　　　　③ 揺らぐ　　　　　④ 混ぜる

10　返事をしない者は、欠席と_____。

　　① 見逃す　　　　　② みなす　　　　　③ 見かける　　　　④ 見落とす

11　ちらかった_____を整理する。

　　① 身の回り　　　　② 身振り　　　　　③ 身近　　　　　　④ 身分

12　昨今の経済の動向は_____がきかない。

　　① 見通し　　　　　② 見送り　　　　　③ 見かけ　　　　　④ 見方

13　学歴や経験年数など条件を_____いなければ、面接試験は受けられない。

　　① 限って　　　　　② 満たして　　　　③ 過ぎて　　　　　④ 応じて

14　婚約指輪を友人に_____。

　　① 見送った　　　　② 見上げた　　　　③ 見落とした　　　④ 見せびらかした

32 課 語彙と例文

まず語彙の意味が分かるかどうかチェックして（□），次に例文で使い方を覚えましょう。

□むしる □むだづかい □むちゃ □むなしい □むやみに □むら □むろん

むしる	タラの干物をむしって食べる。
むだづかい	夏は雨が少なく、水不足になるので、水の無駄遣いはやめよう。
むちゃ	若い人は、むちゃな運転をして事故を起こしやすい。
むなしい	いくら働いても、生活が楽にならないので、空しい。
むやみに	むやみに山の木を切ると、洪水の原因になる。
むら	ペンキの塗り方にむらがあって、濃いところと薄いところがある。
むろん	駅まで遠いと、通勤には無論、買い物にも不便だ。

□めいちゅう □めいはく □めいりょう □めくる □めざましい □めつき □めど □めもり

めいちゅう	弾が命中して、鳥が落ちてきた。
めいはく	調査の結果、川の水は予想以上に汚染されていることが明白になった。
めいりょう	発音が不明瞭で、何を言っているのかよく聞き取れなかった。
めくる	月が変わったので、カレンダーをめくる。
めざましい	第二次世界大戦後、日本はめざましい発展を遂げた。
めつき	父は厳しい目つきで、いたずらをした息子をにらんだ。
めど	工事が遅れていて、完成のめどがつかない。
めもり	太陽が朝から照りつけて、温度計の目盛りが30度を超えた。

□めんする □めんぼく □もうける □もうしいれる □もうしでる □もうしぶん □もがく

めんする	その部屋は大通りに面しているので、車の音がうるさい。
めんぼく	先生の推薦で会社に入社したのだから、頑張らないと先生の面目が立たない。
もうける	社内に保育所を設けたので、小さい子を持つ母親が働きやすくなった。
もうしいれる	事故が多い交差点に信号をつけるように、警察に申し入れた。
もうしでる	急いでいる人は申し出てください。
もうしぶん	卒業論文は、申し分ないほどよくできています。
もがく	小さな子が、プールでおぼれそうになってもがいている。

174

次の文の＿＿＿＿の部分に入れるのに最も適当なものを、①②③④から一つ選びなさい。

1 彼に責任があるのは＿＿＿＿だ。
① 明白 ② 明朗 ③ 判決 ④ 簡単

2 暇なので庭の草を＿＿＿＿。
① むした ② ひいた ③ さした ④ むしった

3 図書室は静かで、本のページを＿＿＿＿音しか聞こえなかった。
① めくる ② まわす ③ めぐる ④ まく

4 ＿＿＿＿な飲み方をして、体を壊した。
① むちゃ ② いやいや ③ びっしょり ④ あっさり

5 私の将来の夢は、＿＿＿＿希望に終わった。
① すがすがしい ② あさましい ③ 激しい ④ 空しい

6 ここのレストランの料理は＿＿＿＿ない味だ。
① 言い訳 ② いいかげん ③ 申し分 ④ 申し込み

7 警察官は、職業柄＿＿＿＿が鋭い。
① 目さき ② 目ぬき ③ 目つき ④ 目きき

8 ここで失敗したら、みんなに＿＿＿＿が立たない。
① 顔面 ② 面目 ③ 面倒 ④ 面会

9 この１年で、彼の日本語の能力は＿＿＿＿向上した。
① めったに ② さっぱり ③ めざましく ④ あいかわらず

10 間違って毒を飲んで、＿＿＿＿苦しんだ。
① もみ ② もぎ ③ もがき ④ もぐり

11 ＿＿＿＿人を疑ってはいけない。
① ひとりでに ② 誠に ③ ろくに ④ むやみに

12 体重計の＿＿＿＿は、ちょうど50キログラムを指していた。
① 目つき ② 目盛り ③ 目印 ④ 目安

13 製作資金の＿＿＿＿がついたので、やっと映画の撮影に入れる。
① めど ② 目方 ③ 目つき ④ めさき

14 別荘は、海に＿＿＿＿いる。
① 触れて ② 面して ③ くっついて ④ さわって

33課 語彙と例文

まず語彙の意味が分かるかどうかチェックして（□），次に例文で使い方を覚えましょう。

□もくろみ □もしくは □もたらす □もちきり □もっか □もっぱら □もてなす

もくろみ	競馬でひともうけしようというもくろみがはずれて、大損をした。
もしくは	解答用紙には、鉛筆もしくはシャープペンシルで記入すること。
もたらす	投手力の充実が、このチームに優勝をもたらした。
もちきり	町は、昨夜UFOが空に浮かんでいたという噂で持ち切りだ。
もっか	その件については、もっか検討中なのでもう少しお待ちください。
もっぱら	最近は忙しいので、もっぱら外食だ。
もてなす	外国からのお客様を、日本料理でもてなした。

□ものずき □ものたりない □もはや □もめる □もよおす □もらす □もろい

ものずき	お金にもならない研究を、一生懸命やるなんて物好きな人だ。
ものたりない	一泊だけではものたりない気がして、もう一日泊まることにした。
もはや	病気は、もはや治療できないほど進行していた。
もめる	もうけたお金の配分をめぐって、仲間同士でもめた。
もよおす	運転中眠気を催したので、車を止めてしばらく眠った。
もらす	秘密を漏らさないように注意する。
もろい	雨で地盤がもろくなっているので、崖崩れに注意が必要だ。

□もろに □やがい □やけに □やしなう □やしん □やすっぽい □やせい □ややこしい

もろに	小船が大波をもろに受けて、沈んでしまった。
やがい	雨のため、野外でのパーティーは中止になった。
やけに	今日はやけにお客が多くて、閉店前に売り切れてしまった。
やしなう	夫の収入だけで家族4人を養っている。
やしん	彼は入社した時から、社長になるという野心を持っていた。
やすっぽい	革製と比べて、ビニール製の靴は安っぽく見える。
やせい	山に近い村には、時折、えさを求めて野生の猿がやってくる。
ややこしい	話すとややこしいので、図に書いて説明します。

次の文の＿＿＿＿の部分に入れるのに最も適当なものを、①②③④から一つ選びなさい。

1　本物とにせものを見分ける力を＿＿＿＿。
　　① 注ぐ　　　　　　② 営む　　　　　　③ 飼う　　　　　　④ 養う

2　彼は＿＿＿＿も1回戦で負けてしまった。
　　① 鈍く　　　　　　② 軽く　　　　　　③ もろく　　　　　④ きつく

3　事件は＿＿＿＿調査中なので、解決にはしばらく時間がかかる。
　　① もろに　　　　　② いまさら　　　　③ やけに　　　　　④ もっか

4　＿＿＿＿暑いと思ったら、夏なのに暖房を入れていた。
　　① めったに　　　　② むげに　　　　　③ やけに　　　　　④ ろくに

5　一言も聞き＿＿＿＿まいと、一生懸命耳を傾けていた。
　　① 漏らす　　　　　② 濡れる　　　　　③ 逃げる　　　　　④ 凝らす

6　夏休みの写真展を＿＿＿＿。
　　① 催した　　　　　② 陣した　　　　　③ 推した　　　　　④ 進じた

7　その会社は、不況の影響を＿＿＿＿受けて倒産した。
　　① ふろくも　　　　② ふろく　　　　　③ もろに　　　　　④ もろて

8　会議は＿＿＿＿、なかなか終わらなかった。
　　① もって　　　　　② もらって　　　　③ もんで　　　　　④ もめて

9　休みの日は＿＿＿＿趣味の絵を描いて過ごす。
　　① おろそか　　　　② いたって　　　　③ どうやら　　　　④ もっぱら

10　今日のパーティーでは、大勢の客を＿＿＿＿。
　　① もたらした　　　② もてなした　　　③ もくろんだ　　　④ 持ち切りだ

11　駅から私の家までは道が＿＿＿＿ので、来客はみんなよく迷う。
　　① ずうずうしい　　② あつかましい　　③ あわただしい　　④ ややこしい

12　ここまで交渉がこじれると、＿＿＿＿手の打ちようがない。
　　① かつて　　　　　② しいて　　　　　③ たいして　　　　④ もはや

13　よほどの＿＿＿＿でもなければ、この暑い日にたき火はしない。
　　① 物入り　　　　　② 物好き　　　　　③ 物知り　　　　　④ 物思い

14　台風は、収穫前の作物に大きな被害を＿＿＿＿。
　　① もたらした　　　② 持ち入った　　　③ 持ち帰った　　　④ もらった

34課 語彙と例文

まず語彙の意味が分かるかどうかチェックして（□），次に例文で使い方を覚えましょう。

□やりとおす □ゆうずう □ゆうぼう □ゆがむ □ゆさぶる □ゆすぐ □ゆとり

やりとおす	一度やると決めたことはやりとおす。
ゆうずう	アパートを借りるのにお金が必要なので、親に融通してもらった。
ゆうぼう	将来有望な新人がチームに加わった。
ゆがむ	あまりの痛みに、彼の顔がゆがんだ。
ゆさぶる	演奏のすばらしさに、心を揺さぶられた。
ゆすぐ	うがいをすると同時に、口をゆすぐ。
ゆとり	忙しい現代人には、ゆとりが欠けている。

□ゆらぐ □ゆるむ □ようする □よける □よそみ □よち □よふかし □よふけ

ゆらぐ	風で木の葉が揺らいでいる。
ゆるむ	靴のひもが緩んだので，結び直す。
ようする	その仕事には、少なくとも1週間を要する。
よける	水たまりがあったのでよけて通った。
よそみ	授業中、よそ見をしていて先生にしかられた。
よち	避難所は住民たちでいっぱいで、足をのばす余地もないほどだった。
よふかし	友達とお酒を飲んで夜更かししてしまい、朝起きられなかった。
よふけ	テストの前日は、夜更けまで勉強していた。

□よほど □よりかかる □りくつ □りてん □りょうしき □りょうりつ □るいじ

よほど	あのおとなしい彼が怒るなんて、よほどのことがあったに違いない。
よりかかる	子どもは疲れていたのか、いすの背によりかかって寝てしまった。
りくつ	同じ仕事をしているのに、彼の方が彼女より給料が高いのは理屈に合わない。
りてん	このファクスの利点は、普通紙が使えることだ。
りょうしき	子どものお金をだまし取るなんて、良識のある大人のすることではない。
りょうりつ	彼は、勉強とスポーツを立派に両立させている。
るいじ	新商品に対し、類似の苦情が多く寄せられている。

次の文の＿＿＿＿の部分に入れるのに最も適当なものを、①②③④から一つ選びなさい。

1　彼が犯人だということは、証拠の数々から、疑う＿＿＿＿がない。

　　① 余地　　　　　　② 予知　　　　　　③ 余裕　　　　　　④ 予断

2　車の＿＿＿＿は、自由にどこへでも行けることです。

　　① 便利　　　　　　② 優秀　　　　　　③ 利益　　　　　　④ 利点

3　忙しくて、時間の＿＿＿＿がない。

　　① 残り　　　　　　② ゆとり　　　　　③ あまり　　　　　④ しまり

4　車を＿＿＿＿道の端に寄った。

　　① 抜けて　　　　　② しのいで　　　　③ 逃げて　　　　　④ よけて

5　運転中＿＿＿＿をすると、危ない。

　　① よそ目　　　　　② よそ頭　　　　　③ よそ気　　　　　④ よそ見

6　前途＿＿＿＿な青年だ。

　　① 有力　　　　　　② 有用　　　　　　③ 有望　　　　　　④ 有能

7　公共施設をきれいに保つには、市民の＿＿＿＿に訴えるしかない。

　　① 気心　　　　　　② 良識　　　　　　③ 知識　　　　　　④ 良好

8　大人になっても親に＿＿＿＿いたら、いつまでたっても自立できない。

　　① たちむかって　　② よりついて　　　③ よりかかって　　④ たちかかって

9　親に反対され、決心が＿＿＿＿。

　　① 散った　　　　　② 揺らいだ　　　　③ 迷った　　　　　④ 震えた

10　彼女は仕事と主婦業を＿＿＿＿させている。

　　① 両立　　　　　　② 両腕　　　　　　③ 両脚　　　　　　④ 両極

11　彼は＿＿＿＿がきかないから、その場に応じた対処ができない。

　　① 融通　　　　　　② 融資　　　　　　③ 流用　　　　　　④ 流通

12　＿＿＿＿お腹が空いていたのか、ごはんを何杯もおかわりした。

　　① 残らず　　　　　② よほど　　　　　③ ほぼ　　　　　　④ せいぜい

13　歯ブラシで磨いた後、水で口を＿＿＿＿ことが大切だ。

　　① ゆすぐ　　　　　② 注ぐ　　　　　　③ つぐ　　　　　　④ またぐ

14　運転に慣れてくると、緊張が＿＿＿＿、大事故を起こしやすい。

　　① はげ　　　　　　② 減り　　　　　　③ 緩み　　　　　　④ ほどけ

35課 語彙と例文

まず語彙の意味が分かるかどうかチェックして（□），次に例文で使い方を覚えましょう。

□るいすい □ルーズ □ルール □れいこく □れいたん □レッスン □れんきゅう

るいすい	初めての漢字でも、その前後から意味を**類推**できる。
ルーズ	彼はお金に**ルーズ**で、借りたお金をいつまでも返さない。
ルール	野球の試合を見に行ったが、**ルール**が分からなかった。
れいこく	彼女が**冷酷**な態度をとったので、彼は自殺しかねなかった。
れいたん	借金を断ると、友人は急に**冷淡**になった。
レッスン	彼女はプロの歌手を引退してからも、毎日**レッスン**を欠かさない。
れんきゅう	今度の**連休**には、2泊3日で温泉に行く。

□レンジ □れんじつ □ろうひ □ろうりょく □ろくに □ろこつ □ロマンチック

レンジ	電子**レンジ**でおかずを温める。
れんじつ	人気の映画を、**連日**大勢の人が見に行った。
ろうひ	お金の遣い道を考えて、**浪費**を防ぐ。
ろうりょく	この仕事には多くの**労力**を費やした。
ろくに	病気で、**ろくに**食べられなかったため、やせてしまった。
ろこつ	子ども向けの映画では**露骨**な描写を避けるべきだ。
ロマンチック	中世のお城のような**ロマンチック**なホテルに泊まる。

□ろんぎ □ろんり □わざわざ □わずらわしい □わふう □〜わり □わりあて □わりこむ

ろんぎ	新しい政策について**論議**する。
ろんり	山本さんの考え方は、極めて**論理**的だ。
わざわざ	**わざわざ**遠いところをおいでいただき、ありがとうございました。
わずらわしい	中学生になると、親の意見や忠告を**わずらわしく**思うようになる。
わふう	古めかしい**和風**旅館に泊まる。
〜わり	教室にいる人の3**割**はめがねをかけている。
わりあて	**割り当て**の仕事をきちんとこなす。
わりこむ	バスを待つ列に**割り込む**人がいたので、注意した。

次の文の_____の部分に入れるのに最も適当なものを、①②③④から一つ選びなさい。

1 電話ですむのに、_____出向いてお礼を言うとは丁寧なことだ。
　① わざわざ　　　② よほど　　　　③ うっかり　　　④ かねて

2 重い荷物を運ぶのに、若い_____が必要だ。
　① 労力　　　　　② 燃料　　　　　③ 苦労　　　　　④ 労働

3 もともと頭が良かった彼は、_____勉強もしないで、大学に合格した。
　① ろくに　　　　② まれに　　　　③ うえに　　　　④ ならびに

4 テレビゲームばかりして、時間を_____した。
　① 未使用　　　　② 紛失　　　　　③ 無用　　　　　④ 浪費

5 彼は時間に_____で、しょっちゅう遅刻する。
　① ルーズ　　　　② ソフト　　　　③ ミス　　　　　④ ロマン

6 社会には守らなくてはならない_____がある。
　① ルール　　　　② フォーム　　　③ ポーズ　　　　④ ニュアンス

7 今日のピアノの_____をサボってしまった。
　① レッスン　　　② ピクニック　　③ ビールス　　　④ クレーン

8 人の話に横から_____ないでください。
　① 割り込ま　　　② 飛び込ま　　　③ とり込ま　　　④ 張り込ま

9 気に入らないと彼は、_____にいやな顔をした。
　① 正面　　　　　② 公開　　　　　③ 表情　　　　　④ 露骨

10 彼は仕事に夢中で、妻や子には_____だった。
　① 冷気　　　　　② 冷淡　　　　　③ 冷談　　　　　④ 冷戦

11 無抵抗の人を撃ち殺すという_____な犯罪が起きた。
　① 残寒　　　　　② 無視　　　　　③ 冷酷　　　　　④ 冷徹

12 会場に集まった人は全体の約8_____だ。
　① 割　　　　　　② 引　　　　　　③ 数　　　　　　④ 掛

13 銀行でお金を借りるには、_____手続きがいろいろ必要だ。
　① うらやましい　② なつかしい　　③ のぞましい　　④ わずらわしい

14 新しいアルバイトの人に仕事の_____を行う。
　① 割り込み　　　② 割合　　　　　③ 割り引き　　　④ 割り当て

まとめ問題

問題I 次の_____の部分に入れるのに最も適当なものを、①②③④から一つ選びなさい。

(1) たとえ慣れているとしても、この山道の運転に、油断は_____だ。
　　① 禁句　　　　② 禁物　　　　③ 禁断　　　　④ 禁圧

(2) 今月は多くの結婚式に招かれたので、出費が_____。
　　① かかわった　② かんだ　　　③ かかえた　　④ かさんだ

(3) なにごとにも_____な彼女は、みんなに嫌われている。
　　① タイミング　② ストレス　　③ ルーズ　　　④ センス

(4) _____災難に巻き込まれてしまった。
　　① 大変　　　　② よほど　　　③ とんだ　　　④ 非常

(5) 私は数学が_____だめだ。
　　① そっくり　　② ひゃっくり　③ じっくり　　④ まるっきり

(6) 他人の幸福を_____ような人間にはなりたくない。
　　① ふくむ　　　② かすむ　　　③ ねたむ　　　④ くるむ

(7) 深夜なのに_____外が騒がしいと思ったら、交通事故があったようだ。
　　① すでに　　　② いやに　　　③ とうに　　　④ よりに

(8) 前評判のわりには、_____おもしろくない映画だった。
　　① さほど　　　② めったに　　③ さらに　　　④ たいてい

(9) 最近の女性の社会進出は_____。
　　① まぎらわしい　② あわただしい　③ ややこしい　④ めざましい

(10) 彼女は涙_____ので、すぐに泣く。
　　① がたい　　　② もろい　　　③ やすい　　　④ めざましい

(11) アルバムを見ていたら、学生時代の思い出が_____よみがえってきた。
　　① 一挙に　　　② 一心に　　　③ 一同に　　　④ 一連に

(12) 外資系の会社に就職した加山さんは、英語力の必要性を_____に感じている。
　　① 切実　　　　② 真実　　　　③ 事実　　　　④ 内実

(13) わが社の売り上げがこのまま伸びるようなら、来年の_____も明るい。
　　① 見渡し　　　② 見計らい　　③ 見晴らし　　④ 見通し

(14) あんなことをするなんて、一生を_____にするつもりなのか。
　　① 台無し　　　② 文無し　　　③ 道無し　　　④ 全無し

問題II　次の＿＿＿＿のことばの意味が、それぞれはじめの文と最も近い意味で使われている文を、① ② ③ ④から一つ選びなさい。

(1)　**おさめる**……警察が来て、騒ぎをおさめた。

　　① 莫大な利益をおさめた。

　　② 高橋さんが二人のあいだに入って、丸くおさめた。

　　③ イギリスの大学で経済学をおさめた。

　　④ 税金をおさめるのは、国民の義務だ。

(2)　**しめる**……デパートは街の一等地をしめる。

　　① コーヒーショップが、ビルの一角をしめている。

　　② 財布のひもをしめないと、今月は苦しい。

　　③ 夜7時に本屋をしめる。

　　④ ビンの口をかたくしめる。

(3)　**つく**……やっと決心がついた。

　　① いまだにあきらめがつかない。

　　② 時計の音が耳について、眠れない。

　　③ 背が低いので、プールの底に足がつかない。

　　④ 毎晩11時には、床につくようにしている。

(4)　**とる**……ちょっと時間をとっていただけませんか。

　　① 責任をとって辞職した。

　　② 私は新聞をとっていない。

　　③ メモをとっておかないと、忘れてしまいそうだ。

　　④ 準備に手間をとった。

(5)　**のる**……うっかり口車にのってしまった。

　　① リズムにのって踊りましょう。

　　② もうその手にはのらないよ。

　　③ このトラックには、10トンまで荷物がのる。

　　④ 相談にのってもらった。

(6)　**すじ**……彼の話はすじが通っていない。

　　① 彼の踊りはすじがいい。

　　② そのレストランは、そのすじを入ったところにある。

　　③ そこへ話をもっていくのは、すじが違うと思う。

　　④ この肉は、すじが多くてかめない。

第1課 (p.113)
1 ①, 2 ④, 3 ①, 4 ①, 5 ④, 6 ③, 7 ③, 8 ②, 9 ③, 10 ③,
11 ④, 12 ②, 13 ①, 14 ②

第2課 (p.115)
1 ④, 2 ③, 3 ④, 4 ③, 5 ①, 6 ①, 7 ③, 8 ④, 9 ④, 10 ②,
11 ④, 12 ④, 13 ②, 14 ①

第3課 (p.117)
1 ①, 2 ④, 3 ②, 4 ④, 5 ④, 6 ③, 7 ②, 8 ③, 9 ②, 10 ①,
11 ①, 12 ②, 13 ①, 14 ③

第4課 (p.119)
1 ②, 2 ①, 3 ①, 4 ④, 5 ①, 6 ①, 7 ①, 8 ①, 9 ④, 10 ②,
11 ③, 12 ①, 13 ④, 14 ④

第5課 (p.121)
1 ②, 2 ③, 3 ②, 4 ①, 5 ②, 6 ②, 7 ③, 8 ③, 9 ④, 10 ②,
11 ③, 12 ①, 13 ②, 14 ②

第6課 (p.123)
1 ①, 2 ①, 3 ③, 4 ④, 5 ③, 6 ①, 7 ④, 8 ④, 9 ④, 10 ②,
11 ③, 12 ③, 13 ②, 14 ④

第7課 (p.125)
1 ①, 2 ④, 3 ③, 4 ③, 5 ③, 6 ④, 7 ④, 8 ②, 9 ①, 10 ③,
11 ①, 12 ③, 13 ①, 14 ②

第8課 (p.127)
1 ②, 2 ①, 3 ④, 4 ④, 5 ③, 6 ③, 7 ④, 8 ①, 9 ①, 10 ③,
11 ③, 12 ①, 13 ④, 14 ①

第9課 (p.129)
1 ①, 2 ③, 3 ④, 4 ②, 5 ③, 6 ④, 7 ③, 8 ①, 9 ②, 10 ②,
11 ①, 12 ④, 13 ④, 14 ①

第10課 (p.131)
1 ④, 2 ④, 3 ④, 4 ②, 5 ③, 6 ③, 7 ①, 8 ②, 9 ④, 10 ③,
11 ①, 12 ②, 13 ②, 14 ②

第11課 (p.133)
1 ④, 2 ①, 3 ①, 4 ①, 5 ①, 6 ①, 7 ③, 8 ④, 9 ①, 10 ④,
12 ②, 12 ③, 13 ③, 14 ③

第12課 (p.135)
1 ③, 2 ③, 3 ①, 4 ②, 5 ③, 6 ②, 7 ①, 8 ④, 9 ④, 10 ②,
11 ②, 12 ③, 13 ④, 14 ④

第13課 (p.137)
1 ②, 2 ②, 3 ④, 4 ①, 5 ④, 6 ③, 7 ①, 8 ②, 9 ①, 10 ①,
11 ②, 12 ①, 13 ②, 14 ②

第14課 (p.139)
1 ③, 2 ④, 3 ④, 4 ③, 5 ④, 6 ③, 7 ①, 8 ④, 9 ②, 10 ④,
11 ①, 12 ④, 13 ③, 14 ②

第15課 (p.141)
1 ②, 2 ④, 3 ④, 4 ②, 5 ②, 6 ④, 7 ③, 8 ④, 9 ④, 10 ①,
11 ②, 12 ②, 13 ②, 14 ②

第16課 (p.143)
1 ①, 2 ④, 3 ①, 4 ④, 5 ③, 6 ③, 7 ④, 8 ②, 9 ④, 10 ③,
11 ②, 12 ①, 13 ④, 14 ②

第17課 (p.145)
1 ②, 2 ①, 3 ①, 4 ③, 5 ④, 6 ③, 7 ③, 8 ②, 9 ②, 10 ①,
11 ③, 12 ①, 13 ②, 14 ④

第18課 (p.147)
1 ②, 2 ①, 3 ②, 4 ②, 5 ①, 6 ②, 7 ②, 8 ①, 9 ①, 10 ②,
11 ④, 12 ④, 13 ③, 14 ①

第19課 (p.149)
1 ③, 2 ②, 3 ②, 4 ①, 5 ④, 6 ②, 7 ④, 8 ②, 9 ①, 10 ③,
11 ④, 12 ④, 13 ②, 14 ④

第20課 (p.151)
1 ②, 2 ②, 3 ④, 4 ③, 5 ④, 6 ②, 7 ④, 8 ④, 9 ②, 10 ①,
11 ③, 12 ④, 13 ②, 14 ②

第21課 (p.153)
1 ②, 2 ①, 3 ④, 4 ④, 5 ④, 6 ①, 7 ③, 8 ①, 9 ①, 10 ④,
11 ①, 12 ①, 13 ③, 14 ④

第22課 (p.155)
1 ②, 2 ②, 3 ④, 4 ②, 5 ④, 6 ④, 7 ③, 8 ②, 9 ②, 10 ①,
11 ②, 12 ④, 13 ③, 14 ①

第23課 (p.157)
1 ①, 2 ①, 3 ②, 4 ③, 5 ①, 6 ②, 7 ③, 8 ①, 9 ③, 10 ②,
11 ③, 12 ①, 13 ④, 14 ③

第24課 (p.159)
1 ③, 2 ①, 3 ④, 4 ②, 5 ②, 6 ④, 7 ②, 8 ①, 9 ③, 10 ①,
11 ②, 12 ①, 13 ④, 14 ①

第25課 (p.161)
1 ③, 2 ③, 3 ④, 4 ②, 5 ①, 6 ①, 7 ④, 8 ②, 9 ①, 10 ①,
11 ④, 12 ①, 13 ③, 14 ③

第26課 (p.163)
1 ④, 2 ③, 3 ②, 4 ①, 5 ④, 6 ③, 7 ②, 8 ③, 9 ③, 10 ①,
11 ①, 12 ②, 13 ②, 14 ①

第27課 (p.165)
1 ①, 2 ④, 3 ③, 4 ②, 5 ②, 6 ①, 7 ③, 8 ④, 9 ④, 10 ①,
11 ③, 12 ②, 13 ①, 14 ④

第28課 (p.167)
1 ④, 2 ②, 3 ③, 4 ①, 5 ④, 6 ①, 7 ③, 8 ④, 9 ①, 10 ①,
11 ④, 12 ②, 13 ②, 14 ②

第29課 (p.169)
1 ③, 2 ①, 3 ④, 4 ④, 5 ④, 6 ③, 7 ②, 8 ④, 9 ③, 10 ④,
11 ①, 12 ③, 13 ③, 14 ④

第30課 (p.171)
1 ②, 2 ②, 3 ④, 4 ②, 5 ④, 6 ①, 7 ②, 8 ④, 9 ②, 10 ③,
11 ④, 12 ④, 13 ②, 14 ③

第31課 (p.173)
1 ④, 2 ④, 3 ①, 4 ①, 5 ③, 6 ②, 7 ②, 8 ③, 9 ①, 10 ②,
11 ①, 12 ①, 13 ②, 14 ④

第32課 (p.175)
1 ②, 2 ④, 3 ①, 4 ①, 5 ④, 6 ③, 7 ③, 8 ②, 9 ③, 10 ③,
11 ④, 12 ②, 13 ①, 14 ②

第33課 (p.177)
1 ②, 2 ③, 3 ④, 4 ③, 5 ③, 6 ③, 7 ③, 8 ④, 9 ④, 10 ②,
11 ④, 12 ④, 13 ②, 14 ①

第34課 (p.179)
1 ①, 2 ④, 3 ②, 4 ④, 5 ④, 6 ③, 7 ②, 8 ③, 9 ②, 10 ①,
11 ①, 12 ②, 13 ①, 14 ③

第35課 (p.181)
1 ②, 2 ①, 3 ①, 4 ④, 5 ①, 6 ①, 7 ①, 8 ①, 9 ④, 10 ②,
11 ③, 12 ①, 13 ④, 14 ④

まとめ問題 (p.182, 183)
問題Ⅰ　(1) ②, (2) ④, (3) ③, (4) ③, (5) ④, (6) ③, (7) ②,
　　　　(8) ①, (9) ④, (10) ②, (11) ①, (12) ①, (13) ④,
　　　　(14) ①
問題Ⅱ　(1) ②, (2) ①, (3) ①, (4) ④, (5) ②, (6) ③

ことばの使い分け

同じ音でも使い方や意味が違うことばです。自分の母国語で意味を考え、空欄に書いてみましょう。

あける	いつになったら梅雨が**明ける**んだろう。	(	)
	買い物に行くため、家を**空けた**。	(	)
	父は毎朝、店を7時半に**開ける**。	(	)
あげる	荷物を棚に**上げた**。	(	)
	不審な車が、スピードを**上げて**走り去った。	(	)
	結婚式は教会で**挙げる**つもりです。	(	)
	てんぷらをからっと**揚げる**のは、難しい。	(	)
あつい	こんなに毎日**暑くて**は、勉強なんてできないよ。	(	)
	厚い辞書をかたわらに、小説を書いている。	(	)
	熱い風呂に入った。	(	)
あてる	今度のボーナスは、住宅ローンの支払いに**充てる**つもりだ。	(	)
	たまには、ふとんを日に**当てて**干したほうがいいよ。	(	)
	恩師に**宛てて**、手紙を書いた。	(	)
あらい	今日は、かなり波が**荒い**。	(	)
	編み目の**粗い**セーターが流行している。	(	)
あらわす	彼は喜怒哀楽を顔に**表す**。	(	)
	彼女は芸術の分野でめきめきと頭角を**現した**。	(	)
	彼は新しい本を**著す**。	(	)
いる	兄は米国に**居る**。	(	)
	新築の家を買うなら、せめて1000万円は**要る**。	(	)
	気に**入った**服を買う。	(	)
	的に向けて矢を**射る**。	(	)
	フライパンでごまを**炒る**。	(	)
うかがう	お宅に**伺って**もよろしいですか。	(	)
	不審な男が、隣家の様子を**うかがって**いた。	(	)
うつす	旅行にいって記念写真を**写す**。	(	)
	机を窓際に**移した**。	(	)
	友だちに風邪を**うつして**しまった。	(	)
えいせい	厚生省は各給食センターの**衛生**面での指導に力を入れることにした。	(	)
	衛星放送は、さまざまな国の番組を見ることができる。	(	)
おくる	子どもに誕生日プレゼントを**贈る**。	(	)
	郵便で息子に荷物を**送る**。	(	)
	帰りが遅くなったので、友達を家まで**送る**。	(	)

おさめる	倉庫に荷物を収める。	(	)
	彼女は、英国の大学で学業を修めた。	(	)
	彼は国を治める権力を得た。	(	)
	税金を納めるのは、国民の義務だ。	(	)

おる	祖母は絹を織って生計をたてていたそうだ。	(	)
	紙を折って、鶴を作った。	(	)
	父は今、居りません。	(	)

おろす	木が根を下ろした。	(	)
	乗客をバス停で降ろした。	(	)
	父は商品を小売り店に卸す、問屋を営んでいる。	(	)

かえる	落とした財布が返ってきた。	(	)
	夏休みは故郷に帰るつもりだ。	(	)
	都合が悪い人がいたので、会議の日程を変えた。	(	)
	新しい部品に取り換えた。	(	)
	円を旅先の国の通貨に替えた。	(	)
	担当者を代えることにした。	(	)

かかる	壁に大きな絵画がかかっている。	(	)
	虫歯の治療のため歯医者にかかっている。	(	)
	合格できるかどうかは、あなたの努力にかかっている。	(	)
	Aさんの失敗で迷惑がかかった。	(	)
	品物に消費税がかかる。	(	)
	深夜に間違い電話がかかってきた。	(	)
	彼女に仕事を頼むと、他の人の倍は時間がかかる。	(	)

かく	先生に対し、礼儀を欠いた	(	)
	久しぶりに長い手紙を書いた。	(	)
	走ったら汗をかいた。	(	)

かける	遅刻しそうだったので、駅まで駆けた。	(	)
	命を賭けて戦った。	(	)
	一人でもメンバーが欠けたら試合に出られない。	(	)
	四国と本州を結ぶ橋が架けられた。	(	)
	どうぞいすに掛けてください。	(	)
	あのめがねをかけている人が田中さんです。	(	)

きく	通りがかりの人に道を聞いた。	(	)
	市長は、市民の声を聴く機会をつくった。	(	)
	この頭痛薬は、よく効きますよ。	(	)
	彼は機転が利くから、トラブルがあっても対処できる。	(	)

きる	大根は、もっと細く**切って**ください。	(	)
	改札で、駅員さんが切符を**切る**。	(	)
	初めて、着物を**着た**。	(	)
さす	指にとげを**刺して**しまった。	(	)
	時計の針は、12時を**指して**いた。	(	)
	雲の間から、日が**差して**きた。	(	)
	娘が赤い傘を**差して**いる。	(	)
	花瓶に花を**挿す**。	(	)
しめる	駅から近いので、窓を**閉めて**も電車の音が聞こえる。	(	)
	帯をきつく**締める**。	(	)
	首を**絞めて**殺された死体が、発見された。	(	)
	反対の意見が過半数を**占めて**いた。	(	)
	梅雨どきは、家の中が**湿って**いるようだ。	(	)
そう	川に**沿って**桜並木が続いている。	(	)
	両親の期待に**添う**よう、頑張って勉強する。	(	)
たえる	彼は足の痛みに**耐えて**完走した。	(	)
	初心者のバイオリン演奏は、聞くに**堪えない**。	(	)
	友達からの便りが**絶えて**、心配している。	(	)
たま	いい人だが、真面目すぎるのが**玉**にきずだ。	(	)
	投手が**球**を投げた。	(	)
	ピストルの**弾**が足に当たって倒れた。	(	)
つく	白い靴に泥が**付いて**汚れた。	(	)
	ようやく目的地に**着いた**。	(	)
	報道の仕事に**就く**。	(	)
	山道を、つえを**突いて**歩く。	(	)
	ごまかすために嘘を**ついた**。	(	)
	パッと明かりが**つく**。	(	)
つぐ	折れた骨を**接ぐ**ために、1ヵ月足を固定していた。	(	)
	家業を**継いで**医者になった。	(	)
	昨年に**次いで**今年もボーナスがカットされた。	(	)
	杯に酒を**注ぐ**。	(	)
とぶ	5段の飛び箱を**跳んだ**。	(	)
	鳥が空を**飛んで**いる。	(	)
とまる	その絵が私の心に**留まって**、離れなかった。	(	)
	電池が切れて時計が**止まった**。	(	)
	新しくできたホテルに**泊まる**。	(	)

とる	新規に10人の社員を採った。	(	)
	網を使って魚を捕る。	(	)
	記念写真を撮る。	(	)
	オーケストラで指揮を執る。	(	)
	責任を取って会社を辞めた。	(	)
	2、3日休暇を取る。	(	)
なおる	修理したら、機械が直った。	(	)
	病気が治って元気になった。	(	)
なる	寺の鐘が鳴る。	(	)
	論文は5章から成っていた。	(	)
	秋になると柿の実がなる。	(	)
のぞく	年齢、性別不問だが、既婚者は除く。	(	)
	戸のすき間から部屋をのぞく。	(	)
のぼる	階段を上る。	(	)
	山田さんのことが話題に上った。	(	)
	日が昇ると暖かくなった。	(	)
	遠足で山に登った。	(	)
のる	船に乗って釣りをした。	(	)
	気分が乗らないので、何もしたくない。	(	)
	私の書いた記事が雑誌に載った。	(	)
はかる	就業規則の改正については、役員会に諮る必要がある。	(	)
	大統領の暗殺を謀る。	(	)
	幼稚園から大学まである総合学園に拡張しようと図った。	(	)
	マラソンのタイムを計る。	(	)
	体重を量る。	(	)
	土地の面積を測る。	(	)
ふける	彼は仕事を辞めてから急に老けた。	(	)
	夜が更けてあたりが静かになった。	(	)
へる	病気になって、体重が減った。	(	)
	卒業から20年を経て、級友に再会した。	(	)
まく	時計のネジを巻く。	(	)
	花の種を蒔く。	(	)
	暑いので地面に水を撒いた。	(	)
みる	胸が苦しいので医者に診てもらった。	(	)
	テレビでニュースを見た。	(	)

さくいん

198

202

鴻儒堂日本語能力試驗系列

日本語能力試驗　1級受驗問題集　2級受驗問題集　3・4級受驗問題集
　　松本隆・市川綾子・衣川隆生・石崎晶子・
　　瀬戶口彩　編著
　　每冊書本定價：180元
　　每套定價（含錄音帶）：420元

日本語能力試驗1級に出る重要單語集
　　松本隆・石崎晶子・市川綾子・衣川隆生
　　野川浩美・松岡浩彥・山本美波　　編著
　　書本定價：200元
　　每套定價（含錄音帶）：650元

日本語能力試驗漢字ハンドブック
　　アルク日本語出版編集部/編
　　定價：220元

日本語實力養成問題集
　　—日本語能力試驗1級對策用—
　　日本外國語專門學校/編著
　　書本定價：150元
　　每套定價（含錄音帶）：400元

日本語實力養成問題集
　　—日本語能力試驗2級對策用—
　　日本外國語專門學校/編著
　　書本定價：150元
　　每套定價（含錄音帶）：400元

日本語實力養成問題集
　　—日本語能力試驗3級（4級）對策用—
　　日本外國語專門學校/編著
　　每套定價（含錄音帶）：400元

日本語學力テスト過去問題集
　　—レベルクA—91年版
　　專門教育出版テスト課/編
　　定價：120元

日本語學力テスト過去問題集
　　—レベルB—91年版
　　專門教育出版テスト課/編
　　定價：120元

日本語學力テスト過去問題集
　　—レベルC—91年版
　　專門教育テスト課/編
　　定價：120元

聽解問題
　　（レベルA・B・C過去問題集）
　　專門教育出版テスト課/編
　　卡2卷定價：300元

日本語能力試驗1級合格問題集
　　日本外國語專門學校/編
　　書本定價：180元
　　每套定價（含錄音帶）：480元

日本語能力試驗2級合格問題集
　　日本外國語專門學校/編
　　書本定價：180元
　　每套定價（含錄音帶）：480元

日語能力測驗問題集
　　—閱讀理解篇
　　—文字語彙篇
　　鴻儒堂編輯部　編
　　每冊定價：150元

日語能力測驗題集
　　日語測驗編輯小組　編
　　定價：200元

挑戰日語能力試驗1・2級
　　—〈文字語彙篇〉第一冊　書定價180元
　　—〈文字語彙篇〉第二冊　書定價180元
　　—〈聽解篇〉　　　　　　書定價180元
　　　　　　　　　　　　　/卡三卷定價450元
　　曾玉慧・頁：180元　編著

鴻儒堂辭典系列

角川漢和新辭典
　　小川環樹・西田太一郎・赤塚忠　編著
　　定價：500元

日華外來語辭典〈第二版〉
　　陳山龍　編譯
　　定價：400元

外國人のための基本語用例辭典
　　陳山龍　主編
　　定價：470元

新綜合日華辭典
　　陳山龍　主編
　　定價：650元

鴻儒堂日華辭典
　　林榮一　編著
　　定價：360元

コンサイス・かタカナ語
　　（外來語）辭典
　　日本三省堂　編修
　　定價：400元

日本文化辭典
　　江資航・陳明鈺
　　定價：220元

日文自強自助辭典
　　戶田昌幸・謝良宋　合編
　　定價：250元

新明解國語辭典〈第四版〉
　　金田一京助・柴田武・山田明雄　編
　　定價：360元

日英中貿易用語辭典
　　日中貿易用語研究會　著
　　定價：250元

基礎日本語辭典
　　森田良行　著
　　定價：500元

日語常用動詞搭配用例辭典
　　胡國偉・薛歆辰　編
　　定價：300元

現代日語語法辭典
　　楊樹媛　編著
　　定價：450元

英文正誤活用辭典
　　張正傳　編著
　　定價：150元

詳解日語語法辭典
　　申泰海・趙基天・王笑峰　編著
　　定價：650元

實用日漢成語辭典
　　鄧清林　編著
　　定價：320元

國家圖書館出版品預行編目資料

日本語能力試驗對應 漢字・語彙問題集.1級／白寄 まゆみ，
入內島一美，林瑞景編著.--初版.--臺北市：鴻儒堂，民88
面 ； 公分
含索引
ISBN 957-8357-15-X(平裝)
1.日本語言－漢字－問題集　2.日本語言－詞彙－問題集
803.114　　　　　　　　　88009640

日本語能力試験対応
漢字・語彙問題集1級

定價:200元

中華民國八十八年八月初版
本出版社經行政院新聞局核准登記
登記證字號:局版臺業字1292號

作　　　者:白寄まゆみ・入內島一美・林瑞景
發　行　所:鴻儒堂出版社
發　行　人:黃成業
地　　　址:台北市中正區100開封街一段19號2樓
電　　　話:二三一一三八一〇・二三一一三八二三
電話傳真機:二三六一二三三四
郵 政 劃 撥:〇一五五三〇〇之一號
E － mail:hjt903@ms25.hinet.net

本書凡有缺頁、倒裝者，請向本社調換
本書經日本桐原ユニ授權，在台灣發行

NIHONGO NOURYOKU SHIKEN TAIOU KANJI・GOI 1KYUU
©MAYUMI SHIRAYORI / HITOMI INAJIMA / RUIEGH-JIN LIN 1998
Originally published in Japan in 1998 by KIRIHARA UNI , INC..
Reprint rights arranged through TOHAN CORPORATION, TOYKO.